チョーサーの言語と認知
「トパス卿の話」の言語とスキーマの多次元構造

Chaucer's Language and Cognition
The Language of *Sir Thopas* and the Multidimensional Schematization of "Diminution"

中尾 佳行
Yoshiyuki Nakao

渓水社

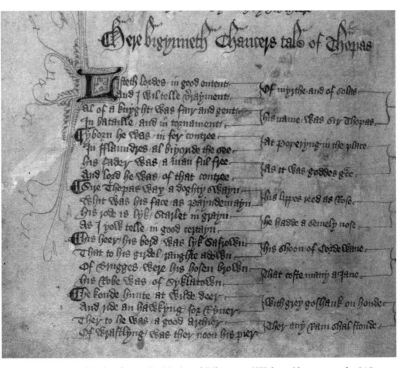

Hengwrt 154. Peniarth 392 D, National Library of Wales, Aberystwyth: 213v

By permission of Llyfrgell Genedlaethol Cymru / National Library of Wales

*213v	TT 0000	¶ Here bigynneth Chaucers tale of Thopas
213v	TT 0001	{2L}Isteth lordes / in good entent⁊
213v	TT 0002	And I wil telle v͛rayment⁊
213v	TT 0003	Of myrthe / and of solas
213v	TT 0004	Al of a knyght⁊ was fair and gent⁊
213v	TT 0005	In bataille / and in tornament⁊
213v	TT 0006	His name / was sir Thopas
213v	TT 0007	¶ Yborn he was / in fer contree
213v	TT 0008	In Flaundres / al biyonde the see
213v	TT 0009	At Poperyng⁊ in the place
213v	TT 0010	His fader was / a man ful free
213v	TT 0011	And lord he was / of that contree
213v	TT 0012	As it was / goddes g^{a}ce
213v	TT 0013	¶ Sire Thopas wax / a doghty swayn
213v	TT 0014	Whit was his face / as Payndemayn
213v	TT 0015	His lippes reed as Rose
213v	TT 0016	His rode is lyk / Scarlet in grayn
213v	TT 0017	As I yow telle / in good certayn
213v	TT 0018	He hadde a semely nose
213v	TT 0019	¶ His heer⁊ his berd / was lyk Safrown
213v	TT 0020	That to his girdel / raughte adown
213v	TT 0021	His shoon / of Cordewane
213v	TT 0022	Of Brugges / were his hosen brown
213v	TT 0023	His Robe was / of Syklatown
213v	TT 0024	That coste many a Iane
213v	TT 0025	¶ He koude hunte / at wilde deer
213v	TT 0026	And ride an hawkyng⁊ for Ryuer
213v	TT 0027	With grey goshauk on honde
213v	TT 0028	Ther to he was / a good Archier
213v	TT 0029	Of wrastlyng⁊ was ther noon his pier
213v	TT 0030	Ther any Ram shal stonde

(Dr. Estelle Stubbs, Sheffield University 提供のデータ及び Stubbs (2000) に依拠。)

To Mother Sumie (1929-2018)

前　書　き

　チョーサーのテクストを読んでいて、テクストの意味はあるのではなく生まれてくるものだと、感じてきた。辞書で検索し、文法で固定し、文脈を考慮し、一つの意味に絞ったとしても、次の日に読み直してみると、意味が微妙にずれていく。実際にそれは crux の一つとなって研究者間で物議を醸すこともある。チョーサーの言語の遊び心とも言うべきか、言語のゆとりないし柔軟性に魅力を感じてきた。この問題意識はチョーサーの言語の意味を構造化してみたいという思いに発展していった。「構造化」と言うのは、結果としての意味、というのではなく、その意味がどのようにまた何故生み出されていくのか、そのプロセスを再建することである。『Chaucer の曖昧性の構造』(2004) と *The Structure of Chaucer's Ambiguity* (2012) では、その構造化を ambiguity の観点から追究した。ambiguity をチョーサー作品の意味の全体像を読み解くキーワードとして見立て、それがどのようにまた何故生起するのか、「二重プリズム構造」を設定して記述・説明した。「プリズム」というのは、話者が現象を捉えるに際して、またその現象を切り取った言語を聴者が捉えるに際して、いずれであれ「主体」(subjectivity) が関与しているからである。プリズムは、同じ現象や同じ言語を捉えるとしても、「主体」の関与の仕方に揺らぎがあり、つまり同じ光が入ってきても主体が違えば微妙に屈折の仕方が違うということを表している。最初のプリズムは、現象を話し手がどのように切り取り、言語に落とし込んでいくか、二番目のプリズムは、現象を話者が言語で切り取ったその言語を聴者がどのように解釈し、かくしてどのような現象を再現するか、である。二つのプリズムの摺合せの中で、意味が二様、三様に広がるとき、ambiguity が生起すると考えた。
　言語に関わる主観性の問題は本質的であるにも拘わらず、これまで言語学では十分に学問の対象にはならなかった。しかし認知言語学は言語の客

観的な側面の研究から主観的な側面の研究へとパラダイムシフトを引き起こした。現象であれ言語理解であれ、客観的にそのままにあるのではなく、「主体」を介してダイナミックに意味付けられていく。Langacker（2000）のスキーマ理論は、事態認識の仕方、そしてその認識の言語化は、主体を通して演出されていくことを明らかにした。具体的な経験は抽象化を通してスキーマ化され、そのスキーマを介して、際立ちの高い形で具象化されたのがプロトタイプ、そのプロトタイプをスキーマを介してメタファー的に柔軟に広げていったのが、拡張事例である。スキーマはプロトタイプと拡張事例を繋ぐ共通項である。スキーマは固定的なものではなく、ダイナミック、拡張事例が推し進められるほど柔軟化し、柔軟化することで更に拡張事例が推し進められる。「二重プリズム構造」で提示した「主体」の屈折は、認知言語学のスキーマ理論を援用すると、スキーマを介して拡張事例化することと軌を一にする。本書では「プリズム」のツールをスキーマ理論の立場から捉え直してみた。

　チョーサーは現象を捉えるとき、それを捉える一定の「囲い」を設定し、それを意味付けている。その「囲い」の設定が「主体」の関与である。Nakao（2013）と中尾（2015）において『トロイラスとクリセイデ』でのトロイの「包囲」（siege）は、「囲い」が更に狭くなったり、「包囲」を超えて広がったり、伸縮自在で、ひいてはすべての「囲い」を脱却するいわば形而上的な神の視点に行き着くことを考察した。『カンタベリー物語』は、カンタベリ大聖堂に至る過程で話す多様な人物の設定自体、事態を捉える「囲い」であり、事態を意味付ける「主体」である。チョーサー自身が話す「トパス卿の話」は、その物語の中途破綻（全体行は207行）であることからも象徴的だが、「囲い」を故意に恐らくは最も狭く設定した物語である。このように「囲い」の「縮減」（diminution）を最も狭く自らに課し、それを反転し、どのようにテクストを最大限に広くかつ深く意味付けるかは、チョーサーにとって、大きな芸術的挑戦であったろう。本作品では「囲い」の「縮減」のスキーマは、「縮減」を通して物語を描くという手段の段階を超えて、「縮減」について書くという主題化（目的化）

の段階にまで到達していると考えた。「縮減」のスキーマは、テクストのマクロレベルからミクロレベルまで通底すると見立てた。またそのスキーマは、一平面ではなく多次元的な高次化を想定しないと、その全体像は捉えられないと考えた。この「縮減」の多次元構造は、The New Chaucer Society 第20回大会（2016年7月11日、於 ロンドン大学）のポスターセッションで発表した（発表タイトル："Chaucer's Language Embodied: Progressive Diminution in *Sir Thopas*"）。本書はこの発表を発展させたものである。本論で具体的に述べるが、多次元的と言うのは、コンテンツの記述的「縮減」、コンテンツの理解の仕方を反映する表現モード的「縮減」、そして言語の体系そのものの揺らぎに至るメタ言語的「縮減」の三次元構造を意味している。

　本書の執筆において、The New Chaucer Society、ERA（The English Research Association of Hiroshima）、日本中世英語英文学会、日本英文学会、日本英語学会、英語コーパス学会、日本認知言語学会などの研究仲間、客員をしている放送大学の面接授業での学生諸君、前任校広島大学、そして現在の勤務校福山大学の同僚に、研究課題及び方法論を明確にする上で、また実証的な検証を行っていく上で、多くのコメントと示唆をいただいた。ここに記して謝意を表したい。これまでチーム（松尾雅嗣、地村彰之、川野徳幸、佐藤健一、大野英志の先生方）で行ってきた一連の日本学術振興会の科学研究費助成事業、基盤研究C（研究代表：中尾佳行──課題番号20520229、23520304、26370278、17K02529）の基礎データを使用できたことにも感謝したい。また家族、母隅枝は健康と集中力を授けてくれたこと、妻真紀子と3人の子供（寛子、雅之、晋吾）は、自分のわがままに耐えてくれ、自分の研究時間を確保してくれたことに、感謝したい。

　本書の出版に際して、刊行に至る様々な段階で温かいご支援をいただいた溪水社の木村逸司氏と木村斉子氏に感謝申し上げたい。

　本書が、文学の言語、つまり主観性の厚みのある言語をいかに構造的に捉えるかの一つの突破口になれば望外の喜びである。

目 次

前書き ……………………………………………………………… i
Abstract & Contents ……………………………………………… ix

1. はじめに：問題の所在 ……………………………………… 3
    1.1. 先行研究　5
    1.2. 研究課題　8

2. 研究の視点と方法 …………………………………………… 9
    2.1. スキーマの多次元構造　9
    2.2. 「主体」の入れ子構造　13
    2.3. 「縮減」の拡張事例化の検証手順　16

3. 検証 …………………………………………………………… 18
    3.1. RQ 1　18
    3.2. RQ 2　24
    3.3. RQ 3　27
        3.3.1. 入れ子構造　27
        3.3.2. 入れ子構造Ⅰ、Ⅱ、Ⅲ、Ⅳの下位区分　28

4. ［Ⅰ］物語（Tale）の「縮減」…………………………… 31
    4.1. ［Ⅰ-1］　スキーマの三次元構造：「主体」の入れ子構造　31
    4.2. ［Ⅰ-2］　テイルライム　32
    4.3. ［Ⅰ-3］　表現モード的スキーマと記述的スキーマ：
                    状態と動作　37
    4.4. ［Ⅰ-4］　写本レイアウト　42
    4.5. ［Ⅰ-5］　「縮減」の三次元構造：物語の循環性　50

5. ［Ⅱ］断章（Fit）の「縮減」……………………………… 63
    5.1. ［Ⅱ-1］　断章の連数　63

5.2. [Ⅱ-2]　断章の境界線　65
　　　　5.2.1. [Ⅱ-2-1]　断章の初め　65
　　　　5.2.2. [Ⅱ-2-2]　断章の終わり　68
　　5.3. [Ⅱ-3]　断章の結束構造　72

6. [Ⅲ] 連（Stanza）の「縮減」 ·· 81
　　6.1. [Ⅲ-1]　連の行数　81
　　6.2. [Ⅲ-2]　尾韻　82
　　6.3. [Ⅲ-3]　ボブ（bob）　85

7. [Ⅳ] 詩行（Verse line）の「縮減」 ·· 92
　　7.1. [Ⅳ-1]　動詞の相と法　92
　　7.2. [Ⅳ-2]　統語関係　104
　　7.3. [Ⅳ-3]　イディオム　115
　　7.4. [Ⅳ-4]　句跨り　121
　　7.5. [Ⅳ-5]　レジスター　125
　　7.6. [Ⅳ-6]　多義性　132
　　7.7. [Ⅳ-7]　韻構造　146
　　7.8. [Ⅳ-8]　語形：final-e の揺らぎ（単音節形容詞と名詞の場合）　164

8. 結論 ·· 184
　　8.1. 研究課題への答え　184
　　8.2. 課題点　188

Appendixes ·· 193
参考文献 ·· 207
索引 ·· 215
後書き ·· 229

略 記 表

Hg MS	Hengwrt Manuscript
El MS	Ellesmere Manuscript

Bo	*Boece*
ClT	The Clerk's Tale
CT	*The Canterbury Tales*
CYPro	Prologue of The Canon's Yeoman's Tale
FrT	The Friar's Tale
FranT	The Franklin's Tale
GP	General Prologue
HF	*The House of Fame*
KnT	The Knight's Tale
LGW	*The Legend of Good Women*
MancT	The Manciple's Tale
Mel	The Tale of Melibee
MerT	The Merchant's Tale
MilT	The Miller's Tale
MkT	The Monk's Tale
MLT	The Man of Law's Tale
PF	*The Parliament of Fowls*
Rom	*The Romaunt of the Rose*
RvT	The Reeve's Tale
SqT	The Squire's Tale
Thop	The Tale of Sir Thopas
Tr	*Troilus and Criseyde*

WBPro	The Prologue of The Wife of Bath's Tale
WBT	The Wife of Bath's Tale
MED	*Middle English Dictionary*
OED	*The Oxford English Dictionary*
OE	Old English
ME	Middle English
OF	Old French
AFr	Anglo-French
F	French
G	Germanic
L	Latin
MDu	Middle Dutch

Chaucer's Language and Cognition: The Language of *Sir Thopas* and the Multidimensional Schematization of "Diminution"

Abstract
Sir Thopas has no definite goals or has an illusion, hesitates to encounter adventures and trials, and comes gradually to diminish his knightly personality (with the Tale broken up on the way). In one word, he features "diminution." *Sir Thopas* is allotted to Chaucer, the narrator of the *Canterbury Tales* as well as one of the pilgrims. Chaucer the poet seems to micronize himself through the performance of his narrator so much so that an event or thing in the Tale is the most relevant to himself when it is as much diminished as possible. We will here regard "diminution" as central to Chaucer's editing and creating the Tale.

Chaucer recaps the personality of Sir Thopas towards the end of the Tale:

Men speken of romances of prys,	a	(4 stresses)
Of Horn child and of Ypotys,	a	(4 stresses)
Of Beves and sir Gy,	b	(3 stresses)
Of sir Lybeux and Pleyndamour—	c	(4 stresses)
But sir Thopas, he bereth **the flour**	c	(4 stresses) (My bolds)
Of roial chivalry!	b	(3 stresses)

The Canterbury Tales, Thop, VII 897-902
(The Chaucer text is based on Benson (1987).)

Chaucer does not use his familiar decasyllabic couplet nor rhyme royal, but adopts the tail rhyme 'aabaab/aabccb' for the Tale, one of the favorite patterns employed by provincial romances in East Midland. The idiom 'flour of roial chivalry' is applied to this rhyme scheme perhaps with an effect of end-focus. Does this mean 'the paragon of chilvary' traditionally or is it breaking from this norm with implications of 'powder' or 'horse rider.' How to reinterpret the idiom seems to be subject to "diminution." In this book I will examine how this "diminution" pervades the multi-levels of the Tale and affects the meanings of their various expressions.

Previous scholarship treated varieties of "diminution" in the Tale separately. Here I will attempt to integrate them, and reinterpret this "diminution" as a schema to pervade through the text and its meaning of the Tale.

For a method for describing the above "diminution," I apply a cognitive linguistic view assuming that it can constitute the basis of the poet's semantic representations of language. The semantic extension of language is assumed to take place according to Langacker's (2000) model as in Figure 1.

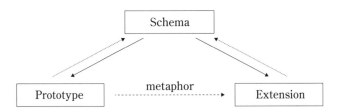

Figure 1: Extension and Schematization

The "diminution" is schematized three dimensionally from its descriptive contents through its mode of expression to its metalinguistic cognition.

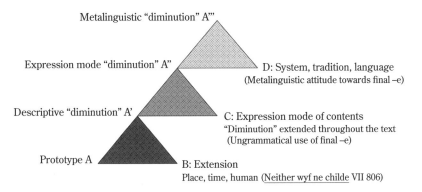

Figure 3: Three dimensional schematization of "diminution"

Contents
1. The Statement of the question
   1.1. Previous scholarship
   1.2. Research questions
   RQ1: How is "diminution" schematized in the language of *Sir Thopas*?
   RQ2: How is "diminution" made prototypical in the language of *Sir Thopas*?
   RQ3: How is "diminution" extended through the language of *Sir Thopas*?
2. Method
   2.1. The Multidimensional schematization of "diminution"
   2.2. Embedded structure of subjectivities
   2.3. Extensions of "diminution" through the text and their examination from its macro-level to micro-Level
3. Examination
   3.1. RQ1: How is "diminution" schematized in the language of *Sir Thopas*?
   3.2. RQ 2: How is "diminution" made prototypical in the language of *Sir Thopas*?

3.3. RQ3: How is "diminution" extended through the language of *Sir Thopas*?
    3.3.1. Embedded structure of the text: I (Tale), II (Fit), III (Stanza), and IV (Verse lines)
    3.3.2. Subtypes of I, II, III, and IV
4. [I] Tale
    4.1. [I-1] Three dimensional schematization of "diminution" and embedded structure of subjectivities
    4.2. [I-2] A tail rhyme metrical structure of *Sir Thopas*
    4.3. [I-3] Expression mode schema and descriptive schema: State and action
    4.4. [I-4] Manuscript layout
    4.5. [I-5] Three dimensional schematization of "diminution": Circularity of a story
5. [II] Fit
    5.1. [II-1] Three fits of the Tale and their stanza numbers
    5.2. [II-2] Significant boundaries between the fits
        5.2.1. [II-2-1] Beginning of the fits
        5.2.2. [II-2-2] Ending of the fits
    5.3. [II-3] Breakdown of cohesion in the fits
6. [III] Stanza
    6.1. [III-1] Line numbers of the stanzas
    6.2. [III-2] Tail rhyme
    6.3. [III-3] Bob
7. [IV] Verse lines
    7.1. [IV-1] Aspect and modality of verbs
    7.2. [IV-2] Syntax
        [IV-2-1] Virgules in the manuscripts and semantic units
        [IV-2-2] Syntactic fluidity due to tail rhyme
        [IV-2-3] Syntactic fluidity due to bob
    7.3. [IV-3] Idiom

7.4. [IV-4] Enjambement
7.5. [IV-5] Register
7.6. [IV-6] Polysemy
    [IV-6-1] priketh
    [IV-6-2] lemman
    [IV-6-3] childe
    [IV-6-4] debate
    [IV-6-5] hope
    [IV-6-6] sowre
7.7. [IV-7] Alliteration and rhyme
    [IV-7-1] Chiming due to alliteration
    [IV-7-2] Unique sounds and unique final –e in Chaucer
    [IV-7-3] Identical rhyme
    [IV-7-4] Feminine rhyme and masculine rhyme
7.8. [IV-8] Word forms: fluctuations of final –e
    [IV-8-1] Final –e of adjectives
    [IV-8-2] Final –e of nouns: deletion and addition
8. Conclusion
  8.1. Answers to research questions
    Answer to research question 1
    Answer to research question 2
    Answer to research question 3
  8.2. Remaining issues and challenges
Appendix A: Etymology of rhyme words (F=French, G=Germanic, L=Latin, AFr=Anglo-French, ON=Old Norse)
Appendix B: Masculine and feminine rhymes according to the order of the fits and stanzas
Appendix C: Declension of monosyllabic adjectives in the Hg (Hengwrt) MS and El (Ellesmere) MS

Bibliography

Index

チョーサーの言語と認知
「トパス卿の話」の言語とスキーマの多次元構造

1. はじめに：問題の所在

　『カンタベリー物語』(The Canterbury Tales) の一つ、巡礼者の一人であるチョーサー (Geoffrey Chaucer) 自身が語る「トパス卿の話」(The Tale of Sir Thopas、以降「トパス卿」) は、ジャンルの面で言えばロマンスである。ロマンスは通例主人公は確たる目標（典型的には個人愛の達成）を持ち、それを達成するために冒険と試練を重ね、段階的に人格形成を推し進める。一言で言えば、主人公の価値の拡大的な展開をとる。それに対しチョーサーが語り手である「トパス卿」は、結論的に言えば、幻想こそあれ、目標は不明瞭、冒険と試練を目指すもののそれは回避的、戦いの準備はするものの戦いはなく未完で循環論、騎士道の伝統的な価値はすり減り、話は途中破綻する（宿の主人によって中断を余儀無くされる）。一言で言えば、主人公の価値の縮減的な展開をとる。これまで「トパス卿」がロマンスのパロディとして扱われてきた所以である。

　しかし、「縮減」(diminution) のプロセスにおいて、一口にパロディでは言い尽くせない、円熟した詩人の言語的力量が伏せられている。これまでの研究で「縮減」の特徴が指摘されてきてはいるが、未だ部分的かつ独立的で、その統一的・体系的な扱いは十分にはなされていないように思える。本書ではこの「縮減」を本作品に通底する原理（編集・再編集の原理）として捉え直し、認知言語学の用語で言えば、スキーマ (schema) と見なし、テクストとその意味に何故またどのように通底しているか、その全体像を捉えてみたい。詩人チョーサーが「縮減」をその語り手である自らに課していけばいくだけ、逆説的ではあるが、それだけ高次にそれを扱っている、つまり、メタ認知していることに他ならない。「縮減」は、必ずしも否定的な概念ではない。生身の人間は、大なり小なり事態を包囲で囲み

価値付けていく。どのような囲いからも解放されているとすると、それはいわば神の目である。人間においてその囲い方次第で、事態の捉え方は、揺らぎ、循環し、未完成ですらある。その捉え方は決して単一の理性や体系で閉じられるものではなく、ダイナミックに変容できるものである（malleable）。言語は、事態の捉え手である「主体」（subjectivity）を通して、もっと精確には、「主体」は一つに閉じられるものではなく、その分化と統合を通して、多様に意味付けられていく。チョーサーは、「トパス卿」で、囲いの「縮減」ないしその在り様の切り替えを通して、言語がどのようにダイナミックに意味付けられていくかを、凝縮的に、もっと言えば、主題化して表しているように思える。

巡礼者チョーサーは、『カンタベリー物語』において物語の進行役であり評価者、宿の主人によって「へぼ詩」（rym doggerel VII 925）と見なされ、物語の中断を余儀なくされる。それは、聴衆一般の反応を代表するものかもしれない。しかし、[Ⅳ-1]で示すように、読み手の一つの層を示すにすぎない。詩人はその背後において、一見して常套表現（convention）に見えるものを独自の文脈（本作品で想定する「縮減」）に溶解させ、刷新的な表現（innovation/invention）へと変容している。新たな表現の創造が新たな人間性を、新たな人間性が新たな表現の創造を導いている。

語り手は「トパス卿」が中断される直前で、(1)のようにトパス卿の性格を集約している。

(1)　Men speken of romances of prys,
　　　Of Horn child and of Ypotys,
　　　　　Of Beves and sir Gy,
　　　Of sir Lybeux and Pleyndamour—
　　　But sir Thopas, he bereth the flour（下線は筆者）
　　　　　Of roial chivalry!　　*The Canterbury Tales,* Thop, VII (B2) 897-902
　　　　　　　（以下「トパス卿」は VII 897-92 のように簡略に示す。）
　　　　　（チョーサーのテクスト及び作品の略記は Benson (1987) に拠る。）

1. はじめに：問題の所在

　チョーサーは自家薬籠中の10音節・5強勢のカプレット（couplet）ではなく、当時東中部地方（East Midland）ではやっていた、ロマンスに伝統的なリズム、8音節・4強勢カプレットと6音節・3強勢尾韻（tail rhyme）からなる漸減的なテイルライムの調べにのせて語る（本作品では aabaab ないし aabccb の脚韻パタンを採用、(1) では後者）。そしてこの調べを the flour of roial chivalry と高らかに締める。「トパス卿は騎士道の鏡」。この伝統的意味で閉じられるだろうか。宿の主人にはそうかもしれない。だから反発したのかもしれない。しかし、その安定した言語コードを一端解体し、新たな組み合わせで「騎士道の真っ白な粉」、いや「騎士道は雲散霧消・粉々」へとずらしてはいないだろうか。解体を想定すると、その表現の仕方（モード）、ここでは語義の組み合わせを通して、記述的意味は大きく多様化する。このような意味の揺らぎはどのようにまた何故生ずるのか、意味と形のダイナミックな関係性を追究してみたのが本論である。

1.1. 先行研究

　「トパス卿」の言語は、これまでそのパロディ的な特異性が多くの研究者の注意を引き、多岐に渡って研究されてきた。Benson（1987）の注を担当した Burrow は、テクストの言語特徴の由来、その本文脈での使用（語用論的転調）の細部に渡って、従来の研究成果を、彼自身の研究成果と共に、集約している。研究史の全体像が見事に記述され、示唆的であるが、それは注釈の域を出ていない。1で示したテクストに通底するスキーマの観点から体系的かつ統一的に見直してみる必要がある。スキーマの観点から見直すと、これまで見落とされていたテクスト、テクストとテクストの関係性、更には取り扱うテクストの次元の違い等、再考を要する問題が浮かび上がってくるように思える。以下、具体的に先行研究を見てみよう。

　Trounce（1932-34）は、23のテイルライム・ロマンスを分析し、吟遊楽人の口承的な実演のために作られ、東中部地方に起源を持つこと、そしてそれらは弁別的かつ高度に慣用化した言語とスタイルを持つことを検証した。テイルライム・ロマンスの言語の共通ストックを実証した功績は大き

いが、その伝統的側面の強調ゆえに、それをチョーサーが、「縮減」の文脈にどのように落とし込み、再構成したかは十分に問われてはいない。Trounce に対し Loomis（1940-42）は、チョーサーが読んだとされるオーヒンレック写本（Auchinleck MS）（1330-40）のロマンスの表現とトパス卿との対応を詳述し、その一昔前の低落した表現（déclassé）によるパロディ効果を指摘した。Stanley（1972）は、aab や ccb に更に付加されているボブ（bob）に着目し、それらが竜頭蛇尾（anticlimax）に作用していることを指摘した。Haskell（1975）は、チョーサーの人物は彼の創造物であり、チョーサーが「人形」（puppet）であるならば、彼が作った人物も「人形」（puppet）である、と論じた。Gaylord（1982）は『ガイ卿（*Guy*）』と『リベアウス卿（*Libeaus*）』のロマンスと比較し、「トパス卿」において他の典型的なロマンスと一線を画した韻律、脚韻、そして言い回しのあることを指摘した。Ikegami（1989）、池上（1994）は final –e の使用が、チョーサーの通常の用法とは違っているものがあることを指摘した。Purdie（2008）は、テイルライム・ロマンスの発達過程を、起源であるラテン語の讃美歌からアングロ・ノーマン（Anglo-Norman）での6行テイルライムへ、そして東中部地方でのテイルライム・ロマンスの隆盛（12行に拡張されるのが通例）へと、体系的に論じた。テイルライム・ロマンスの写本の視覚化が6行テイルライムで可能であると指摘し、それは写字生のものというよりは詩人チョーサー自身の意図ではないかと指摘している。テイルライム、1連6行の写本レイアウトは、Purdie の指摘こそないが、「縮減」のスキーマの本質に関わる問題である。

　「トパス卿」の言語の「縮減」の問題を正面から取り上げたものものは、Burrow（1984: 61-65）と Tschann（1985）に限定される。Burrow（1984）は、3つの断章（Fragment）構造の連の数について、18→9→4.5 へと「漸減化」（the principle of progressive diminution）していると指摘した。Tschann（1985）は、テイルライム・ロマンスのレイアウトが3コラム化され、左から右へ、即ち、カプレット、尾韻、そしてボブのコラムへと「縮減」の一環にあることを指摘した。しかし両者の研究は原理的に問題を捉えたにも

1. はじめに：問題の所在

拘わらず、それ以降の発展的・持続的な研究はなされていない。

「縮減」の全体像から見れば、それぞれの研究は、「縮減」の一部を独立的に扱っており、テクストのマクロからミクロにどの程度にまで通底するのか、そしてそれぞれはどのように有機的に絡み合っているのか、という一貫性の問題は、十分に捉えられてはいない。一貫性の観点から見直すと、「縮減」は単にネガティブな側面ではなく、「縮減」は解体と同時にそれを再構築し、新たな価値を促すものであるが、この後者の観点も十分には捉えられていないよう思える。従来の研究に欠けていてもっと深刻なのは、「縮減」はテクストの記述的次元に留まらず、その表現モード、更には、言語体系あるいは騎士道の価値体系そのものにも高次化し、多次元的に展開しているという点である。従来この点が分節されることなく考察されており、「縮減」の質的な違いとその関係性が等閑視されている。次元を分節し、その上で統合することが緊急課題であるように思える。かくして「縮減」は古くして新しい問題であり、今尚再考の余地がある。

これまでの一連の研究が捉えた「縮減」の事象、そのテクストレベルがマクロであれミクロであれ、またこれまで等閑視されてきた「縮減」の多次元構造の問題であれ、Langacker (2000, 2008) の言葉を借りれば、スキーマを共通項として生起している。それぞれのヴァリアントはプロトタイプ (prototype)（認知上際立ちが高く、ずらしの起点となるもの）とスキーマを介してずらされた拡張事例 (extension) として再構築できる。「縮減」の適用が疑わしい事例はスキーマ適用のファジー (fuzzy) の問題として見直すことができる。これまでの研究事例を有機的に関係付けると共に新たな事例を発掘し、ひいては詩人が創作する際の言語と認知の関係性を浮かび上がらせることができる。スキーマ化は、簡潔・平易でありながら、複雑な事象（意味を担う形式、形式に包摂される意味、抽象化）を生み出していくことのできる原理であり、本書ではそれを反転して記述・説明の視点とした。[1]

1.2. 研究課題

本書の研究課題は次の3つである。

研究課題1：「トパス卿」の言語において、「縮減」はどのようにスキーマ化されているか。
研究課題2：「トパス卿」の言語において、「縮減」はどのようにプロトタイプ化されているか。
研究課題3：「トパス卿」の言語において、「縮減」はどのように拡張事例化されているか。

注
1　本書は、認知言語学の知見を活用したNakao (1991, 2013) の発展的統合である。

2. 研究の視点と方法

2.1. スキーマの多次元構造

　ラネカーを援用すると、「トパス卿」を構成する言語テクスト及びその意味は、スキーマ、プロトタイプ、拡張事例の認知過程を通して、生み出される。「縮減」の概念は、スキーマとして言語テクストのマクロレベルからミクロレベルまで通底し、それぞれの意味を動機付ける。

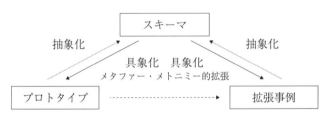

図1：スキーマ化と拡張

（Langacker（2000: 13）を修正した山梨（2000: 181）に依拠。）
注：矢印の点線は抽象化、実線は具象化、破線はメタファー・メトニミーによる拡張を示す。

3つの研究課題は、この図に当てはめて言えば、「トパス卿」の種々のテクストレベルに通底する共通項、即ち「縮減」のスキーマ（研究課題1）、そのスキーマを際立て、ずらしの起点としたものがプロトタイプ（研究課題2）、そのプロトタイプで化石化するのではなく、スキーマを介して、つまりプロトタイプをメタファー・メトニミーの推論を通して、柔軟に広げ（ずらし）ていったものが、拡張事例（研究課題3）である。

しかしここで注意すべきは、本作品の「縮減」のスキーマ化は、一平面に閉じられるのではなく、多次元的に高次化していくことである。換言すれば、「縮減」は多次元的に想定して初めてその全体像の演出が叙述・説明できるように思われる。本書では三次元的な構造を想定した。「縮減」の三次元的な意義付けは、構文論では不十分で、言語機能論の立場に立って行う必要がある。「縮減」は、Halliday and Hasan（1976）と Halliday（2004）の機能論、「概念機能」（ideational）、テクスト機能（textual）、対人関係機能（interpersonal）の3部門を経、最終的にメタ言語的機能（metalinguistic）を経ることで、その意義付けが達成される。最初の「概念機能」は、「縮減」を第一次元的に言語表現のコンテンツを記述する。2番目と3番目の「テクスト機能」と「対人関係機能」（前者は文意を談話構造から再構築し、後者は発話者の判断・評価を含む表現態度を表す。相互に密接に関係し合うことから本書では一つに統合）は、「縮減」を第二次元的にコンテンツの理解の仕方、表現モードを扱う。そして最も高次化した3番目の「メタ言語的機能」は、「縮減」を第三次元的にコードそのもの（本書では制度、伝統、言語コード等を扱う）の揺らぎを問題にする。「縮減」をスキーマとした三次元的な構造は図2のように示される。

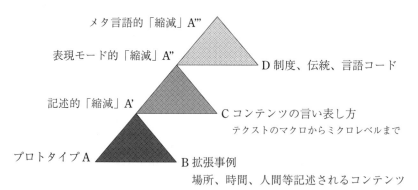

図2：「縮減」（diminution）の三次元構造

2. 研究の視点と方法

AとBの共通項（スキーマ）がA'、A'とCの共通項がA"、A"とDの共通項がA'"で、A'からA'"へと漸次スキーマが抽象度を増し、高次化する。[2]

このことを (2) の例で示そう。トパス卿は、夢で妖精の女王を自分の恋人と思い込み、探し求めて妖精の国に入る。

(2)　Til he so longe hath riden and goon
　　　That he foond, in a pryve woon,
　　　　The contree of Fairye
　　　　　So wilde;
　　　For in that contree was ther noon
　　　That to him durste ride or goon,
　　　　Neither wyf ne childe;　　　　　VII 800-06

第一次的なコンテンツの層において、この国にはトパス卿に敢えて挑戦するものはいない、ということから、女・子どもがいないというのは、伝統的に想定される騎士に対し「縮減」、竜頭蛇尾である。childe の選択自体既にずらしであるが、騎士道ロマンスに典型的な「将来の騎士」(MED s.v. child 6: A youth of noble birth, esp. an aspirant to knighthood; also, a knight or warrior) (A) から「単なる子ども」(B) へとずらされ、統合された (A') とすると、「縮減」の倍音効果は一層強められる。

このような意義付けは、第二次元的なコンテンツの理解の仕方、その表現モードにパラレルに繋がっていく。childe の語形は、テイルライムの短い音節行、6音節・3強勢に位置付けられる。「縮減」した概念は「縮減」したスペースの中で示される (A")。更に、チョーサーの文法では前置詞の後でのみ使用される final –e が主格の位置にもずらされ、結果女性韻（弱音節を伴う脚韻）を生み出し、柔らかな音調を奏で、それはボブ (bob) の wilde と脚韻し、wilde の意味合い自体も柔らげていく（「荒涼とした、荒々しい」⟶「家周辺の近場で、飼いならされていない」）(A''') ([Ⅲ-3] を参照)。

11

第二次元的な final –e のずらしの問題は、第三次元的な観点、final-e の言語コード自体の揺らぎによって動機付けられ、その分大胆に演出される。英語史的には、チョーサーが創作した時のロンドン英語では、final –e は殆ど発音されなくなり、その機能は形骸化し、替わって（形態論にかわる）統合法で表されることになる。final –e はもはや余剰的である（A'''）。
　以上のことから、「縮減」のスキーマ化は三次元的に演出される。

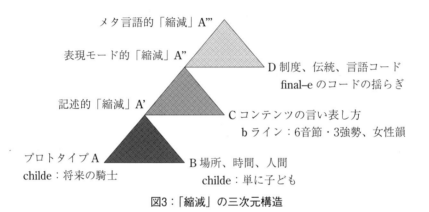

図3：「縮減」の三次元構造

　更に注意すべきことに、スキーマの高次化は必ずしも下位の A' から順に A''、A''' へと連続的（sequential）に適用されるとは限らない。むしろその仕方は立体的・重層的・循環的である。childe の例に見たように、第三次元的な層があるからこそ、第二次元、第一次元でのスキーマの演出が大胆にできるとも言える。
　チョーサーの文学言語においては、プロトタイプからの拡張事例は、必ずしも字義からメタファー的に抽象化、拡張した意味へ、という一方向性では説明できない。(1)の例に見るように、イディオムとしての意味がずらしの起点となり、スキーマを通して原義に戻し、そこから新たな意味を再構築する場合すらある。本書では、文脈的に際立ちが高く、拡張の起点として想定されるものをプロトタイプ、それを批判的に修正し新たに生み

出された意味を拡張事例とした。従って、どちらが原義か抽象義かは第二義的な問題で、どちらを起点にし、どちらをその修正・再構築とするかが第一義的な問題である。childe の場合、「将来の騎士」は、原義から抽象化されたものだが、それを聴衆・読者に起点として想定させ、字義的な「単なる子ども」に修正している。(childe の多義性の議論は［Ⅳ-6］を参照。)

スキーマ化は、それに合致する言語テクストあるいは意味は取り上げ、それに合致しないものは等閑視する嫌いがある。しかし、もっと大事なことは、チョーサーの場合、高次的な展開を通して、一見関係ないように見えるテクストないしその意味が、つまりスキーマの重層性を介して新たな関係性と意味付けが見出されることである。

2.2.「主体」の入れ子構造

一般的にコミュニケーションは、発信者がメッセージを受信者に送り、受信者がそれを受け取り理解することで成立する。日常言語においても発信者と受信者の経験基盤が異なる場合、メッセージの完全一致はそうあるものではない。チョーサーの文学的な語りにおいては尚更のことで、そのやりとりは決して一平面に閉じられるのではなく、図4に示すように、入れ子的に階層化して演出される。一番上にリアリティスペースでの作家チョーサー（チョーサーの創作当時、英仏百年戦争の真っ只中である。騎士道の後退が見て取れる）。次にフィクショナルスペースでは、テクスト上には現れないが、その全体を俯瞰し、同時に視点を移動できる語り手、私の言葉で「視点の転換装置 "I"」（以降、視点の転換装置 "I"）の演出。この視点の転換装置 "I" は、テクスト内の構造においても（人物間を動く）、テクストとテクストの関係、間テクスト構造においても（チョーサー作品内の間テクスト構造、チョーサー作品とは別の作品との間テクスト構造）ダイナミックに移動する。次にテクスト上に姿を現した語り手の演出。『カンタベリー物語』では、語り手は二重構造化され、かくして二重のメタ談話が構築されている。つまり、外側に『カンタベリー物語』総体を対象に語っていく巡礼者チョーサー、1人称語り手の演出（「トパス卿」は、物語のジャ

ンル性がハイライトされる断章7の一つの話)、内側にそれぞれの話をするその話の登場人物ではない、3人称語り手の演出。チョーサーが語り手になる場合、外側の談話の語り手と内側の談話の語り手が同じで、観察する側にも観察される側にもあり、(大きく) 自己分裂し、その距離故にメタ的な志向性が高められている。このことの証拠が3人称語り手が選択するテイルライム・ロマンスである。彼はトパス卿の騎士道をテーマとしてテイルライムの韻律で語るが、この韻律でのロマンスは、当時チョーサーやガワー (John Gower) が宮廷人を対象に語ったものではなく、吟遊詩人が主として中流ないし下流の庶民を対象に語ったものである。テイルライム・ロマンスの選択自体が語り手と聴衆の社会層の「縮減」を含意している。そして一番下に登場人物、本作品ではトパス卿と巨人オリファント卿 (Sir Olifaunt) 等の演出。スキーマの拡張事例化とその高次化は、誰の目で見ているか、その「主体」との関わりで、違ったストーリーライン (story line) が生み出される。Faucconnier (1994) を援用すれば、心的空間 (mental spaces) という「主体」が大から小まで入れ子的に、あるいは Fauconnier and Turner (2003) を援用すれば、概念融合 (conceptual blending) して存在している。

　「トパス卿」に入る前のリンク (宿の主人と巡礼者の対話等が物語間に挿入され、物語の促しや評価が行われている。) において、巡礼者の一人、チョーサーは、宿の主人に勧められ、話を請け負うが、その時、チョーサーは、宿の主人によって、女性が抱きたくなるような「人形」(popet) (VII 701) と称される。これは宿の主人の「主体」を通した見立て、チョーサーが語る「トパス卿」は、少なくとも表面的には、あるいは一つのストーリーラインとしては、その狭きフィルタリングを通して演出される。そして最終的に彼の語りを「へぼ詩」と評価し、物語を中断するのも宿の主人、彼の見立てである。[3] 宿の主人がこれから語るチョーサーに「人形」としての「主体」を付与したことは、聴衆・読者の読みに「縮減」の揺さぶりをかけている。

　「主体」は、大ざっぱに言えば、舞台での役割であり、その役割からの

2. 研究の視点と方法

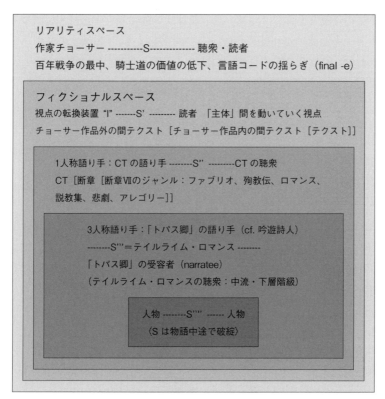

図4:「主体」の入れ子構造

注:S＝ストーリーライン（Story line）:「主体」によって演出される事態把握

演出である。「語り」自体、日常言語であれ文学の言語であれ、事態そのものではなく主体を通した再構築である。図4はその役割を分化し、その関係性を示したものである。図4の最も奥側、狭められた語り手と人物としての「主体」は、第一次元的にコンテンツの「縮減」を演出し、図4の真ん中、視点の転換装置"I"としての「主体」は、第二次元的にそのコンテンツの理解の仕方、その表現モードの「縮減」（ずらし）を演出し、そして図4の最も外側、フィクショナルスペースを超えたリアリティス

ペースの作家としての「主体」は、第三次元的に制度・伝統・言語コード等のメタ多言語的な「縮減」(揺らぎ)を演出する。「縮減」のスキーマの三次元的な高次化は、それぞれの層の「主体」が独立的に機能するというよりは、複合的に重なり合うことで、促進され、演出されていく。「縮減」のスキーマの叙述・説明において、この「主体」の分化と統合が際立って見られる箇所には、適時注意を払っていく。

2.3.「縮減」の拡張事例化の検証手順

　3つの研究課題は循環的なものである。研究課題1では、「トパス卿」のテクスト構造及びその意味を生成するスキーマは、一平面では捉えきれず、三次元的に高次化している、と見立てる。研究課題2では、プロトタイプが、三次元構造の第一次元のコンテンツの記述に関わり、特に際立ちの明確な場所空間に描き出されることを明らかにする。研究課題3では、「縮減」がコンテンツの記述からその表現モードへと拡張的に適用され、テクスト構造のマクロレベルからミクロレベルに通底していることを検証する。第二次元は、三次元構造という全体像の中間に位置し、第一次元と第三次元を仲介するものである。既に述べたように、第三次元があるからこそ、第二、第一次元での「縮減」のスキーマ化が大胆に推し進められたと言える。「トパス卿」において、聴衆・読者に定型(ロマンスのジャンル、テイルライムの詩型等)を意識させて、それを表現的にずらしていくのは、第三次元的な詩人のメタ言語的な操作に他ならない。逆説的ではあるが、研究課題1は、研究課題2、研究課題3を実証的に叙述・説明することで、はじめて検証できると言えよう。このように3つの研究課題は循環的で、どちらが先という正解はない。本書は上記の研究課題の順序に沿って、研究課題1～研究課題3へと適時それぞれの関係性に言及しながら論考する。

2. 研究の視点と方法

注

2 中村［渉］(2004: 200) を援用し、チョーサーのスキーマの高次化を視覚化した。

3 Cf. Lakoff and Johnson (1980: 163-64): Moreover, since the natural dimensions of categories (perceptual, functional, etc.) arise out of our interactions with the world, the properties given by those dimensions are not properties of objects *in themselves* but are, rather interactional properties, based on the human perceptual apparatus, human conceptions of function, etc. It follows from this that true statements made in terms of human categories typically do not predicate *properties of objects in themselves* but rather *interactional properties* that make sense only relative to human functioning.

3. 検　証

3.1. RQ 1:「トパス卿」の言語において、「縮減」はどのようにスキーマ化されているか

　「トパス卿」の言語における「縮減」のスキーマ化は、必ずしも急遽あるいは偶然的に生じたものではない。「トパス卿」の前に、チョーサーは「縮減」を既に扱ってきており、そのパラレルな持続・発展の中で、その高次化を推し進め、チョーサー自らを語り手とする「トパス卿」において、それは一つの極致に達したと考えられる。『トロイラスとクリセイデ』(*Troilus and Criseyde*) から『カンタベリー物語』に向けて見てみよう。『トロイラスとクリセイデ』では、第一次元的なコンテンツの「縮減」は、ギリシャ軍によって包囲されたトロイ、その閉ざされたトロイの中でのトロイラス (Troilus) とクリセイデ (Criseyde) の愛の展開（あるいは破綻）を通して、拡張事例化している。二人の愛は、パンダラスの館、その館の中の寝室、寝室の中のベッドへと「縮減」するスペースで展開し、最も狭いベッドの上でクライマックスに到達する。狭い不安定な足場で成立した愛は危うさを逃れられない。彼らの愛は、クリセイデの捕虜交換のギリシャ陣営行きと相まってすぐにも破綻する (Tr 5.1-7)。トロイラスはクリセイデのディオメーデ (Diomede) への裏切りを知り、彼に報復しようとするがアキレス (Achilles) に殺されてしまう。死後第8天界に昇り、自分がいた世界を this litel spot (Tr 5.1816) と認識する。彼が包囲から解放され、この世全体を俯瞰し、地上を小さな点として見るのは、死んで初めて可能である。第二次元的な表現モードは、トロイの包囲 (siege) がメタファー的かつ入れ子的なメトニミーとなって、登場人物の事態把握

3. 検　証

の視点を形成し、彼らの言語表現は、包囲の中での見方とその外からの見方とで緊張関係が演出される。また5巻構成は悲劇的な展開を、その詩型のライムロイアル（rime royal）は ababbcc の連形成で二人の愛の浮沈を円環的に言い表していく。[4]

　第三次元的なコード自体の揺らぎは、物語最後、クリセイデによるトロイラスの裏切りを書いたが、次には喜んで男性に裏切られた女性、ペネローペ（Penelope）の誠実さとアルセステ（Alceste）の善良さを書きたいという主張である。

(3)　That al be that Criseyde was untrewe,
　　　That for that gilt she be nat wroth with me.
　　　Ye may hire gilt in other bokes se;
　　　And gladlier I wol write, yif yow leste,
　　　Penolopeës trouthe and good Alceste.

　　　N'y sey nat this al oonly for thise men,
　　　But moost for wommen that bitraised be
　　　Thorugh false folk—God yeve hem sorwe, amen!—
　　　That with hire grete wit and subtilte
　　　Bytraise yow. And this commeveth me
　　　To speke, and in effect yow alle I preye,
　　　Beth war of men, and herkneth what I seye!　Tr 5.1774-85

このことは次の『善女伝』（*The Legend of Good Women*）に繋がっていく。一つの物語の終わりは、終わりであると同時に新たなる物語への始まりでもある。『善女伝』での「男性が悪、女性が善」というフレームでの複数の話の展開は、次の『カンタベリー物語』では新たなフレーム、「カンタベリー大聖堂への行き帰りでの巡礼者の話」へと拡張事例化する。いずれの物語も未完である。事態は、大小の差があるとは言え、それを観察する

囲いを設けないと、その価値付けは難しい。このように見ると『トロイラスとクリセイデ』から『善女伝』、『善女伝』から『カンタベリー物語』へのフレームの切り替えは、事態を捉える囲いの切り替えに過ぎない。

またすぐ後でチョーサーが『トロイラスとクリセイデ』の悲劇ではなく今度は to make in som comedye (Tr 5.1789) を書こうと述べるのは、『カンタベリー物語』を予測させ、チョーサーの物語作成において、それは閉じられるものではないことを示唆している。

 (4) Go, litel bok, go, litel myn tragedye,
    Ther God thi makere yet, er that he dye,
    So sende mygth to make in som comedye! Tr 5.1786-88

話の一番よかった巡礼者にロンドンに帰ってご馳走しようという話、つまり「悲劇」(tragedye) から楽しさで終わる「喜劇」(comedye) に切り替えられる。

 これは物語自体の循環性あるいは未完成の拡張事例化である。更に言えば、物語を書き終えて詩人チョーサーが、言語の多様性故に韻律を間違うことなく、理解されるように、と願っている箇所は、言語コード自体の揺らぎが描き出される。

 (5) So prey I God that non myswrite the,
    Ne the mysmetre for defaute of tonge;
    And red wherso thow be, or elles songe,
    That thow be understonde, God I biseche! Tr 5.1795-98

言語コードもその規則性が「縮減」すれば、それを補完する新たなコードが再設定される。「縮減」は新たなシステム創造の動機付けでもある。

『カンタベリー物語』は、話し手によって分かれ、話し手をグループ化した断章によって分かれ、事態を捉える「縮減」の囲いは、先に見た『ト

3. 検 証

ロイラスとクリセイデ』以上に複雑度を増す。三次元的な構造のスケールは大きく拡張する。エルズミア写本（Ellesmere、以下 El MS と略記）の物語（Tale）順序に従えば、物語の出発点である断章1では、第一次元的な「縮減」が顕現する。[5]「騎士の話」（The Knight's Tale）のロマンスは、古代ギリシャ、アテネが舞台で宮廷恋愛が展開し、それを受けてロマンスに挑戦する「粉屋の話」（The Miller's Tale）は、イングランド、オックスフォードを舞台にして、オクスフォードの学生と教会書記とが下宿屋の若い女房を勝ちとろうとする三角関係、下宿屋の寝室を中心に展開するファブリオ（fabliau）である。この庶民版ロマンスに挑戦する「荘園管理人の話」（The Reeve's Tale）、同じくファブリオは、ケンブリッジの粉引き屋が、粉を引きに来たケンブリッジの学生の馬が逃がし、粉をくすねとり、学生は帰ることができず、宿として粉屋に泊めてもらうストーリー。共用の狭い寝室の中で、学生と粉屋の女房と娘のどたばたの性のクライマックスが展開する。断章1の最後は、ケンブリッジから最大の近場、ロンドンに舞台が移る。この「料理人の話」（The Cook's Tale）は主人公のギルドが、親方に暇を出されたところで中断する。断章1は第一次元的なコンテンツの「縮減」のいわば縮図である。

第二次元的な表現モードについて言えば、多様な語り手、多様な話を断章構造に割り振っており、「縮減」はその断章構造に拡張事例化している。断章3（Wife）、断章4（Clerk, Merchant）、断章5（Squire, Franklin）では、5つのロマンスが共通テーマ「結婚問題」を扱い、違った巡礼者・語り手が視点を分割し、違った結婚の在り様が描き出される。視点の個別化、つまり視点の「縮減」が行われる。「トパス卿」が現れる断章7は、ジャンルの問題が取り扱われる。断章7は6作品（「船長の話」（The Shipman's Tale）、「尼僧院長の話」（The Prioress's Tale）、チョーサーによる「トパス卿」、「メリベーの話」（The Tale of Melibee）、「修道僧の話」（The Monk's Tale）、「尼僧お付きの僧の話」（The Nun's Priest's Tale））があり、ファブリオ、殉教伝、ロマンス、説教、悲劇、アレゴリー（モックヒロイック）が並置され、ジャンルの相対化が行われている。「トパス卿」は、ロマンスジャンルである

が、それを一層際立てるように、東中部地方で流布していたロマンスの詩型、テイルライム、チョーサーの詩型において唯一のもの（aabaab/aabccbの脚韻構成で、音節数・強勢数が「縮減」する）を採用している。

　この断章7は第二次元的なレベルを更に抽象的に高め、物語のジャンルの主題化、メタ言語的な度合いを大きく推し進め、第三次元的なレベルが顕現する。「トパス卿」は未完に終わるが（意図的に終えられたので、それは未完ではないとも言える）、『カンタベリー物語』自体も同様に未完（詩人は編集途中で死亡）、物語自体閉じられるものではなく、循環的で未完成であることを示唆している。

　「トパス卿」は、「縮減」のスキーマの三次元的な高次化を最大限に推し進め、「縮減」自体を単なる手段ではなく目的化しているように思える。語り手は、2.2で述べたように、巡礼者の一人、チョーサー自身で、チョーサーは観察する立場だけでなく観察される立場でもある、自己を鋭くメタ的に扱っている。チョーサーは宿の主人に女性が抱きたいと思うまるで「人形」のようだとからかわれ (This were a popet in an arm t'enbrace / For any womman, smal and fair of face. VII 701-02)、楽しい話をするように頼まれて、彼は rym (VII 709) しか知らないのでそれをする、と答える。その rym が、チョーサーで唯一のテイルライムである。第一次元的に、小さな語り手が、小さな主人公、トパス卿 (child Thopas) を選び、彼の冒険と愛は『ウオリックのガイ卿』(*The Romance of Guy of Warwick*) のように諸国を巡って拡大的に展開せず、近場に「縮減」的、展開せずに始めに戻って循環的、宿の主人に「へぼ詩だ」と中断を余儀無くされる。意図的に閉じられた作品としては「尼僧院長の話」(203行) を除けば、最短207行である（但し、途中で写本欠落の「料理人の話」は58行）。第二次元的な表現モードでは、テイルライム自体が「縮減」の音構造をとり、その詩型に則って、「縮減」はそのテキストのマクロレベルからミクロレベルまで通底している。構造自体必ずしも意義付けられるものではないが、「縮減」はメタファーないし入れ子構造のメトニミーを介して拡張事例化している。この一貫性は他の作品の追随を許さない。第三次元的には、テイルライムの物

3. 検　証

語が中途破綻し、チョーサーの次の物語、散文「メリベーの話」に繋がっていく、物語自体の未完と循環性は象徴的である。第三次元的には、他にも7.1で述べる口承性と書き言葉のリテラシーのテンション、また7.3、7.5、7.6、7.7で見るチョーサーの通常とは違った語形、語義、レジスター等の言語コード自体の揺らぎ、更には騎士道体系の揺らぎまで多岐に渡り、それは第一次元、第二次元の大胆な演出を可能にしてもいる。研究課題1は、最終的には研究課題2と研究課題3を通して実証される。研究課題1は、「縮減」のスキーマが、チョーサー作品を跨って三次元構造へと発展して

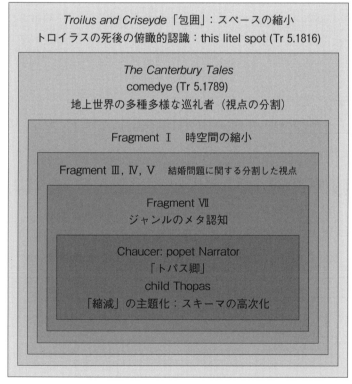

図5：間テクスト的に見る「縮減」のスキーマ

いき、「トパス卿」においては、主題化の段階に至っていると見立てた。間テクスト的に見ると、「縮減」は図5のように多様化し、同時に高次化している。

3.2. RQ 2：「トパス卿」の言語において、「縮減」はどのようにプロトタイプ化されているか

　3.1で示した「縮減」の三次元構造において、第一次元のコンテンツを記述する「縮減」は、際立ちが高く、プロトタイプとして機能し、以降のずらしの起点となる。第二次元的な「縮減」は、コンテンツを超えて、その理解の仕方を表す表現モードに高次化、そして第三次元的な「縮減」は、最も高次化、制度、体系、コードそのものの揺らぎに適用されていく。(6)は物語の冒頭で、第一次元的なコンテンツの「縮減」が際立てられる。

(6)　　Listeth, lordes, in good entent,
　　　And I wol telle verrayment
　　　　Of myrthe and of solas,
　　　Al of a knyght was fair and gent
　　　In bataille and in tourneyment;
　　　　His name was sire Thopas.

　　　Yborn he was in fer contree,
　　　In Flaundres, al biyonde the see,
　　　　At Poperyng, in the place.
　　　His fader was a man ful free,
　　　And lord he was of that contree,
　　　　As it was Goddes grace.　　　VII 712-23

第1連で、騎士について楽しい話を語る、とテーマを聴衆に高らかに表

3. 検証

明、しかしその騎士はきれいで優しく、[6] しかも戦いと馬上槍試合において、とずらされる。その主人公の名前はトパス卿。宝石の一つであるトパスは Benson（1987: 918）によってその効用の多面性がまとめられている。聖書（Job 28.19, Psalms 118.127）に由来する最高度のすばらしさを表す一方、柔弱さ、あるいは女性の名前（Topyas）に使われて、純潔さを表したり、また中世の宝石学では、情欲に抵抗する効力のある宝石でもある。[7] この宝石の象徴的意味は、勇猛果敢な騎士に必ずしも貢献するものではない。[8] 第2連から物語が動いていく。

第2連では主人公の出身地が叙述されている。この出身地は、後の「縮減」のずらしの起点になっている。彼の出身地は、遠いと打ち出されるが、トロイ・ギリシャではなく、ドーヴァー海峡（狭い）をすぐ越えたとろ、フランダースの近場。Benson（1987）が指摘するように、しかもフランダースは中世当時騎士の偉業ではなく産業や貿易で名の知れた地方。彼の故郷は、更にそのフランダース地方の西の端の一つの町、ポペリング（Poperyng）に狭められる。フランダースは、特にイングランドと同時代、羊毛産業を巡って競合し、時間空間も同時代に引き寄せられ、しかも商業に話が向けられることから、社会層も騎士階級というよりは商人にふさわしい場所である。騎士が商人化するのか商人が騎士化しているのか。3.1で述べたように巡礼者、チョーサーは宿の主人によって女性が抱きたいと思う「人形」（popet）として表されていたが、ポペリングはこの音と類似し（pope-）、イメージが重なり合う。トパス卿の父はこの国、いやこの狭き商業地区の領主、にも拘らず神の恩寵故に、と高められる。その住人である主人公は、後に child Thopas としてその小ささがラベル化されてもいる（But faire escapeth child Thopas VII 830）。child は、将来騎士になると期待される若者なのか、単に幼い子どもなのか。語り手が人形のように小さいのなら、Haskell（1975）の指摘したように、彼が語る話も小さく身体化される。かくして第一次元的なコンテンツの「縮減」が際立てられる。

更に言語を見ると、entent, verrayment, (redundant) al, gent とチョー

サーのレキシコンにない形、文法、語が採用され、単にテクストの記述的意味に留まらない。第二次元的なコンテンツの理解の仕方、表現モードに留意する必要がある。フランス語を英語化したアングロ・ノーマンの final –e の無い語形・発音、あるいは口承的ロマンスの言語のルースさ、意味のない誇張表現（al）、オーヒンレック写本に現れる一昔前の言い回し、円熟期のチョーサーでは既に低落している語彙（verrayment, gent）。これらは新たな文脈、「縮減」のスキーマを介して見直される。同時に第三次元的にも高次化していく可能性がある。騎士道制度の後退、また言語コード自体の揺らぎ（final –e の機能の形骸化、語彙の新旧等）に対するチョーサーのメタ認知とも取れる。第三次元的な体系上の揺らぎがあるからこそ、逆に大胆に第二次元的な表現モードのずらし、そして第一次元的

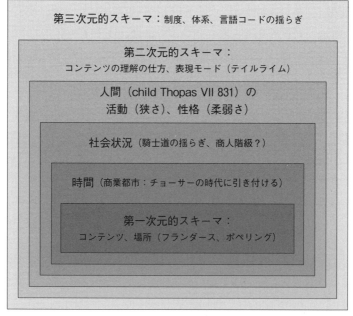

図6：スキーマの三次元構造とプロトタイプ

なコンテンツのずらしを演出できたとも言えよう。物語冒頭から「縮減」の三次元的な高次化が伏せられ、それらは物語の展開と共に浮き立たされていく。(6)は図6のようにまとめられる。

　第一次元のコンテンツにおいて、図6の最も内側が際立ちが高く、つまり場所空間として視覚化され、外側に進んでいけばいくほど際立ちは減じられ、場所から時間、時間から社会、社会から人間、人間から言語へと、拡張事例化する。第二次元のコンテンツの理解の仕方、その表現モードは、テクストのマクロレベルからミクロレベルまで種々層に入れ子的に拡張事例化する。第三次元的な「縮減」は最も外側に位置しメタ言語的で、プロトタイプからは最も離反、拡張事例化する。かくしてメタファー(「縮減」の類似性)とメトニミー(「縮減」の入れ子構造)が相互協力的に働き、「縮減」の拡張事例化は積極的に推し進められる。

　以上のように、「縮減」の第一次的なコンテンツは、物語冒頭において、プロトタイプ、つまり、トパス卿の出身地として際立てて導入され、以後の拡張事例化の起点となっている。しかしこの冒頭部分より同時に第二次元、第三次元への拡張事例化も示されており、以後ストーリーラインを紡ぎ出す「主体」が複合的・循環的に機能していくことを示唆している。

3.3. RQ3：「トパス卿」の言語において、「縮減」はどのように拡張事例化されているか

　図6で見たように、「縮減」は、場所から、時間、社会、人間、言語へと拡張し、その抽象度を高めていく。以下では、第二次元的な層であるコンテンツの理解の仕方、その表現モードに着目し、「縮減」がそのマクロレベルからミクロレベルまでいかに適用され、スキーマとして機能していくかを見ていく。

3.3.1. 入れ子構造

　「トパス卿」の「縮減」は、大ざっぱに言えば、詩型であるテイルライ

ムを通して言い表される。図6でみた「縮減」の適用は、表現モードにおいて図7のように入れ子構造をなす。

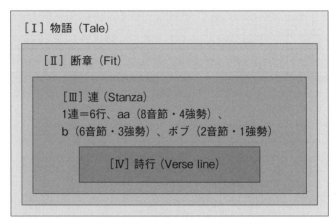

図7：第二次元：表現モードの入れ子構造

注：1. 音節数は、脚韻語が弱音節を伴う場合、更に1音節付加される。
　　2. 「トパス卿」は、ゼロから一気に生み出されたのではなく、研究課題1で述べたように、［Ⅰ］の上に物語と物語の相互関係（間テクスト構造）がある。この構造は必要に応じて言及する。

3.3.2. 入れ子構造Ⅰ、Ⅱ、Ⅲ、Ⅳの下位区分

図7のⅠ、Ⅱ、Ⅲ、Ⅳは、(7)のように下位区分される。

(7) Ⅰ、Ⅱ、Ⅲ、Ⅳの下位区分
　［Ⅰ］物語（Tale）の「縮減」
　　　［I-1］スキーマの三次元構造：「主体」の入れ子構造
　　　［I-2］テイルライム
　　　［I-3］表現モード的スキーマと記述的スキーマ：状態と動作
　　　［I-4］写本レイアウトとスキーマ：3コラム化

3. 検　証

　　　［Ⅰ-5］「縮減」の三次元構造：物語の循環性
　［Ⅱ］断章（Fit）の「縮減」
　　　［Ⅱ-1］断章の連数
　　　［Ⅱ-2］断章の境界線
　　　［Ⅱ-3］断章の結束性
　［Ⅲ］連（Stanza）の「縮減」
　　　［Ⅲ-1］連の行数
　　　［Ⅲ-2］尾韻
　　　［Ⅲ-3］ボブ（bob）
　［Ⅳ］詩行（Verse line）の「縮減」
　　　［Ⅳ-1］動詞の相と法
　　　［Ⅳ-2］統語法
　　　［Ⅳ-3］イディオム
　　　［Ⅳ-4］句跨り
　　　［Ⅳ-5］レジスター
　　　［Ⅳ-6］多義性
　　　［Ⅳ-7］韻構造
　　　［Ⅳ-8］final -e

第二次元的な表現モードに沿って検証していく。第二次元は、スキーマの三次元構造の中間にあり、第一次元のコンテンツの記述と第三次元の制度・体系・言語コードのメタ認知に容易に接続し、循環的に相互作用している。後者2つについても適時考察を加えていく。

注

4　中尾（2015: 358-79）は、包囲（siege）の意味合い（内、境界、外）をチョーサーの閉じられたスペースに対する認識の問題として追究した。Brown（2007）も参照。物語の5巻構成は、序論、展開、クライマックス、大団円、結論に対応する。Masui（1964: 226）は、ababbcc の rime royal 1連7行の連構造は、中国の絶句に類

似すると述べている：The seven-line stanza of the rime ababbcc which Chaucer employed in *Troilus and Criseyde,* the *Parliament of Fowls,* and others may pose an interesting problem in point of rime and line-structure. It has three parts, the *pedes* ab, ab and the *cauda* bcc. Roughly speaking, the first *pedes* (ab, ab) may serve for the beginning of a theme and its development, and the last *cauda* (bcc) for the turning (*or* surprise) (b) and the conclusion (cc) of the theme, thus forming a small unity within a single stanza. By so doing, stanza follows stanza with a circular and yet progressive movement of verse in accordance with the gradual and sustained development of a subject-matter. And the last two lines of the stanza often give us an effect of finality just as does the heroic verse. This effect of finality or summing up may certainly be achieved in part by the last rime cc. For that matter the structure of a seven-line stanza seems to resemble to some extent that of a Chinese *zekku* (quartrain) which has 'beginning, development, turning and conclusion.'

5 断章1と断章9、10は写本の異同にも拘わらず、安定している。Benson (1987: 1121) 参照。
6 'fair and gent' は、『エマーレ』(*Emare*) のヒロイン (15-16, 190-92, 403) にも用いられている。
7 Cf. Evans (1960).
8 Cf. John Trevisa's translation of Bartolomæus Anglicus *De Proprietatibus Rerum*, A Crtiical Text, Vol. 2 (Seymour 1975: 878): And staunscheþ blood, and helpeþ þat haueþ emeroydes, and swageþ feruent water and suffreþ it nought to boyle, as it is yseyde *in lapidario*. Dias seiþ þat it swageþ boþe wraþe and sorwe and helpeþ aʒeins yuel þoughtes and … frenesy and aʒeins sodeyn deþ. And haþ þe schap of a merour, and þe ymage þat is þerinne is yseyde in an holowe merour. (*De topazio*)

4.［Ⅰ］物語（Tale）の「縮減」

4.1.［Ⅰ-1］ スキーマの三次元構造：「主体」の入れ子構造
図4を図8に再録する。

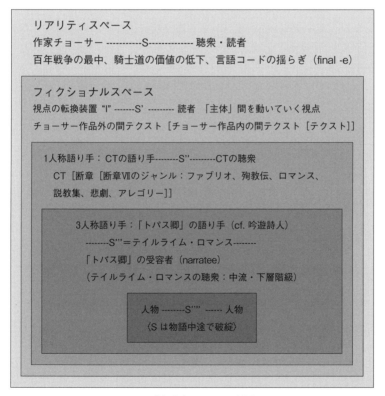

図8：「主体」の入れ子構造

「主体」が切り替えられると、違ったストーリーラインが生み出される。「縮減」のスキーマ化は、登場人物としての「主体」、また3人称語り手の「主体」を通してだけでは完成しない。「主体」の多次元的な演出は、『カンタベリー物語』の総体を演出する1人称語り手、更には主体間を柔軟に移動し、かつ全体を俯瞰できる視点の転換装置"I"、そしてフィクショナルスペースを超えた、リアリティスペースにいる作家チョーサーとを組み合わせて、そのトータリティが生み出される。(1)の例（[Ⅳ-3]で詳しく扱う）で述べたように、物語の3人称語り手がトパス卿を flour of roial chivalry「騎士道の華」と誉めそやしても、この一見常套的なフレーズは、視点の転換装置"I"を動かすと、「騎士道の粉々」ではないか、と新たなストーリーラインが演出される。第二次元的な一つの表現モード、イディオムは、「縮減」のスキーマを介して再構築され、第一次元的なコンテンツの縮小が浮かび上がってくる。[Ⅳ-6-4]で扱うが、語り手がトパス卿は巨人と「戦場で戦う」(debate)と意図したとしても、視点の転換装置"I"を介すると、「口論する」ではないか、と違ったストーリーラインが演出される。チョーサーの創作した時代は、フランスとの100年戦争（1337-1453）の真っ只中で、人々は断続的に続く戦争にうんざりしており、騎士道は後退しつつあった時である。[9] フィクショナルスペースを超えて、第三次元的なリアリティスペースに立つと、騎士道体系そのものの揺らぎが見え隠れする。あるいはこの第三次元があるからこそ、定型句の大胆な解体と再構築が可能になったとも言える。

　以上のように「主体」の切り替えは、「縮減」のスキーマの多次元化を動機付けている。

4.2. [Ⅰ-2] テイルライム

　「トパス卿」のテイルライムは、『カンタベリー物語』の物語と物語のリンクを交えて考察すると、テイルライム自体他の詩型の間にサンドイッチ状態で挟まれ、その詩型自体が相対化、あるいは主題化されて表されている。図式的に示せば、「トパス卿」前後の詩型は次のようにめまぐるし

4. ［Ⅰ］物語（Tale）の「縮減」

く変化している。

 (8) 詩型の相対化
   「尼僧院長の話」：ライムロイアル（少年殉教）
   「トパス卿」の直前のリンク：ライムロイアル
    ↓
   「トパス卿」：テイルライム（ロマンス）
    ↓
   「トパス卿」の直後のリンク：10音節カプレット
    ↓
   チョーサーの語り直し、もう一つの話「メリベーの話」：散文（説教）

「トパス卿」自体は基本1連6行のテイルライムである。aa のカプレットの音節数と強勢数は、8音節・4強勢、尾韻の b は6音節・3強勢、ボブが含まれれば2音節・1強勢で、「縮減」している。(9) は物語の冒頭で、物語のテーマと主人公トパス卿の出身地を紹介している。

(9)	Listeth, lordes, in good entent,	a	8音節・4強勢
	And I wol telle verrayment	a	8音節・4強勢
	Of myrthe and of solas,	b	尾韻：6音節・3強勢
	Al of a knyght was fair and gent	a	
	In bataille and in tourneyment;	a	
	His name was sire Thopas.	b	
	Yborn he was in fer contree,	a	

    In Fláundrĕs, ál biyónde thĕ sée, a

    Ăt Pópĕryng, ín thĕ pláce. b

    His fádĕr wăs ă mán fŭl frée, a

    And lórd hĕ wăs ŏf thăt cóntrée, a

    Ăs ít wăs Góddĕs grácĕ. b VII 712-23

 注：/ は強音節、⌣は弱音節を示す。

 漸減する詩行、b ラインの詳しい検討は［Ⅲ-2］で、ボブのそれは［Ⅲ-3］で行う。
 「トパス卿」の断章の終わり部分は、(10) のように、不安定性を高め、1連6行が乱れ、行数が増えたり、aab に対し ccb に変更されたり、またボブが含まれたりしている。これは断章1の最終部で、トパス卿と彼が恋人と決め付けた妖精の女王の国に住む巨人オリファント卿との戦いを描いている。ボブ (c) とフィール (wheel) (ddc) は、フィールの最後の b ラインとボブとが脚韻し、連の終了感を表している。フィールの最初の2行は4強勢、最後の3行目は3強勢である。詩行の強勢の数は、連の最初のカプレットと尾韻に平行している。

(10) Til thăt thĕr cám ă gréet geáunt, a

    His námĕ wăs sírĕ Ólĭfaúnt, a

    Ă pérĭloŭs mán ŏf dédĕ. b

    Hĕ séydĕ, "Chíld, bў́ Térmăgaúnt, a

    Bŭt íf thŏu príke oŭt ŏf mў́ haúnt, a

4.［Ⅰ］物語（Tale）の「縮減」

Ănón Ĭ slĕ thў stēedĕ	b	
With máce.	c	ボブ1強勢
Hēere ĭs thĕ quéenĕ ŏf Fáyerўe,	d	フィール　4強勢
With hárpe ănd pípe ănd sýmphŏnўe,	d	
Dwéllynge ín thĭs pláce."	c	3強勢　　VII 807-16

断章の終盤で語り手の気分によって流動的に連の構成が変異するのは、統一性の「縮減」であるが、それはテイルライム・ジャンルの口承的性格を表そうとしたのかもしれない。第三次元的に見れば、チョーサーはメタ韻律的に、このジャンルの口承的性格を地方的で中流、下流の聴衆を対象としたもの、他方10音節カプレットを都会的、宮廷人の聴衆を対象としたものとして、対比したようにも思える。この詩型の乱れについては［Ⅱ-1］で扱う。物語は宿の主人によってへぼ詩と称され中断を余儀無くされる。ここでは音声のゼロ化、「縮減」の極小化である。詩行の「縮減」（8音節・4強勢→6音節・3強勢→2音節・1強勢→ゼロ）は、何か欠落していることを暗示する。Jakobson (1960: 358) の用語を使えば、スキーマは「等価性」（equivalence）に該当し、それが結合軸上へ執拗に投射され、詩的機能（poetic function）を高めていくことに他ならない。[10] 詩型とそれが描き出す概念がパラレルに進行している。

「尼僧院長の話」の殉教伝に使われたライムロイアルは、『トロイラスとクリセイデ』の宮廷ロマンスに使われた格調高い詩型で、その詩型を通して宿屋の主人がチョーサーに話しかけ、物語をするように促す。格調高いライムロイアルを口語的で庶民的な対話にトーンダウンする「縮減」である。この詩型と中身のずらしは、語り手チョーサーの詩型、地方的で庶民的なテイルライムの選択への効果的な導入である。[11]

巡礼者チョーサーは、通常の10音節カプレットではなく、東中部地方で

流布していた口承的ロマンスに特徴的な詩型、テイルライムを選択して物語る。通常テイルライムの1連は、基本弱強の韻律（iambic）で、脚韻は、aabccbddbeeb のように、カプレット・尾韻から構成され、それが4回繰り返され、12行からなる。「トパス卿」はこの半減 aabaab/aabccb、6行を基調とするテイルライムである。チョーサーの6行からなるテイルライムは、通常の12行に比べると、b ライムが少なくてすみその分扱い易い。6行の選択は偶然的なものではなく、「縮減」の一環にあるものと見なせるが、詳しい検討は［Ⅲ-1］で行う。本作品は、詩行の音節数と強勢の数の漸減、連の行数の半減においてロマンスなのかバラッドなのか、ジャンルの境界線上にもある（バラッドの通常韻律は、8音節・4強勢（a ライン）、6音節・3強勢（b ライン）の交替型（abab））。このことは、ロマンスジャンルの「縮減」としても解される。[12]

　宿屋の主人がチョーサーの話を中断し、他の物語をするように要請するリンクでは、10音節カプレットの『カンタベリー物語』の基本パタン、物語を劇的に展開できる詩型に戻る。しかしそこに戻ったのも束の間、チョーサーが語るもう一つの「メリベーの話」は、説教集で、散文で語られる。当時流布していた二大文学ジャンル、ロマンスと説教集の相対化が行われる。ジャンルの相対化に呼応してその表現媒体の相対化、韻文と散文、更には恐らく口承と読書（詩型は口承伝達のためにある）が対照化する。しかし、ここで注意すべきは、ジャンル・媒体の違いを超えて、［Ⅰ-4］で述べるように、第一次的なコンテンツの記述、戦いの「縮減」が貫いているように思える。

　このような狭められた空間において、「尼僧院長の話」の後のリンクはライムロイアル、「トパス卿」はテイルライム、「トパス卿」の後のリンクは10音節カプレット、「メリベーの話」は散文、と、物語の表し方が目まぐるしく交代、どれ一つとして完全ではなく、揺らぎ、循環的である。詩人が物語媒体に対して第三次元的な段階、メタ言語的な認識に至っていることを描き出している。この第三次元への拡張は、一登場人物や物語の語り手を通してでは不十分である。「主体」間を動き、統合できる視点の転

4. ［Ⅰ］物語（Tale）の「縮減」

換装置"I"を通して可能である。逆説的ではあるが、この第三次元があるからこそ、伝統的なロマンスのパタン、テイルライムを再構築し、マクロレベルからミクロレベルに至る表現モードのずらしを大胆に演出できたのだと言えよう。

4.3.［Ⅰ-3］ 表現モード的スキーマと記述的スキーマ：状態と動作

　本作品は3つの断章から構成されている。断章1から断章3まで見ていくと、第一次的なコンテンツの記述と表裏の関係にあり、主人公トパス卿の振る舞い、状態と動作のバランスの際立った特徴が浮かび上がってくる。本作品では、トパス卿の状態面（出身、女性的描写、祝宴の材料、鎧装備の特徴等）が極端に強調され、戦いに関わる動作面が極端に縮小されている。確かに彼の動作も注意が向けられているが、それは戦いに直接関わらない箇所（無目的な馬の駆り出し、宴会の描写等）、あるいは彼にとっては不名誉な行動（戦いを回避しての逃走）に限定されている。戦いに言及する場合はごくまれにあるが、それは事実ではなく判断・評価の問題で、法助動詞を伴って表されている（［Ⅳ-1］参照）。トパス卿の少ない戦いのクライマックスは、断章1の最終部、詩型の不安定な箇所に集中するが、そこではボブという最も狭い詩行単位に割り当てられ、その叙述を支えるにはあまりに不安定である。『トロイラスとクリセイデ』のクライマックスが最も狭いベッドの上で成就し、その幸せの不安定さは否定できず、実際二人の愛は破綻する。この点では両作品は大同小異である。断章2はトパス卿の鎧装備がハイライトされ、さぞかし大きな戦いが始まるのではと期待される。しかし、次の断章3では、断章2の周到な装備にも拘わらず、宿の主人によって中断を余儀無くされ、結果、戦いは不発に終わっている。断章ごとにトパス卿の状態あるいは動作の様相を、連・行、脚韻パタン、モチーフとして網羅的に示したのが、表1〜表3である。

表1：断章1

連・行	脚韻パタン	モチーフ（トパス卿の状態・動作）
1. 712-17	aabaab	始まりのメタ談話[13]：Listeth, lordes。テーマの設定。トパス卿が主人公。
2. 718-23	aabaab	出身
3. 724-29	aabaab	身体的特徴
4. 730-35	aabaab	髪、靴、ストッキング、ローブ
5. 736-41	aabaab	狩の描写
6. 742-47	aabaab	多くの乙女のトパス卿への恋。しかし彼は純潔。
7. 748-53	aabaab	在る日トパス卿は馬に乗っていざ出陣、もっと正確には駆り出すことが目的。馬によじ登る。軽い槍（launcegay）をもって出かける。
8. 754-59	aabaab	山越え、野越えて野生の動物に遭遇と思いきや、鹿と兎に遭遇。
9. 760-65	aabaab	ハーブ、スパイスがあふれている。
10. 776-71	aabaab	はいたか（小鳥をえさにする）、つぐみ、オウムが鳴いている。
11. 772-77	aabaab	恋：鶫の声を聞いて恋に陥る（love-longynge）。
12. 778-83	aabaab	恋：トパスは憑かれたように馬に拍車、柔らかい草の上を進み、心情（性欲、勇気？）は激しく、馬は怪我をして血を流す。
13. 784-89	aabaab	恋：恋の縛り。夢で妖精の女王が恋人と決定付ける。
14. 790-96	aabcbbc	恋：この世界に他には連れ添いとしてふさわしい女性はいない。町にはいない。他の女性は求めず、山越え谷越え彼女を求める。
15. 797-806	aabaabcaac	恋：馬によじ登り、踏み段と石（stile and stoon）を越えて、密かな森、妖精の国に入る。
16. 807-816	aabaabcddc	戦い：巨人オリファント卿がやってくる。出て行かないと馬を棍棒で殺すぞ、と脅かす。
17. 817-22	aabccbdccd	戦い：トパス卿曰く、明日戦おう。できるのならお前の腹を刺したい。
18. 827-32	aabccb	戦い：トパス卿は速やかに引き下がり、巨人は石投げ機で石を投げる。トパス卿は神のご加護があり、見事にそれをかわして町に帰る。 ＊動作は、戦うのではなく逃げる動作

4. ［Ⅰ］物語（Tale）の「縮減」

トパス卿に恋しているとする漠とした多くの恋人、しかし彼は純潔。恋の展開無し。目的意識の希薄さにも拘わらず、いざ出陣、さっと馬に乗ってと期待させ、時間をかけて、スピード感は減少。その冒険の幅は、荒野に出ると見せて、家周辺に小規模化、動作とはいえその「縮減」は明白である。鶫の声を聞いて突如恋に陥り、取りつかれたように馬を駆り出す。恋に取りつかれ夢を見、そこで妖精の女王が自分の恋人と決め付ける。トパス卿は先ほどの恋の続きでその対象が後思案で明確になったと言っているのか、それとも全く違う恋の始まりを言っているのか、よく分からない。自分の女性は彼女以外にはいないとして、彼女を求めて旅に出、妖精の国に入る。そこを住処とする巨人オリファント卿に遭遇する。[14] 戦いの場面ではトパス卿とオリファント卿の対話は、直接話法で示され、ハイライトされる。しかし、そこでハイライトされるのは、対話（口論）であって、実際の戦いではない、もっと正確に言えば、今戦うのではなく、しかるべく準備して戦おう、と、一歩も二歩も後ずさりする（［Ⅳ-1］の動作動詞の法性化を参照）。断章1の最後でやっと言葉ではなく、巨人オリフォント卿の戦いの動作が示される。しかしその動作は直に二人が直接ぶつかり合うものではなく、石投げ機でトパス卿に石を投げる動作である。巨人にとってこの動作は不名誉である。それをトパス卿は見事にかわした、神のおかげ、と示されるが、それは彼の見事な振る舞い故、つまり、彼が小さいから当たらないのでは、と想像され、ここにも「縮減」のスキーマが適用される。

ロマンスのクライマックスである戦いの場面は、26行割かれているが、トパス卿とオリファント卿の言葉の戦いであって、実際の戦いは5行（828-832）にすぎない。このテクスト上の小規模化は、戦う時空間の小規模化である。[15] ［Ⅱ-2］で具体的に検討するが、断章1の終わりは詩型が混乱し、不安定である。「トパス卿」の物語のほぼ中間にあり、クライマックスが期待されるが、騎士の偉業としては真反対で、騎士道の「縮減」はその分際立って表される。作品を間テクスト的に俯瞰する「主体」、視点の転換装置 "I" から見れば、「トパス卿」の中間、また「トパス卿」は断章

7のほぼ中間、更に言うとカンタベリー大聖堂への巡礼行のほぼ中間、ロチェスター（Rouchestre）である。[16] 高めて落とすその「縮減」の落差は重層的に意義付けられる。このことは3.1で見た『トロイラスとクリセイデ』において、第3巻のクライマックスが、トロイ、パンダラスの家、その中の寝室、寝室のベッドと、その最も狭いベッドの上で、トロイラスとクリセイデのクライマックスが成就する、即ち、クライマックスが最も危うい状態で成立するという、パラドックスに相同する。[17]

表2：断章2

連・行	脚韻パタン	モチーフ（トパス卿の状態・動作）
1(19). 833-38	aabaab	始まりのメタ談話：Yet listeth, lorde, to my tale。聴衆の反応に不安を抱きながら、楽しい話をしようと言う。小さなお腹のトパス卿は丘や谷を越え、町に帰る。
2(20). 839-44	aabaab	祝宴：楽しい話の語り。巨人オリファント卿のことを肥大化したのか、きちんと記憶していないのか。自分は明日3つの頭の巨人と戦わねばならない。輝かしい人の愛と喜びのために（漠と示されている。妖精の女王のこと？）。巨人オリファント卿であれ、妖精の女王であれ、その結束性・指示性は不明瞭。
3(21). 845-50	aabaab	祝宴：吟遊詩人を呼ぶ。武装する間、ロマンス、愛の話を。
4(22). 851-56	aabaab	祝宴：ワインがたっぷり与えられる。スパイス入り。＊祝宴には6×3＝18行が割かれている。
5(23). 857-62	aabccb	武装：白い肌の上に美しい布のズボン、シャツ、鎖帷子が心臓を刺されないように。
6(24). 863-68	aabccb	武装：上に金属製の武具、ユダヤ人製、上に鎖帷子。（ユリのように白い）。これを纏って戦おうとする。
7(25). 869-74	aabaab	武装：盾は赤い金、猪の頭の飾り、横にはざくろ石（carbuncle）。ビールとパン（ale and breed）にかけて誓う：巨人は殺されねばならない。何が起ころうと。
8(26). 875-80	aabccb	武装：脚の防護は硬くした皮製、象牙のさやの刀、ヘルメット、サドル、手綱。

4．[Ⅰ] 物語（Tale）の「縮減」

9(27).881-90	aabccbdeed		武装（3行）：槍は糸杉（cypress）、戦いを表し平和ではない。先は鋭く削られている。馬はねずみ色に黒い斑のある馬（dappull gray）、[18] ゆっくり、くねりながら進む。

華麗で念入りな鎧装着には：6×4＋3行＝27行が割かれ、断章2の57行中半分を占めている。しかし、断章3で明らかになるように、戦いは成立しない。鎧装着はロマンスのトポスであるが、（中断を余儀無くされ）戦いは欠落する。鎧装着の状態描写がハイライトされ、反面それを使った動作描写は希薄化する。

表3：断章3

連・行	韻律パタン	モチーフ（トパス卿の状態・動作）
1(28).891-96	aabccb	始まりのメタ談話：聴衆の反応でいらつき、無礼にも「だまりなさい」（Now holde youre mouth）。戦いと騎士道、貴婦人の熱烈な愛の話を、と再確認。
2(29).897-902	aabccb	語り手曰く、すばらしい（of pris）[19] ロマンスが語られている、Horn Child, Beues 等。しかしトパス卿こそ騎士道の鏡。いずれのロマンスも〈子ども〉が主人公。
3(30).903-08	aabccb	冒険：馬に跨り、滑るように進み、たいまつの火のように。ヘルメットの上に塔があり、そこにユリの花を刺してある。神が彼が傷つかないようお護りしてくれますように。
4(31).909-14	aabccb	彼は武者修行の騎士（knight errant）、家では寝たくない、戸外でフードをかぶったまま寝たい。ヘルメットが枕、軍馬は横でハーブを食べる。
5(32).915-18(half)	aab＋0.5行	泉の水を飲む、パーシヴァル卿のように。鎧をまとったすばらしい騎士。（鎧がすばらしいのか？）

トパス卿の状態と動作の記述を見ると、ロマンスの雛形として期待されるものの、馬の乗り方はゆったりと軽く滑り出すような女性なみ、また断章2の戦いの準備の描写を引きずるように、ヘルメットの状態が詳細に叙述

される。武者修行として野性的に広がると見えて、馬が食べるのは身近なハーブ、すぐにも実際の戦いの動作に入っていくと思いきや、「パーシヴァル卿のように泉の水を飲む」で宿の主人によって中断を余儀無くされる。戦いの動作は断ち切られる。

『ガレスのパーシヴァル卿』(*Sir Perceval of Galles*) が泉の水を飲む、で閉じられる意義付けは、間テクスト的に動く「主体」、視点の転換装置"I"を通して演出される。[I-5]で具体的に示すが、Benson (1987) が指摘した物語の冒頭部に対応させると、戦いに展開せず始めに戻る循環論を示す。また私が指摘する物語の終盤部に対応させると、戦いを放棄し、武具を捨て、鎧を脱ぎ、最初に母といた森に母を求めて帰っていく姿が浮上する。戦いの放棄は、チョーサーが次に話す「メリベーの話」において、メリベーが暴漢に傷つけられた娘の復讐を妻プルーデンスの知恵で思い留まり、敵と和解することで一層際立てられる。

4. 4. [I-4] 写本レイアウト

写本レイアウトは、活字テクストだけでは気付けない、読みの情報を提供してくれる。「トパス卿」のヘングワット写本 (Hengwrt MS、以下 Hg MS) と El MS のレイアウトは、その典型である。[20] 図9は Hg MS、図10は Ruggiers (1979) による図9 Hg MS のディプロマティックテクスト (El MS のずれ (ヴァリアント) 付き) を示したもの、図11は、Hg MS に対応する El MS、最後に (11) Benson (1987) の編集テクストを示した。最後の編集テクストは、その句読点により文法関係は、写本の分割斜線 (virgule) やプンクトゥス・エレワートゥス (punctus elevatus) (セミコロンに似ているが、下のポイントではなく、上のポイントが右上に跳ねている) よりも一層精緻であるが、他方、写本レイアウトのコラム化は完全に捨象されてしまっている。Tschann (1985: 9) は、写本レイアウトについて Burrow (1984: 65) を参照し、「進行的漸減化」(the principle of progressive diminution) の反映ではないかと捉えている。ここでは、このコラム化を「縮減」のスキーマの一環にあるものとして見直した。トパス卿の出身地がドーヴァーを越えた

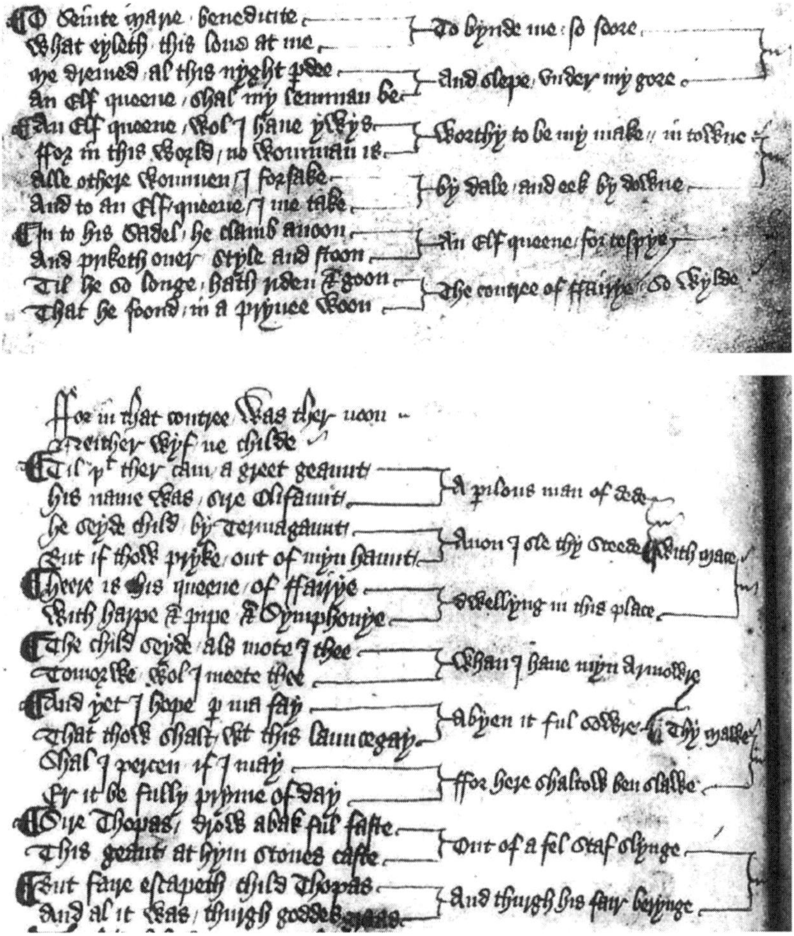

図9：Hg MS 214r-214v

214r

❡Chaucer of sire Topas.❜

❡O Seinte Marie / benedicite To bynde me / so soore   seinte Marie
                                                                                me
1975 What eyleth / this loue at me
Me dremed / al this nyght pardee   nyght
                                    And slepe / vnder my gore   slepe   goore
An Elf queene / shal my lemman be   elf   lemman
1980 ❡An Elf queene / wol I haue ywys   I loue ywis
                                     Worthy to be my make // in towne ❜   make❜ In towne
For in this world / no womman is   womman
Alle othere wommen / I forsake   wommen /
1985 And to an Elf queene / I me take   ❡Alle
                                     by dale / and eek by downe   By dale and
                                                                                Elf queene
❡In to his Sadel / he clamb anoon   sadel / anon
                                     An Elf queene / for tespye   Elf queene
And priketh ouer / style and stoon   ouer stile
1990 Til he so longe / hath riden and goon   hadde   and
                                     The contree of Fairye // So wylde❜   Fairye   wilde
That he foond / in a pryuee woon   pryue

214v

ELLESMERE

1994 For in that contree / was ther noon   contree   noon❜
1995   ⎫ 3
1996 Neither wyf ne childe❜   wyf   childe

ELLESMERE (top right)

4. [I] 物語（Tale）の「縮減」

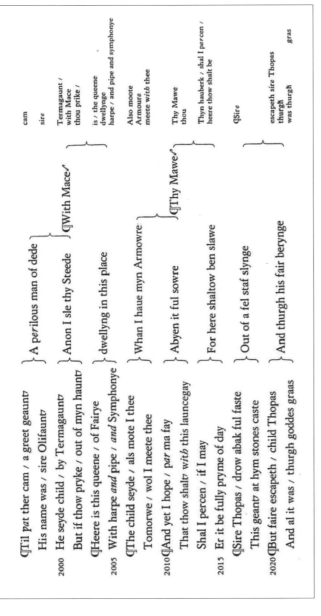

図10：Ruggiers (1979：850, 853)

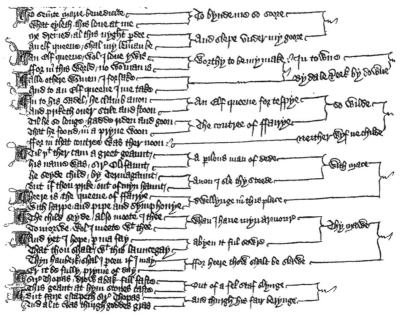

図11：El MS 152r

ところ、フランダース、その西の端ポペリング、と空間的「縮減」を伴っていたように、左から右へとレイアウトの3コラムも「縮減」している。

引用箇所は、断章1の終わりの部分で（［Ⅱ-2］参照）、トパス卿は恋と冒険のクライマックスに入っていく。トパス卿は夢を見て自分の恋人は妖精の女王と思い込み、彼女を求めて妖精の国に入っていく。そこを住処とする巨人オリファント卿と相対するが、双方戦いを躊躇し、後退的。トパス卿は鎧をまとって、と翌日に戦いを延期する。最後巨人オリファント卿は、剣で直接的にではなく、石投げ機で攻撃、トパス卿は（恐らくは小さいが故に）見事にかわす。「縮減」はクライマックスでアンティクライマックスに機能する時一層際立てられる。

4. ［Ⅰ］物語（Tale）の「縮減」

(11) Benson (1987)

  "O Seinte Marie, benedicite!
What eyleth this love at me
  To bynde me so soore?
Me dremed al this nyght, pardee,
An elf-queene shal my lemman be
  And slepe under my goore.

"An elf-queene wol I love, ywis,
For in this world no womman is
   Worthy to be my make
     In towne;
Alle othere wommen I forsake,
And to an elf-queene I me take
  By dale and eek by downe!"

Into his sadel he clamb anon,
And priketh over stile and stoon
  An elf-queene for t'espye,
Til he so longe hath riden and goon
That he foond, in a pryve woon,
  The contree of Fairye
     So wilde;
For in that contree was ther noon
That to him durste ride or goon,
  Neither wyf ne childe;

  Til that ther cam a greet geaunt,
His name was sire Olifaunt,

A perilous man of dede.
He seyde, "Child, by Termagaunt,
But if thou prike out of myn haunt,
   Anon I sle thy steede
        With mace.
Heere is the queene of Fayerye,
With harpe and pipe and symphonye,
   Dwellynge in this place."

The child seyde, "Also moote I thee,
Tomorwe wol I meete with thee,
   Whan I have myn armoure;
And yet I hope, *par ma fay*,
That thou shalt with this launcegay
   Abyen it ful sowre.
        Thy mawe
Shal I percen, if I may,
Er it be fully pryme of day,
   For heere thow shalt be slawe."

Sire Thopas drow abak ful faste;
This geant at hym stones caste
   Out of a fel staf-slynge.
But faire escapeth child Thopas,
And al it was thurgh Goddes gras,
   And thurgh his fair berynge.   VII 784-832

Hg MSとEl MSのレイアウトは左から右へと3コラムあり、aaが第一コラム、bが第二コラム、そしてボブが加われば第三コラムに示される。第一

4. ［Ⅰ］物語（Tale）の「縮減」

コラムは基本8音節・4強勢、第二コラムは基本6音節・3強勢、そして第三コラムのボブは基本2音節・1強勢が、視覚的レイアウトで描き出され、左から右へと視覚空間が漸減化している。「妖精の女王程自分にふさわしい恋人は世界にはいない」（VII 791、a ライン：in this world）。「町にはいない」（VII 793、ボブ：In towne）。「妖精の国には敢えてトパス卿に挑戦するようなものは誰もいない」（VII 804-05、a ライン）。[21]「女・子どもはいない」（VII 806、b ライン：Neither wyf ne childe）。巨人オリファント卿は、トパス卿ではなく「馬を殺してやる」（b ライン）、剣ではなく「戦棍」（頭部に金属製の釘のついた中世の武器。MED s.v. mace: A club used in warfare）で（VII 812、ボブ：With mace）。トパス卿は、巨人オリファント卿の「腹を」（VII 823、ボブ：Thy mawe）を「刺してやる、もしできることなら」（VII 824、a ライン）。一方では a ラインで騎士の価値を高め、b ラインとボブで低落させる、他方では先にボブで低落させて、そのエコーが a line にも波及。写本レイアウトは、第一次コンテンツの記述的「縮減」とパラレルに機能している。[22]

　Tschann (1985) は、［Ⅳ-2］で具体的に示すように、句読点詩（punctuation poem）（句読点の打ち方によって違った解釈が可能になる詩）の可能性を指摘した。テクストに沿って左から右へと水平に第1コラム（aa）、第2コラム（b）と読むことも、他方、垂直に上から下へ aba, aba と読むことも可能であるとして、書き言葉において視覚的に融通性のある読みを提示した。他方、統語的に聞き手次第で多様に読めるのは、口承的言語のルースさに起因するともした。[23]

　写本レイアウト並びに上記のディプロマティックテクストと Benson (1987) の編集テクストとの差は明らかで、前者では視覚的な情報を通して「縮減」のスキーマの拡張過程をアナログ的に知覚できるが、他方後者の活字テクストでは文法関係を分析的に把握するよう促され、「縮減」の全体像をイメージするのは難しい。写本レイアウトは、第二次元的な表現モードの段階に留まらず、口承性に対し書き言葉としての読みのリテラシー、第三次元的に文学伝承の在り方を問題化する。それはテクスト自体

のパラレル性（相互補完性）と循環性を追究しているように思える。[24]

4.5. [Ⅰ-5] 「縮減」の三次元構造：物語の循環性

「トパス卿」は、3つの断章からなっている。断章1では、本物語のテーマの提示、騎士トパス卿を優美と褒め称えるものの、それは戦場や馬上槍試合において、とトーンダウン。彼の生まれはフランダースの西端、商業の町ポペリング。騎士トパス卿に見る女性的な特性、夢で見ただけで、妖精の女王を恋人と決め付け、彼女を求めて冒険。彼女の住処で巨人オリファント卿と遭遇。互いに臆病、戦いは躊躇。断章2では、一端家に戻り、巨人との戦いのための鎧装備。そして断章3では、鎧をまとって巨人との戦いに出陣。しかし、それも束の間、「騎士パーシヴァル卿がしたように泉の水を飲み、……」で、宿の主人によって中断（[Ⅱ-3]を参照）。すばらしい鎧で騎士としての身なりを高め、しかし戦いはとん挫、高め落とすパタンが最後まで循環する。

(12)　　And for he was a knyght auntrous,
　　　　　He nolde slepen in noon hous,
　　　　　　But liggen in his hoode;
　　　　　His brighte helm was his wonger,
　　　　　And by hym baiteth his dextrer
　　　　　　Of herbes fyne and goode.

　　　　　Hymself drank water of the well,
　　　　　As dide the knyght sire Percyvell
　　　　　　So worly under wede,
　　　　　Til on a day —　　　　　　　　　VII 909-918

『ガレスのパーシヴァル卿』は、ソーントン写本（Thornton MS）[25] に含まれるロマンスである。テイルライム・ロマンスで、aaab/cccb/dddb/eeeb、

4. ［Ⅰ］物語（Tale）の「縮減」

16行1連で展開する。韻律はチョーサーのように規則的ではないが、3行連句（triplet）は基本4強勢、尾韻の b は基本3強勢で、音節数が減少する。Benson（1987: 923）は、（13）のように、この部分を『ガレスのパーシヴァル卿』冒頭部分の welle に対応させた。

(13) His righte name was Percyvell,
He was fostered in the felle,
He dranke water of the welle:
And yitt was he wyhgte   *Sir Perceval of Galles* 5-8

パーシヴァル卿は、父の死後、母にウェールズの森に連れて行かれる。そこで彼が飲んだのが「泉の水」である。母親のもとで15歳まで騎士とは無関係に育てられる。しかし彼は騎士たちと出会うことで、騎士に憧れ、騎士になるべくアーサー王の下へ向かう。母との森の生活を脱却し、徐々に戦いの世界に邁進していく。他方、トパス卿では泉の水を飲んで、物語は途中破綻、パーシヴァル卿に見たような展開は見られない。この箇所と照らし合わせて解釈すると、トパス卿には始めしかない、戦いとみせては元に戻る循環論、戦いの「縮減」を際立てている。[26]

このように「するとみせて、未完に終わる、新たに始めるものの、それも中断」というエピソードの循環論は、ここで初めて見たものではない。これまでエピソードの循環論は、大ざっぱに言うと、断章1で6回、断章2で1回、断章3で1回、最後のそれはそれまでの循環論をハイライトさせたものにすぎない。まとめてみると（14）の通りである。

(14) エピソードの循環論
断章1：(1) 語り手はトパス卿に多くの女性が恋して夜も寝られないと述べるが（They moorne for hym paramour, / Whan hem were bet to slepe; VII 743-44）、彼は純潔で女たらしでないと言い切り、そこでこの話はたち切れ。

(2) トパス卿は馬を駆り出したいと（And so bifel upon a day, / For sothe, as I yow telle may, / Sire Thopas wolde out ride / He worth upon his steede gay, VII 748-51）、(軽い) 槍と長い剣を持って（And in his hand a launcegay, / A long swerd by his side. VII 752-53）冒険に出るがその目的は不明。

(3)「悲しい心配ごとが起こった」（I telle it yow, hym hadde almest / Bitid a sory care. VII 758-59）と主張するが、その具体は述べられない（a sory care の不定冠詞 "a" に注意）。Cf. [I-4]。また事態は不完全燃焼（"almest"）。

(4) トパス卿は旅を続けるが、遠くと見せて家周辺に縮小、遂には近場にいる鶫の鳴き声（thrustelcok VII 769）を聞き（元に戻る循環論）、突如彼は恋に陥る（Sire Thopas fil in love-longynge VII 772）。[27] 馬を駆り、くたくたになるまで走る（Sire Thopas eek so wery was / For prikyng on the softe gras, VII 778-79）。しかし彼の冒険の目的は不明瞭、その恋の対象が誰かも知らされない（抽象的な love-longynge のままで具体化しない）。a sory care の現れであると言えるかもしれないが、いずれにしろその中身は不明瞭。彼は疲れ、馬を休ませ、しかしすぐにもこの話は胡散霧散。

(5) (4) のすぐ後、彼は言う。「この恋に縛られ悩んでいる、夢で今晩見た、妖精の女王が自分の恋人だ」（What eyleth this love at me / To byde me so soore? / Me dremed al this nyght, pardee, / An elf-queene shal my lemman be VII 785-88）と。彼女を探し出そうと山越え谷越え旅に出る。この夢は読者に対して二つの解釈を許す。一つは、遡っ

4．［Ⅰ］物語（Tale）の「縮減」

て、a sory care あるいは love-longynge のことをトパス卿は「この恋」と後思案した。結果が先にあって、後にその動機付けが生み出される、首尾一貫性の「縮減」。二つ目は、妖精の女王を全く新たな愛の事態として直示的に述べている（this love, this nyght）。後者では、一つの恋が終えられないままに、また恋の始めに戻っていく循環論。妖精の女王への言及は、彼女の住む国に入るまでで、以後の展開は胡散霧散。妖精の女王は不定冠詞のまま。［Ⅱ-4］参照。

(6) 妖精の国を住処とする巨人オリファント卿に遭遇するが、戦いをすると見せて、戦いに進展しない循環論（The child seyde, "Also moote I thee, / Tomorwe wol I meete with thee, / Whan I have my armoure; VII 817-19）。両者は回避的、戦いは引き延ばされる。巨人は石投げ機でトパス卿を狙うが、彼は見事にそれをかわす（This geant at hym stone caste / Out of a fel staf-slynge. / But faire escapeth child Thopas, VII 827-30）。直接的でなく間接的な戦いにトーンダウン。

断章2：(1) 冒険を止め馬を駆って家に帰り、戦い前の宴会を催し、鎧をまとう。鎧をまとうのに27行を割き、「戦う」にはほんの1行（In which he wol debate. VII 868）。戦いは準備止まりか。

断章3：(1) 鎧をまとい巨人オリファント卿との戦いに出かける。パーシヴァル卿のように泉の水を飲み、馬はハーブを食べ……（Hymself drank water of the well, / As dide the knight sire Percyvell VII 915-16）。宿の主人に「へぼ詩」と称され、

中途破綻。戦いは未完。

　物語の最終半行、Til on a day（VII 918）は、bifel ... と続き一大事件が起きることを読者に期待させるが、これまで見てきたことから、それも不発に終わるのでは、と想定される。次の（14）の引用、748行の bifel は、聴衆に一大事件を期待させるものの、トパス卿は武具こそ身に付けているものの明確な目的を持って冒険しているわけではなく、ただ家の近場を馬に乗って走ってみただけのもの。また759行の bitid は、既に述べたように a sory care は不定冠詞のままに具体化せず、以後の love-longynge も an elf-quene も不定のままに情報が断片化、それぞれがどのように有機的な関係をもってくるのかは不明である。

(14)　　And so bifel upon a day,
　　　　For sothe, as I yow telle may,
　　　　　Sire Thopas wolde out ride.
　　　　He worth upon his steede gray,
　　　　And in his hand a launcegay,
　　　　　A long swerd by his side.

　　　　He priketh thurgh a fair forest,
　　　　Therinne is many a wilde best,
　　　　　Ye, bothe bukke and hare;
　　　　And as he priketh north and est,
　　　　I telle it yow, hym hadde almest
　　　　　Bitid a sory care.

　　　　Ther spryngen herbes grete and smale,
　　　　The lycorys and the cetewale,
　　　　　And many a clowe-gylofre;

4．［Ⅰ］物語（Tale）の「縮減」

And notemuge to putte in ale,
Wheither it be moyste or stale,
 Or for to leye in cofre.

 The briddes synge, it is no nay,
The sparhauk and the papejay,
 That joye it was to heere;
The thrustelcok made eek hir lay,
The wodedowve upon the spray
 She sang ful loude and cleere.

 <u>Sire Thopas fil in love-longynge,</u>
Al whan he herde the thrustel synge,
 And pryked as he were wood.
His faire steede in his prikynge
So swatte that men myghte him wrynge;
 His sydes were al blood.

 Sire Thopas eek so wery was
For prikyng on the softe gras,
 So fiers was his corage,
That doun he leyde him in that plas
To make his steede som solas,
 And yaf hym good forage.

 "O Seinte Marie, benedicite!
What eyleth this love at me
 To bynde me so soore?
Me dremed al this nyght, pardee,

> An elf-queene shal my lemman be
> And slepe under my goore.
>
> "An elf-queene wol I love, ywis,
> For in this world no womman is
> Worthy to be my make
>   In towne;
> Alle othere wommen I forsake,
> And to an elf-queene I me take
> By dale and eek by downe!"   VII 748-96

『ガレスのパーシヴァル卿』での「泉の水を飲む」は、後に戦いの世界に入っていくものの、「トパス卿」では、恋と戦いは、華々しく展開すると期待するが、展開はなく最初に戻り、循環論である。短いエピソードがその動機付けがなく繰り返され、性格化しない人物、エピソードの非完結性は、バラッドの特徴に近接する。「縮減」の第三次元的な高次化、ジャンル自体の揺らぎを表してもいる。[28]

Benson（1987）は等閑視しているが、『ガレスのパーシヴァル卿』の最終部の「泉の水を飲む」に対応させるとどうだろうか。パーシヴァル卿はルバムール姫（Luvamour）をスーダンと戦い、救い出し、彼女と結婚、同時にその国の王となるが、生き別れの母を探さないうちは幸せには感じられず、母を探す旅に出る。母親と別れた時の状況で探しにいく。即ち、騎士になる前の状況、騎士のように軍馬に跨ることなく歩いて、武具ではなくヤギの皮をまとい出かける。戦いとは無縁の状態で、途中泉で水を飲む。飲んだ後母親と邂逅する。

> (15) Now for sothe, als i say,   a
>   With þat he helde one his way,   a
>   And one þe morne, when it was day,   a

4.［Ⅰ］物語（Tale）の「縮減」

Forthe gonn he fare.	b
His armour he leued þerin,	c
Toke one hym a gayt-skynne,	c
And to þe wodde gan he wyn,	c
Among þe holtis hare.	b
A seuenyght long hase he soghte;	d
His modir ne fyndis he noghte;	d
Of mete ne drynke he ne roghte,	d
So full he was of care.	b
Till þe nynte day, byfell	e
þat he come to a welle	e
þer he was wonted for to duelle	e
And drynk take hym thare.	b
When he had dronken þat tyde,	a
Forthirmare gan he glyde;	a
Than was he warre, hym besyde,	a
Of þe lady so fre;	b

Sir Perceval of Galles 2193-212

彼は以後宗教的に回心し、戦わない決意をする。このような戦いの拒否は、オーヒンレック写本のガイ卿を思い起こさせる。彼は、8音節カプレットによる叙述では勇猛に戦い、テイルライムの叙述では宗教的に殺戮の罪を悔悛し、以後巡礼の旅に出る。この戦わない騎士、戦いの「縮減」は、中断後の、チョーサーのもう一つの「メリベーの話」、妻のプルーデンスの説得で、悔しい思いは残るものの、娘への復讐を思い留まり、和解するに至るメリベーに繋がる（仲直りすれば相手は悔悛し、共に平和であろうとする）。

(16) And Tullius seith, 'Ther is no thyng so comendable in a greet lord / as whan he is debonaire and meeke, and appeseth him lightly.' / And <u>I prey yow that ye wole forbere now to do vengeance</u>, / in swich a manere that youre goode name may be kept and conserved, and that <u>men mowe have cause and mateere to preyse yow of pitee and of mercy</u>, / and that ye have no cause to repente yow of thyng that ye doon. /　　Mel VII 1860-65

　トパス卿の話での破綻、つまり戦いの無さは消極的に捉えられていたが、後者の「メリベーの話」では、積極的な価値として意義付けられる。二つの話をする語り手はチョーサーのみだが、チョーサーが物語るロマンスと説教は、戦いの「縮減」を通して相互補完的に一体化し、聴衆に対し戦わないことの新たな意味付けを提示する。ここでの新たな意味付けは、「メリベーの話」を読み通すことによって、「トパス卿」に遡及的に適用される（外山（1964）の『修辞的残像』を参照）。これは第二次元の表現モードを超えて、第三次元的な次元に達し、物語は、一つの話で閉じられるのではなく、未完であり、二つの話が循環することで新たな意味合いを生み出す過程を表しているように思える。

　フィクショナルスペースを超えてリアリティスペースの「主体」、作家チョーサーは、ロンドンの壁、オールドゲイトの門、内と外の境界線に立ち、断続的に続く英仏戦争をどのような思いで見ていたであろうか。うんざりしていたのではないか。戦わないことがよいこと、言葉での戦い・交渉、和解こそベストと考えたのではないか。騎士道ロマンスの破綻を再定義、否定的価値を肯定的価値へと反転する素地がここには見え隠れする。制度の破綻、そのまた再定義は、第三次元的な「図」と「地」の反転である。

　『名声の館』（*The House of Fame*）の中断、『善女伝』の中断、『近習の話』（The Squire's Tale）の中断、『カンタベリー物語』の中断は、その意図的、非意図的な違いがあるが、結果として、いずれも物語の「縮減」で

4．［Ⅰ］物語（Tale）の「縮減」

ある。しかし間テクスト的に見ると、互いが互いを相補って、意義付けが行われ、つまり一つの中断は、次の別作品を導いている。『名声の館』の破綻は、（愛の）知らせの一つとして後の『トロイラスとクリセイデ』あるいは巡礼者が物語る『カンタベリー物語』を予告し、『善女伝』は前の『トロイラスとクリセイデ』の逆ヴァージョンでもあり、またフレーム物語としては『カンタベリー物語』へと繋がってもいる。チョーサー自身が語る「トパス卿の話」と「メリベーの話」はまさに、このような物語の循環論の延長線上にあるものと言えよう。[29]

注

9　池上（2011: 38）：「やがて完敗に向かってゆくとぎれとぎれに続く百年戦争、ついで起こるばら戦争（1455-85）につながる国家の現状のひどさがある、国を治める国家そして貴族や上層階級に対する注文がやまほどある、こうした現状をつぶさに目撃し、イングランドに生きる人びとに代わって、この文学伝統にある作家たちがこぞって公に向けた声を発したのではなかろうか？文学作品によって。」

10　Jakobson (1960: 358): *The poetic function projects the principle of equivalence from the axis of selection into the axis of combination.*
Jakobson (1960: 353, 357) のコミュニケーション機能の図式化：

```
                    CONTEXT
ADDRESSER ——— MESSAGE ——— ADDRESSEE
                    CONTACT
                    CODE


              REFERENTIAL
EMOTIVE       POETIC        CONATIVE
              PHATIC
              METALINGUAL
```

11　Tschann (1985: 7) は、ライムロイアルとの対比で、チョーサーのヘボ詩は、もっと際立つと述べている（Chaucer's doggerel seems even more glaring and its conspicuous display more incongruous.）。

12　Cf. Purdie (2008: 20): Our attention is attracted by his [i.e. H. J. Chator] mention of *la strophe die 'couée'*, especially since the examples he quotes—$aa^8b^4aa^8b^4$ in my preferred notation—is a form characteristic of Anglo-Norman literature, as will be

demonstrated shortly.
13 物語の内容に関わるでのはなく、物語の進行を分かり易くするための特徴的な言語。
14 Burrow (1984: 72): Foulet thinks that *sire* had been too frequently associated with unworthy names and so became tained with vulgarity.
15 Lakoff and Johnson (1980: 58-59): As in the case of orientational metaphors, basic ontological metaphors are grounded by virtue of *systematic correlates within our experience*. As we saw, for example, the metaphor THE VISUAL IS A CONTAINER is grounded in the coorelation between what we see and a bounded physical space. The TIME IS A MOVING OBJECT metaphor is based on the correlation between an object moving toward us and the time it takes to get to us. The same correlation is a basis for the TIME IS A CONTAINER metaphor (as in "He did it in ten minutes"), with the bounded space traversed by the object correlated with the time the object takes to traverse it. Events and actions are correlated with bounded time spans, and this makes them CONTAINER OBJECTS. Holley (1970) も参照。
16 "My lord, the Monk," quod he, "be myrie of cheere, / For ye shul telle a tale trewely. / Loo, Rouchestre stant heer faste by! / Ryde forth, myn owene lord, brek nat oure game. VII 1924-27
17 『名声の館』において、「名声」の女神が住む館は、氷の上に建ち不安定である（And found that hit was every del / A roche of yse, and not of stel. HF III 1129-30.）。因みに、オーヒンレック写本において、『ウオリックのガイ卿』のロマンスがほぼ中間に置かれ前景化され、ガイ卿はカプレットで書かれた戦いの後、テイルライムで戦いの悔悛と巡礼が書かれている（同写本の44作品の内、22番目が short couplets 6848行、23番目がその続編12行テイルライム aabaabccbddb 3588行で構成されている）。テイルライムのガイ卿の動きは、非戦いのモティベーションで、トパス卿と軌を一にしている。
18 Cf. Hir palfraye was a dappull gray, *Thomas of Erceldoune* 41（この馬は軍馬ではなく、別国から来た女性が乗っている馬）
19 "of pris" の低落したニュアンスについては、[IV-3] を参照。
20 Hg MS は Ruggiers (1979)、El MS は Hanna III (1989) を参照。
21 Hg MS、El MS で805行のaラインは欠落している。Manly and Rickert (1940: Vol.4, p. 143) によれば、現存写本では8写本にしか認められない：a写本に属す Dd, En1, Ds1, Cn, Ma 及び Ln, Ch, Ry[1]。この行は、a写本の信頼性のある写本にあることから原典にはあったと想定されるが、それを挿入し、詩型を aac と整えた方が、本作品のスキーマ、高め落とすパタンに露骨に繋がる。チョーサーが、口承の語り手のルースさをまねて、aラインを意図的に落とし、詩型の「縮減」を引き起こしたという解釈も否定はできない。

4. [Ⅰ] 物語 (Tale) の「縮減」

22　Hg MS と El MS では、806行のbライン "Neither wyf ne childe" は直前のaラインが欠落しているために、第一コラムに置かれているが、bラインであるため、本来は第二コラムにレイアウトされるものである。

23　Tschann (1985: 10): The tale is then a kind of punctuation poem, one that can be read in different ways depending on how one points it or otherwise indicates the relationship beween syntactic units, like Quince's prologue to Pyramus and Thisbe in *A Midsummer Night's Dream* (5.1.108-17). The two- or even three-way layout of *Sir Thopas* adds to the fun for a reader of this docile, malleable poem, whose parts can so easily and inconsequentially be rearranged.

24　Purdie (2008: 75-76) は、「トパス卿」の写本レイアウトについて次のようにまとめている。「53写本のうち20写本が部分的使用を含めて言うと graphic tail-rhyme を使い、そのうち11写本は一貫して使っている。初期の権威ある写本、Hg MS, El MS, Cambridge University Library MS 4.24, Gg 4.27 は graphic tail rhyme を一貫して採用している。チョーサーと同時代の British Library MS Egerton 2862 の *Bevis* は視覚化したテイルライムを使っている。graphic tail rhyme に関して1380年の Ashmole *Sir Ferumbras* と14世紀中ごろの Gray's Inn fragment of *Sir Isumbras* は『カンタベリー物語』に先行している。graphic tail rhyme は、当初よりテイルライムを描き表わす伝統の一部であった。チョーサーが「トパス卿」を書いていた時、尚も流行していた。「トパス卿」の初期写本のレイアウトは写字生のものであった。しかしこれら写本の時期、数、重要性、写本の変種を考えるとチョーサー自身の着想である可能性も否定できない。レイアウトは中世テイルロマンスの伝統であり、かくしてチョーサーはレイアウトを踏襲し、中英語ロマンスの慣例に対して新たなパロディの層を加えたのかもしれない。」Purdie は、graphic tail rhyme の慣例を指摘し、「トパス卿」はそのパロディの可能性があることを指摘した。しかしパロディの指摘に留まり、「縮減」のスキーマの見立てには踏み込んでいない。

25　ソーントンにより1430年〜1440年の間にリンカーンで作成された写本、但しこの物語の前身は14世紀前半に北部方言で書かれたと考えられている。Flowers (1995) 参照。

26　Akishino (1984: 15): It is very interesting that *Sir Thopas*, composed on the basis of the ratios 4:2:1, a priniciple of progressive diminution, ends with the opening episode of *Sir Perceval of Galles*. It is as if Sir Thopas has reached its starting point.

27　この複合語はオーヒンレック写本にはあるが、チョーサーでは低落していると見えて、ファブリオでしか使われない。This parissh clerk, this joly Absolon, / Hath in his herte swich a love-longynge / That of no wyf took he noon offrynge; I (A) MilT 3348-50; To Alison now wol I tellen al / My love-longynge, for yet I shal nat mysse / That at the leeste wey I shal hire kisse. I (A) MilT 3678-80; Ywis, lemman, I have swich love-longynge / That lik a turtel trewe is my moornynge. I (A) MilT 3705-06.

Cf. MED 引用のオーヒンレック写本からの用例：c1330 (?a1300) *Tristrem* (Auch) 1862: Her com swiche louelonging, Hir hert brast neiȝe ato; c1330 (?c1300) *Amis* (Auch) 539: On loue-longing was al hir þouȝt; c1330 (?c1300) *Bevis* (Auch) 42/897: Loue-longing me haþ be-couȝt.

28 このようなエピソードの短さ及びその突然の変遷、かくして起こる不明瞭さは、バラッドのような民間伝承的な口承詩に特徴的である。第三次元的に見ると、バラッドの語りのルースさを茶化しているのかもしれない。

Leach (1955: 2): "Glasgerion" illustrates beautifully the lack of characterization in the ballad and the lack of connection between character and action; that is, the action is not motivated through character. We know nothing at all about this lady except that she is fond of music and is a princess.

McNeill (1886: xlvi): The style of the work [i.e. *Sir Tristrem*] is essentially that of popular poetry. The rapidity of the narrative, the brevity of the episodes, and the suddenness of the transitions, give the work an occasional obscurity, which is increased by the writer's fondness for elliptical forms of expression, and which has suggested the reflection that the poem may have been written for an audience already familiar with the events of the romance.

McNeill (1886: xlvii): Thus the peculiarities of style manifested in the work are such as are prominent to this day in poems written specially for recitation, –a direct simplicity of narrative, a lack of metaphor and simile, a studied reiteration of stereotyped combinations of words, an occasional use of proverbs, and the employment of meaningless expletives to answer to the metrical exigencies of the verse. All these characteristics go to show that it was designed for the delectation of a popular audience, ...

志子田光雄（1980: 205）:「Iambic tetrameter と iambic trimiter が交互に並び、abab（あるいは xaxa）という end-rhyme を持ち、讃美歌などに多く用いられる詩形である。押韻の仕方が1行おきであるため、思想の動きも停滞がちとなり、瞑想的な内容にふさわしい形式である。」井上典子氏より私信により得た情報。

29 Ad Putter (2015: 161) は、Bob-and-Wheel の伝統の議論において、*The Awntyrs off Arthure, Sir Gawain and the Green Knight, Sir Degrevant* そして *Southern Octavian* のロマンスがその話を最初に戻すことによって閉じていることを指摘している。ロマンスが巡回的に最後のフィールで帰還することを論じている。「トパス卿」の中断箇所は、フィールの最後の行ではないが、循環性において軌を一にしているように思える。

5. [Ⅱ] 断章（Fit）の「縮減」

5.1. [Ⅱ-1] 断章の連数

「トパス卿」は、Burrow (1984: 61-65) が指摘するように、断章1、断章2、断章3に分割され、その連の数は、18連→9連→4.5（4＋0.5）連と正確に半減している。表現モードの「縮減」は、数学的な正確さで演出される。Burrow (1984: 65) は、(17) のように、断章の半減とその半減に関わる内容をまとめている。

(17) The First Fit is relatively eventful, incorporating the whole basic pattern of romance adventure: the hero sets out from home for strange countries, encounters a dangerous adversary, and returns home safely (though in this case somewhat ignominiously). The Second Fit, by contrast, is almost entirely devoted to a laboriously detailed account of how Thopas dons his armour in preparation for his second encounter with Olifaunt; and in the Third Fit, the hero only has time to mount his good steed and set off once more to find the giant before Harry Bailey interrupts: 'Namoore of this, for Goddes dignitee'. Thus the poem seems to narrow away, section by section, towards nothingness—like Alice's idea, in Lewis Carroll, of the 'long sad tale' told by the Mouse.[30]

[I-5] で挙げた『ガレスのパーシヴァル卿』が収められたソーントン写

本に、『エルセルドゥネのトマス』(*Thomas of Erceldoune*) のロマンスが収められている。この物語は、ライマー (Rhymer) のトマスが「他国の」[31] 女王に遭遇、魅了され、彼女の魔力でその国に連れていかれ、過ごす。「トパス卿」はトパス卿が夢で妖精の女王を恋人と決め付け、彼女の国を探し求める。ここには両者に緩やかな対応性があるように思える。また注目すべきは、3つの断章構造（fytte）からなっている。しかし、そこでは「トパス卿」のように、半減的に展開してはいない。断章は連構造を取らないので、行数で表すと、断章1は25-308（(283行)、断章2は309-488（180行)、そして断章3は489-700（212行）である。物語は、ライマーのトマスと他国の女王の対話を中心に発展的に展開する。断章1において、トマスは美しい木の下に女性を見つけ、すぐさま魅了され、天国の女王と言うが、他国の女王だと修正される。彼女に導かれその他国に入る。1年間、中間世界（天国と地獄に対し地上のこと）を見てはならない、と言われる。食事・ダンスを楽しむが、他国を去り、彼女とは別れなければならない、と言われる。断章2において、トマスは他国の女王に彼女と一緒にいたという証を求め、「予言」という証をもらう。トマスは彼女に不思議な話をしてくれと頼むが、彼女は未来の戦いについて予言する。断章3でも、その戦いの描写は続き、彼は彼女に何故「ダンバーの黒アグネス」(Black Agnes of Dunbar) が自分を投獄したのかと尋ねる。彼女はアグネスの死を予言したところで物語は終わる（物語は未完に終わる）。

　「トパス卿」において、断章構成の半減化は明らかに意図的で、その半減化は、第一次元のコンテンツ、トパス卿の勇猛さの「縮減」に見事に対応している。Burrow (1984: 65) は、2で述べたように、これを「進行的漸減化」(progressive diminution) の原理と説明した。しかし、読み手はある程度は予想しながらその「縮減」を理解していくとしても、断章3の中途破綻、4.5連の数に至って初めて確信し、遡及的に断章1と断章2の連の数を見直し、半減化という全体像が浮き立ってくるのではないか。視点の転換装置 "I" は、読者に断章構造を間テクスト的に、つまり進行的かつ遡及的に移動する間（ま）を与え、その間を読者が意味論的に埋めていく形

5. [Ⅱ] 断章（Fit）の「縮減」

で、連の半減化が明確になる。この双方向性は、以下に示す他の表現モードの「縮減」の作用にも当てはまる。

5.2. [Ⅱ-2] 断章の境界線

断章の最初と最後は、物語の導入とその締めを表す。ここでは第二次元的な表現モードが第一次元的なコンテンツとパラレルに進行することを検討する。

5.2.1. [Ⅱ-2-1] 断章の初め

断章1では、物語を自信たっぷりに強く打ち出すが、徐々にその自信が減じられ、断章2では聴衆の反応が気になり弱気に、でも語ろうとし、最後の断章3では聴衆の反応にいらつき、余裕がなく、彼らに向けて絶叫する。話の破綻はすぐ近くである。断章1は（18）のように始まる。

(18) 断章1の始まり

  Listeth, lordes, in good entent,
  And I wol telle verrayment
   Of myrthe and of solas,
  Al of a knyght was fair and gent
  In bataille and in tourneyment;
   His name was sire Thopas. VII 712-17

断章1では命令文で聴衆に高々と訴えている。Listeth, lordes は [Ⅳ-7] のセクションで具体的に論ずるが、チョーサーの通常の herkneth ではなく、listeth を用い、lordes と頭韻を踏ませている。物語はさぞかし面白く展開、と聴衆の注意を喚起し、思わせぶりに提示する。しかし、本格的に騎士の話をすると、強意辞 al を付し意気込むものの、その騎士は美しく優美、しかもそれが戦場と馬上槍試合において、とずらされていく。そして騎士の名前は柔弱さや純潔さを象徴し、女性の名前にも付けられる宝

石、トパス。高めては落とすパタンが反復する。「本当に」(verrayment) はオーヒンレック写本の『アミスとアミルーン』(*Amis and Amiloun*) ではメタ談話として多用されるが (508, 1768, 1856, 2020, 2276)、円熟期のチョーサーにとっては既に低落した言い回し、ここが唯一のものである。「本当」に「本当」なのか、これ自体微妙な陰影を醸し出す。この冒頭連は、以下の断章の流れを予兆し、その伏線となっている (3.2のプロトタイプを参照)。

断章2は (19) のように始まる。

(19) 断章2の始まり

>   <u>Yet listeth, lordes, to my tale</u>
>   Murier than the nightyngale,
>   <u>For now I wol yow rowne</u>
>   How sir Thopas, with sydes smale,
>   Prikyng over hill and dale,
>   Is comen agayn to towne.　　　　VII 833-38

断章2は断章1同様に listeth, lordes の頭韻句で始まるが、Yet で始められるのは、実に談話的である。即ち、断章1に「更に申し添えましょう」とこれまでの主張を不十分とし話を推し進めようとしたのか、それとも聴衆のいらつきを感じ取り、「でもしかし」、という語り手の自信のなさを暗示するのか。[32] [IV-6] の語の多義性で述べるが、語り手は、オーヒンレック写本にあるロマンスの一つ、『ハンプトンのベーヴィス』(*The Romance of Sir Beues of Hamtoun*) に見るように、rowne を「話す」(tell) の意味で使ったのかもしれない。[33] そうだとするとチョーサーではここのみで、他では (WBP III (D) 241, FrT III (D) 1572, Tr 3.569, Tr 4.588, etc.)「ささやく」の意味で使っている (Benson 1987: 920参照)。『ハンプトンのベーヴィス』の冒頭部は (20) の通りである。

5. [II] 断章 (Fit) の「縮減」

(20)　Lordinges, herkneth to me tale!
　　　Is merier þan þe niȝtingale,
　　　　　þat y schel singe;
　　　Of a kniȝt ich wile ȝow roune,
　　　Beues a hiȝte of Hamtoune,
　　　　　Wiþ outen lesing,

　　　　　　　　The Romance of Sir Beues of Hamtoun 1-6

しかし、語り手の物語の進行への自信のなさと関係付けると、チョーサーで通例の意味「ささやく」(MED s.v. rounen 1. (a) To speak softly, whisper) がよりふさわしいと、再定義される。

　チョーサーは、yet と rowne の多義性を微妙に使って聴衆・読者の判断に委ねている。断章3の始まりは (21) の通りである。

(21)　断章3の始まり
　　　Now holde youre mouth, *par charitee*,
　　　Bothe knyght and lady free,
　　　And herkneth to my spelle;
　　　Of bataille and of chivalry,
　　　And of ladyes love-drury
　　　　　Anon I wol yow telle.　　　　　　VII 891-96

断章3では、語り手に断章2の曖昧性のゆとりはない。聴衆のいらつきは徐々に高じ、そのざわめきに対し、冒頭の Now はせっぱつまった直示的な感覚を伝える。Benson (1987: 922) が指摘するように、holde youre tonge に対し無礼な holde youre mouth を使い、聴衆に訴えている。[34] 断章を始める表現モードにおいて、自信のなさへのずらしは拡大、中断は真近である。断章の連数が漸減するように、同様彼の語りの自信も漸減していく。

67

5.2.2. [Ⅱ-2-2] 断章の終わり

　断章の始まりは、断章1から断章3に向けて、表現モードの自信度の後退が見られたが、韻律パタンは断章1と断章2に関しては aabaab で安定し、断章3でのみ異型の aabccb が採用され、中途破綻まで繰り返されている。断章3は、すぐにも中途破綻するので、断章の最初というべきか最後というべきか微妙であるが、ここでは最終部と見なして議論する。断章の終わりは、始まりとは大きく違って、韻律のずらしが見られる。断章1の終わりは、本作品のクライマックスである。トパス卿の愛の対象、妖精の女王を探究し、妖精の国を住処とする巨人オリファント卿に遭遇、とは言え両者は戦いを躊躇。オリファント卿は石投げ機による攻撃、トパス卿は（小さいが故に）巧みに身をかわす（断章のコンテンツの記述は、[Ⅱ-3] を参照）。ここでは (22) のように、ボブとフィールが加えられ、韻律が大きく乱れている。

(22)　　"An elf-queene wol I love, ywis,　　　a
　　　　For in this world no womman is　　　a
　　　　　Worthy to be my make　　　　　　b
　　　　　　　　In towne;　　　　　　　　　c
　　　　Alle othere wommen I forsake,　　　b
　　　　And to an elf-queene I me take　　　b
　　　　　By dale and eek by downe!"　　　c

　　　　　Into his sadel he clamb anon,　　　a
　　　　And priketh over stile and stoon　　　a
　　　　　　An elf-queene for t'espye,　　　b
　　　　Til he so longe hath riden and goon　　　a
　　　　That he foond, in a pryve woon,　　　a
　　　　　　The contree of Fairye　　　　　b
　　　　　　　　So wilde;　　　　　　　　　c

5. [Ⅱ] 断章 (Fit) の「縮減」

For in that contree was ther noon	a
That to him durste ride or goon,	a
Neither wyf ne childe;	c
Til that ther cam a greet geaunt,	a
His name was sire Olifaunt,	a
A perilous man of dede.	b
He seyde, "Child, by Termagaunt,	a
But if thou prike out of myn haunt,	a
Anon I sle thy steede	b
With mace.	c
Heere is the queene of Fayerye,	d
With harpe and pipe and symphonye,	d
Dwellynge in this place."	c
The child seyde, "Also moote I thee,	a
Tomorwe wol I meete with thee,	a
Whan I have myn armoure;	b
And yet I hope, *par ma fay*,	c
That thou shalt with this launcegay	c
Abyen it ful sowre.	b
Thy mawe	d
Shal I percen, if I may,	c
Er it be fully pryme of day,	c
For heere thow shalt be slawe."	d
Sire Thopas drow abak ful faste;	a
This geant at hym stones caste	a
Out of a fel staf-slynge.	b

	But faire escapeth child Thopas,	c	
	And al it was thurgh Goddes gras,	c	
	And thurgh his fair berynge.	b	VII 790-832

　この場面の脚韻パタンは、ボブとフィールを伴って1連目はaabcddc、2連目はaabaabcaac、3連目はaabaabcddc、4連目はaabccbdccd。他方、5連目はaabccbである。4連及び5連目では、aabccbの3ライムが使われている。3ライムの方が2ライムよりも容易く（3ライムは断章3に繋がっていく）、まるであわてて易きに走っているようでもある。また1連目から4連目ではボブとフィールが加えられて、本作品の通常の6行から逸脱し、テイルライムのパタンが流動化している。これは口承文学の非体系的な流動性を反映するに留まらず、表現モードのずらしとパラレル、第一次元的なコンテンツ、語り手の心理の安定感を「縮減」するものである。

　断章2の終わりでは、トパス卿が華麗な武具装備をし、巨人オリファント卿との戦いに出かける。

(23)	And over that a fyn hawberk,	a
	Was al ywroght of Jewes werk,	a
	Ful strong it was of plate;	b
	And over that his cote-armour	c
	As whit as is a lilye flour,	c
	In which he wol debate.	b

	His sheeld was al of gold so reed,	a
	And therinne was a bores heed,	a
	A charbocle bisyde;	b
	And there he swoor on ale and breed	a
	How that the geaunt shal be deed,	a
	Bityde what bityde!	b

5.［Ⅱ］断章（Fit）の「縮減」

His jambeux were of <u>quyrboilly</u>,	a
His swerdes shethe of <u>yvory</u>,	a
His helm of latoun <u>bright</u>;	b
His sadel was of rewel <u>boon</u>,	c
His brydel as the sonne <u>shoon</u>,	c
Or as the moone <u>light</u>.	b
His spere was of fyn <u>ciprees</u>,	a
That bodeth werre, and nothyng <u>pees</u>,	a
The heed ful sharpe <u>ygrounde</u>;	b
His steede was al dappull <u>gray</u>,	c
It gooth an ambil in the <u>way</u>	c
Ful softely and <u>rounde</u>	b
In <u>londe</u>.	d
<u>Loo, lordes myne, heere is a fit!</u>	e
<u>If ye wol any moore of it</u>,	e
<u>To telle it wol I fonde</u>.	d VII 863-90

　断章2のライムパタンは、1連目がaabccb、2連目がaabaab、3連目はaabccb、4連目はaabccbdeedである。1連、3連そして4連目がaabccbに変えられ、4連目ではボブとフィールが加えられ、詩型は流動的である。表現モードのずらしは、第一次元的なコンテンツ、即ち、断章2の最終部で武具装備が詳細に示されるものの、戦いの言及は1行（VII 868）にすぎないところに顕現する。

　断章3は、トパス卿が巨人オリファント卿との戦いにいざ出陣、途中野宿し、馬はハーブを食み、彼は泉の水を飲む。衣服はすばらしく、ある日のこと、と言ったところで宿の主人が割り込み、中断。断章3の始まりは同時に終わりでもある。

(24)　　And for he was a knyght <u>auntrous</u>,　　a
　　　　He nolde slepen in noon <u>hous</u>,　　　a
　　　　　But liggen in his <u>hoode</u>;　　　　　b
　　　　His brighte helm was his <u>wonger</u>,　　c
　　　　And by hym baiteth his <u>dextrer</u>　　　c
　　　　　Of herbes fyne and <u>goode.</u>　　　　b

　　　　Hymself drank water of the well,　　　a
　　　　As dide the knyght sire Percyvell　　　a
　　　　　So worly under wede,　　　　　　　b
　　　　Til on a day —　　　　　　　　　　　?　　VII 909-18

　断章3は、まるで断章2の終わりの不安定を引き継ぎ、aabccb の3ライムが使われている。そして表現モードの中断は、第一次元的にコンテンツの最も大きな「縮減」、ゼロ化である。
　以上、断章の始まりは、表現モードを語り手が思わせぶりに高めるものの尻すぼみ、また聴衆の反応に対して語り手がせっぱ詰まっていく感覚は、第一次元的に語りの自信度を「縮減」し、他方、その終わりは、韻律パタンをテイルライムの通常型から大きくずらし、戦いのクライマックスとそのアンティクライマックスのテンションが最高度に達している。

5.3. [Ⅱ-3] 断章の結束構造

　トパス卿を愛する女性及びトパス卿が愛する女性は、作中その指示性（reference）が不定のまま（新情報）に留められ、具体的（旧情報）に進展しない。新情報で循環し、指示性は破綻、彼を愛するまた彼が愛する恋人は、幻影のままである。ここでは表現モード、情報構造の「縮減」と第一次元的なコンテンツの未定とが一体化する。
　トパス卿を恋人とし寝つくこともできずもだえている女性は、Ful many a mayde, bright in bour として導入される。

5. [Ⅱ] 断章 (Fit) の「縮減」

(25)   Ful many a mayde, bright in bour,
         They moorne for hym paramour,
         Whan hem were bet to slepe;   VII 742-44

bright in bour は、オーヒンレック写本で多用される女性を讃美する定型表現で（[Ⅳ-7-1] を参照）、既に古臭く低落しており、円熟期のチョーサーでは唯一のものである。しかし、この非個性的な定形表現は、チョーサーでは談話の結束性の破綻、「縮減」のスキーマの拡張事例として再定義される。トパス卿は純潔で女たらしではない、と彼の甘く優しい人柄がハイライトされると（VII 745-47）、以降彼女たちは語りから胡散霧散。

  語り手は、「ある時……のようなことがありまして」（And so bifel upon a day VII 748）と、思わせぶりに語り始める。馬を駆り出し、冒険に出、遠くまでと期待させるが、[Ⅰ-3] で示したように、家周辺の旅に「縮減」する。「ある悲しい出来事が」、と先と同様、思わせぶりに不定冠詞で導入される。しかし、起こった〈みたい〉（almest）（I telle it yow, hym hadde almest / Bitid a sory care. VII 758-59）と、聴衆にはトーンダウン。その自信ありげな発話行為（I telle it yow）は、発話命題の自信のなさとはちぐはぐ。続く冒険は、遠く野性味溢れるものではなく、家周辺の植物、小鳥に引き戻され、「悲しい出来事」が何かは示されない。と思うや、トパス卿は、鶫の鳴き声を聞いて、突如恋に陥った（fil in love-longynge）と語られる。

(26)   Sire Thopas fil in love-longynge,
         Al whan he herde the thrustel synge,   VII 772-73

この恋は「悲しき出来事」の具体的な展開なのか、全く新しい出来事なのか、不明瞭。前者であれ、後者であれ、無冠詞のままで具体化しない。始めたと思えばまた初めに戻る循環論である。このように恋の対象は不明瞭であるにも拘わらず、彼は馬を駆り出し、疲れ切り、馬を休ませると記述

される。動作と目的の因果関係が破綻。

　この後、突如、トパス卿の直接話法が導入される。「この愛」（this love）に縛られ悩んでいる、「今晩」（al this nyght）見た夢で、「妖精の女王」（elf-queene）が自分の恋人になる、と。

 (27) "O Seinte Marie, benedicite!
    What eyleth this love at me
     To bynde me so soore?
    Me dremed al this nyght, pardee,
    <u>An elf-queene shal my lemman be</u>
     And slepe under my goore. VII 784-89

this love と this nyght は、指示的に love-longynge を受けているのか。つまり、この愛に取りつかれ、馬で駆け廻り、疲れ切り、その晩に見た夢で、妖精の女王が恋人であると、後付けしたのか。それとも新たな恋をトパス卿が直示的に述べているのか。聴衆・読者にとってそれを判定するのは難しい。

　トパス卿は、『名声の館』の語り手、『トロイラスとクリセイデ』のトロイラスとパンダラス、あるいは「尼僧院長の話」のチャンテクレール (Chaunticleer) とペルテローテ (Pertelote) のように、夢の真偽性を問題にすることはない。夢で見たままに妖精の女王を自分の恋人と思い込み、愛そうとする。彼女ほど連れ添いに相応しいものは、この「世界」にはない、と最初は高め、直後にはこの「町」では、とトーンダウン（[Ⅲ-3] で In towne の意味合いは詳細に扱う）。

 (28) "An elf-queene wol I love, ywis,
    For in this world no womman is
     Worthy to be my make
       In towne;   VII 790-93

5. ［Ⅱ］断章（Fit）の「縮減」

トパス卿は、他の女性に目をくれることもなく、山越え野越え全力を尽くして妖精の女王のもとへ行こうとする。すぐに馬によじ登り、踏み段と石を越えて、妖精の女王を求めていく。長く馬で駆け抜け、遂に妖精の国に入る。

(29)　　Alle othere wommen I forsake,
　　　　And to an elf-queene I me take
　　　　　By dale and eek by downe!"

　　　　Into his sadel he clamb anon,
　　　　And priketh over stile and stoon
　　　　　An elf-queene for t'espye,
　　　　Til he so longe hath riden and goon
　　　　That he foond, in a pryve woon,
　　　　　The contree of Fairye
　　　　　　So wilde;　　　　VII 794-803

妖精の女王は、恋人として一人に絞ったものの、具体化せず不定冠詞のまま。トパス卿は、妖精の国を住処とする巨人オリファント卿に遭遇し、鎧をまとって翌日戦おうと約束する。しかし、家に帰ったトパス卿は、戦い前の宴席で「光り輝くある人のために、3つの頭のある巨人」と戦わねばならない、と言う。

(30)　　His myrie men comanded he
　　　　To make hym bothe game and glee,
　　　　　For nedes moste he fighte
　　　　With a geaunt with hevedes three,
　　　　For paramour and jolitee
　　　　　Of oon that shoon ful brighte.　　VII 839-44

トパス卿は不可避の決意で戦おうとするが、相手の巨人オリファント卿はいつのまにか3つの頭のある怪獣、しかも不定冠詞で漠とした対象に後退する。前に述べた巨人オリファント卿の状態をもはや忘れたのか、それとも巨人オリファント卿を肥大化し、未知の巨人をでっちあげたのか。では、誰のために戦うのか。妖精の女王と思いきや、これまた漠然とした「光り輝く人」(oon that shoon ful brighte) のため。妖精の女王以上に情報性が後退する。更に、巨人との戦いは、法助動詞 moste によりヴァーチャル化。戦い相手も戦いの目的（光輝く女性のために）も未知情報であることから、戦いの事実性は二重、三重に「縮減」する（moste については、[Ⅳ-1] を参照）。[35]

　elf ないし elf-queene について更に考察してみよう。これらの語は、チョーサーでまれな語で、elf は4回、elf-queene は5回（うち「トパス卿」が4回）使われている。elf は MED では（31）のように規定されている。

(31) MED s.v. elf. 1. A supernatural being having magical powers for good or evil; a spirit, fairy, goblin, incubus, succubus, or the like.

「トパス卿」以外での elf-queene は、チョーサーが唯一アーサー王伝説に依拠した物語「バースの女将の話」の冒頭部分に現れている。

(32)　　In th'olde dayes of the Kyng Arthour,
　　　　Of which that Britons speken greet honour,
　　　　Al was this land fulfild of fayerye.
　　　　The elf-queene, with hir joly compaignye,
　　　　Daunced ful ofte in many a grene mede.
　　　　This was the olde opinion, as I rede;
　　　　I speke of manye hundred yeres ago.
　　　　But now kan no man se none elves mo,

5. [II] 断章 (Fit) の「縮減」

> For now the grete charitee and prayeres
> Of lymytours and othere hooly freres,
> That serchen every lond and every streem,
> As thikke as motes in the sonne-beem,
> Blessynge halles, chambres, kichenes, boures,
> Citees, burghes, castels, hye toures,
> Thropes, bernes, shipnes, dayeryes —
> <u>This maketh that ther ben no fayeryes.</u>
> <u>For ther as wont to walken was an elf</u>
> <u>Ther walketh now the lymytour hymself</u>
> In undermeles and in morwenynges,   WBT III (D) 857-75

　ブリトン人が語る名高いアーサー王がいたのは大昔の話で、その昔には妖精の女王 (elf-queene) が多くの友を連れて青き草原でダンスをしていた、しかし今やそこには教区周りの托鉢僧がうじゃうじゃいて、妖精 (elves, elf) はもはや見られない、と述べている。チョーサーにとって妖精の女王は読んで初めて確認できる、何百年も前の昔の話、今や誰も見ることのできない存在である。この文脈では妖精の女王はそもそも実体化できる存在ではない。語り手が演出する結束性の破綻を視点の転換装置 "I" から見直すと、この妖精の女王の未知性は更に深めて認識される。恋を深く体験したトロイラスにとっても、クリセイデは「心移ろう」(slydynge of corage Tr 5.825) で、しょせん彼女を捉えることはできない。人間の本性は捉えようとしても捉えられるものではないことを、トパス卿の恋の追究は縮約的に表現しているように思える。興味深いことに、チョーサー自身の存在にも、宿の主人によって、elvyssh (VII 703) が当てられている。詩人チョーサーも計り知れない奥行があるということか。[36]

　因みに、中英語ロマンスにおいて、妖精の女王が常に実体化しないのではない。Benson (1987: 919) が指摘するように、『ローンファル卿』(*Sir Launfal*) 220 ff. と『エルセルドゥネのトマス』25 ff. では、主人公は妖精

の女王(後者ではそれらしき女王)に実際に森で遭遇し、彼女を実際に愛するように展開する。[Ⅱ-1]で扱った『エルセルドゥネのトマス』では、主人公のライマー・トマスは、物語の冒頭部分で(妖精の女王らしき)他国(a-nothere)の女王に遭遇し、彼女の特性(容姿、彼女の髪、しぐさ、彼女の馬、馬具等)を具体的に叙述している。

(33) Vndyre-nethe a semely tree,
　　　…… j whare a lady gaye,
　　　…… ouer a longe lee,
　　　If j solde sytt to domesdaye,
　　　With my tonge, to wrobble and wrye,
　　　Certanely þat lady gaye,
　　　Neuer bese scho askryde for mee,
　　　Hir palfraye was a dappill graye, [37]　　*Thomas of Erceldoune* 34-41

　　　Hir hare abowte hir hede it hange;
　　　Scho rade ouer þat lange lee;
　　　A whylle scho blewe, a-noþer scho sange.
　　　Hir garthes of nobyll sylke þay were,
　　　The bukylls were of Berelle stone,
　　　Hir steraps were of crystalle clere,
　　　And all with perelle ouer-by-gone.
　　　Hir payetrelle was of jrale fyne,
　　　Hir cropoure was of Orpharè;
　　　And als clere golde hir brydill it schone,
　　　One aythir syde hange bellys three.
　　　　　　　　　　　　　　　　　Thomas of Erceldoune 54-64

ここでのあでやかな女性(a ladye gay)は、彼女の振る舞いや彼女の付属

5. ［Ⅱ］断章（Fit）の「縮減」

物を介して肉付けられ、不定冠詞は þat lady へと既知化する。トパス卿の妖精の女王とは好対照をなす。

　「トパス卿」は、騎士道ロマンスとして恋と冒険が主要なテーマであるが、恋の対象である妖精の女王は、未知情報のまま、談話の結束性は破綻する。この特徴は、ロマンスの特徴を「縮減」し、Leach (1955: 7) が指摘するバラッドの特徴、人物の「非個人性」("impersonality") に近接する。また Leach (1955: 11-12) が言うように、バラッドを歌う吟遊詩人の聴衆は地方の中流、下流の人々であり、チョーサーの主要な聴衆、宮廷人と比べると、社会層においても大きく「縮減」する。

　以上、第二次元的な表現モードの断章に注目し、その背後に「縮減」がスキーマとして通底することを検証した。断章の連の数の半減化、断章の始めと終わりの安定性の欠如、そして恋人を表す情報構造の未完成を明らかにした。この第二次元的に見る表現モードの「縮減」は、その多次元構造の中間にあって、まずは第一次元的なコンテンツに関わり、そして第三次元的なメタ言語的な認識（ロマンスジャンルからバラッドへの移行）、更にはクリセイデや詩人チョーサーのように人間性は計り知れないものとする作家の人間観にも関わっていくことが分かった。

注
30　Cf. Jones (2000) は断章の連の数だけでなく行数まで数え、Burrow を補充している。
31　Qwene of heuene ne am j noghte, / ffor j tuke neuer so heghe degre. / Bote j ame of ane oþer countree, / If j be payrelde moste of prysse; *Thomas of Erceldoune* 91-94. 「他国」は「妖精の国」に相当するように思える。
32　MED s.v. yet 1. (a) In addition to a claim, an assertion, a remark, an explanation, etc. already made, further, additionally; also, moreover, furthermore; 2. (a) Nonetheless, even so, anyway.
33　MED s.v. rounen 3. (a) To speak, converse; say (sth., that one should do sth.), state; (b) to tell (sb. sth., how sth. happened); ~ of, tell (sb.) about (another). (b) の引用例：c1330 (?c1300) *Bevis* (Auch) 1/4: Of a kniȝt ich wile ȝow roune; (c1390)

Chaucer *T.Th.* (Manly-Rickert) B.2025: I wol yow rowne How sire Thopas..Is come agayn to towne.

34 Benson (1987: 922): ... "holde youre mouth" is even ruder than "hold your tongue".
35 人物の情報性の欠如は、ロマンスジャンルの「縮減」、ロマンスからバラッドへの移行、つまりその性格描写の欠如を意図的に再現したのかもしれない。
36 Cf. Gaylord (1979)
37 His steede was al dappul gray, VII 884（トパス卿が乗っている馬）

6. ［Ⅲ］連（Stanza）の「縮減」

6.1.［Ⅲ-1］ 連の行数

これまで「縮減」が第二次元的な表現モード、物語、断章と跨って、拡張事例化することを見てきたが、それは連の構成そのものにも当てはまる。ここでは連を構成する行の半減と連の行の音節数の「縮減」、即ち、尾韻のｂライン（3強勢）と新たに付加されたボブ（1強勢）を扱う。

本作品の連は理論上12行として扱い得る。このことはGaylord（1979）とPutter（2015: 150-51）によって指摘された。しかし、6行としての扱いの方が他の表現モード（例えば、断章の連の数の半減化）と一層強く響き合う。チョーサーの6行からなるテイルライムは、14世紀に流布していた通常12行のものに比べると、半減である。12行の扱いにくいしかし威厳のある形式に比べ、短く扱い易く（ｂライムの回数が半減することからも、その分連構成は簡単）、より軽い、それ故快活で楽しい口承的なバラッドのリズムに近い詩型である。

Purdie（2008: 86-87）は、テイルライムの行数を写本レイトとの関係で、一層深めた考察をしている。12行のテイルライムは、写本においては6行単位に分割されて書かれることが多々あり、多くのものは6行と仮定して書いたのではないかと述べている。[38] このことは6行が詩人にとっても写字生にとっても扱い易いものであることを示唆する。実際6行のテイルライムはロマンス以外では定番である。しかもロマンスは、ロマンス以外のテイルライムと並置されていることを指摘している。確かに、チョーサーが読んだとされるオーヒンレック写本を見てみると、聖者伝6行テイルライム（『聖パトリックの煉獄』*St Partick's Purgatory*）：6行のテイルライ

ム、aabccb, 1186行）が書かれ、他方6行のテイルライム・ロマンス（『ハンプトンのベーヴィス』1-474：6行のテイルライム $aa^4b^2cc^4b^2$；4444行はカプレット）が一写本に並置されている。[39] チョーサーはこのような並置から、1連6行のものを採用するのにさほど抵抗はなかったであろう。[40]

　［II-1］で見たように、「トパス卿」は3つの断章からなり、断章1、2、3と進展するにつれて、連の数は半減し、しかも断章3の最終行は半行で終わり、半減化に忠実に沿った中断となっている。1連6行を想定することで、それからのずらし、断章の連の数の漸減化、及び断章の連の乱れ等が浮き立たされる。また断章1ではaabaabというaaを繰り返す相対的に難しい脚韻パタンが持続するが、しかし、断章1の終わりでは、［II-2］で見たように、より容易いaabccbに変更され、しかもボブが加えられて、行数も標準型6行から大きく逸脱し、リズムの安定性が「縮減」する。断章2も断章1同様に、aabaabからaabccbへの変更が起こり、またボブが付けられて行数が増し、韻律の安定性は「縮減」する。そして断章3では、最初からaabccb、平易な韻律パタンに切り替えられ、安定性の「縮減」は一層進む。挙句の果て、5連目が最後、6行に行き着かず4.5行で、中断。

　以上のように、テイルライムの1連の行が通常の12行から6行へと「縮減」し、このことが起点となって、種々の表現モードのずらしを導いている。写本レイアウトの詩行の「縮減」的なコラム化（aライン、bライン、ボブへと漸次狭くなる）、断章の連の数の半減化、断章の終わりの部分での連の行数の乱れ、ボブの追加等を、一層明確に聴衆に気付かせている。

6.2.［III-2］尾韻

　bラインは韻律上のまとまり（aab/ccb）の一つの締め、情報構造的に見て情報の焦点（end-focus）の効果が期待される。しかし騎士トパス卿の活躍（愛と冒険）は、aaのカプレットで高く持ち上げ、落差をつけてbラインで落していく傾向がある。(34)は、本作品冒頭場面で、「縮減」がbラインで際立てられ、以後の展開への示唆的な導入となっている。

6. [Ⅲ] 連 (Stanza) の「縮減」

(34)　　Listeth, lordes, in good entent,
　　　　And I wol telle verrayment
　　　　　　Of myrthe and of solas,　　　　　b
　　　　Al of a knyght was fair and gent
　　　　In bataille and in tourneyment;
　　　　　　His name was sire Thopas.　　　b

　　　　Yborn he was in fer contree,
　　　　In Flaundres, al biyonde the see,
　　　　　　At Poperyng, in the place.　　　b
　　　　His fader was a man ful free,
　　　　And lord he was of that contree,
　　　　　　As it was Goddes grace.　　　　b

　　　　Sire Thopas wax a doghty swayn;
　　　　Whit was his face as payndemayn,
　　　　　　His lippes rede as rose;　　　　b
　　　　His rode is lyk scarlet in grayn,
　　　　And I yow telle in good certayn
　　　　　　He hadde a semely nose.　　　　b　　　VII 712-29

騎士の名前、トパス卿 (b ライン) のトパスは、3.2で示したように、柔弱さや純潔さを象徴する名前でもある。敬称の sire は、Burrow (1984: 72-74) が指摘するように、アングロノーマンで使われ、パリのフランス語はムッシュー (messire) に代わっていて、フランス語に習熟している人にとっては、古くさく、もはや低落し、一般庶民に当てられる敬称である。実際チョーサーの騎士はトパス卿を除いては sire が付されてはいない。彼の生まれは遠く、と打ち出され、大陸の遠く (ギリシャあるいはトロイあたり) と期待すると、ドーバーを越えたことろのフランダース、しかもそ

83

の中の西端の町、ポペリング（bライン）。貴族階層ではなく、一般庶民層を彷彿とさせる場所名である。[41] in the place（bライン）はその場所の社会階層の「縮減」を再確認する。情報の追加はなく、脚韻合わせの埋め草、つまり情報の低落とも言えよう。ポペリングは宿の主人がチョーサーの体つきを言及した popet と、頭韻により音的・意味的に響き合う（[IV-7-1] 参照）。彼の父親がこのような特徴の国の領主であることを、神の恩寵に帰するのはあまりにも大げさである（bライン）。トパス卿を勇敢な若者としながらも混じりけのない生地のパンのように白く（騎士の冒険幅を「縮減」し、屋内的に引き付ける）、唇はばらのように赤く（bライン）、と描かれる。女性を引き付けるかもしれない彼のイケメン振りに注意するものの、騎士としてもっと本質的な勇猛さからは大きく遠ざかっていく。確かに、と言って思わせぶりに、彼は優美な鼻をしていた（bライン）というのは、ヒロイン像ならともかくも騎士の戦場での勇猛さを想定すると、竜頭蛇尾である。このような文脈を通して最初の「（騎士についての）楽しさやいやし」（bライン）を見返すと何がそうなのか微妙な揺らぎが生じてくる。

　bラインの価値の低落は、以下繰り返し表される。類例を（35）に挙げる。いずれもbラインで高められるものと期待するが、逆効果で、価値の低落が見られる。もっと正確には、一見褒めてはいるが、それは彼の騎士としてのステイタスからは大きくずらされている。

(35) 　That coste many a jane. VII 735：トパス卿の上着は高価な絹製で、さぞかし高いものと期待すれば、多くの小銭で買えるもの。

　　　Ther any ram shal stonde. VII 741：レスリングをしてチャンピオンになり（「騎士の話」では馬上槍試合のチャンピオン）、受け取る賞が雄羊（「騎士の話」では馬上槍試合の勝利者の賞はエミリー姫）、これは騎士ではなく一般庶民、例えば、粉屋に相応しい賞。[42]

6．［Ⅲ］連（Stanza）の「縮減」

- For now I wol yow rowne VII 835：聴衆に語るのは、自信をもって朗々とした声でと期待すれば、ささやき声で。
- For nedes moste he fighte VII 841：戦いは、事実として、あるいは強い意志を伴ってではなく「戦わないといけない」といった義務感で。
- Of oon that shoon ful brighte. VII 844：トパス卿は巨人オリファント卿と戦う以上、その大義は明確と期待するが、その恋人は漠として実体化しない。
- In which he wol debate. VII 868：立派な武具をまとって騎士は戦うと期待するが、断章3の終わりで明らか、戦いには至らず、debate は「戦う」のか「口論する」のか。
- Or as the moone light. VII 880：トパス卿の馬の手綱は、太陽のごとく光り輝く、と高められるが、月の明かりのごとく、とトーンダウン。
- Ful softely and rounde VII 886：トパス卿は軍馬に跨り疾走すると期待するが、ゆったりとくねくねしながら進む。
- Of herbes fyne and goode. VII 914：トパス卿が乗った馬が食べるのは荒野の野草と期待するが、家周辺の薬草である。

以上のように、「縮減」が第二次元的な表現モード、bラインに及んでいくことが理解できた。bラインは aab/ccb のユニットの情報の締めで、そざかし格調高くと期待するが、aa で高め、その分落差を付けて b ラインで落す、ように演出されていた。b ラインの狭められた表現モードで、第一次元的なコンテンツも狭く・小さく意義付けられ、演出されていた。

6．3．［Ⅲ-3］　ボブ（bob）

　［I-2］で述べたように、テイルライムの構造はその音節数と強勢の数が a ライン─基本8音節・4強勢、b ライン─基本6音節・3強勢で「縮減」するが、「トパス卿」では［Ⅱ-2］で述べたように、断章1と断章2の終り

部分では韻律が不安定で、最も狭い詩行ボブ—基本2音節・1強勢が付加されている。断章3はボブを使う暇もなく、中断。[Ⅲ-2]でbラインは、表現モードの「縮減」と第一次的コンテンツの「縮減」とが表裏の関係にあることを示した。ここではボブが、bライン同様に、第一次元的なコンテンツの「縮減」とパラレルに機能することを例証する。テイルライムがチョーサーにおいて唯一の詩型であると同様、ボブもそうである。『ガウエイン卿と緑の騎士』(*Sir Gwain and the Green Knight*) のボブはよく知られているが、チョーサーは、オーヒンレック写本のロマンスの一つ、『トリストラム卿』(*Sir Tristrem*) を読んで、ボブにはよく馴染んでいたように思える。この作品は韻律ロマンスとバラッドの中間にくるものである。その長さ、話題の幅広い扱いは韻律的ロマンスに似るが、他方、その連構成、速い転移、短いエピソード、出来事の循環論はバラッドに近い。この連は、2つに分かれ、最初は3強勢からなる短い8行からなり、交互に脚韻、2番目は、1強勢のボブと2つの短い詩行、3強勢のフィールからなり、後者の2つ目はボブと脚韻する。[43] 1連示しておこう。

(36)　þus haþ tristrem þe swete　　　　a
　　　 Yslawe þe douke morgan.　　　　b
　　　 No wold he neue lete　　　　　　a
　　　 Til mo castels we tan;　　　　　b
　　　 Tounes þai ʒold him skete　　　 a
　　　 And cites stiþe of stan.　　　b
　　　 þe folk fel to his fet,　　　　　a
　　　 Aʒaines him stode þer nan　　　 b
　　　 In land.　　　　　　　　　　　　c　　（ボブ）
　　　 He slouʒ his fade ban,　　　　　b
　　　 Al bowed to his hand.　　　　　 c　　*Sir Tristrem* 892-902

Davis (1967) は、『ガウエイン卿と緑の騎士』のボブについて、本質的

6. ［Ⅲ］連（Stanza）の「縮減」

な情報提供ではなく、せいぜい作者の後思案ないし情報の調整機能と見なしている。

(37) Davis (1967: 152): A strking feature of the bob in *Gawain* is that it seldom adds anything essential to the meaning, and is often distinctly reduncant; e.g. 32, 198, 318, 1203. It is possible that this element of the stanza was an afterthought of the author's, and that the bobs were added after the poem was complete, with a few adjustments.

『トリストラム卿』についても、このことは概ね当てはまる。(36) の In land は情報的に予測でき、その有無で意味は大して変わらない。[44] しかし、Putter (2013) は Davis を批判し、ボブは "background" のみでなく、同時に "foresight" に向けても機能しており、談話を大きく見通して理解すべきである、と主張している。本作品でのボブを「縮減」のスキーマの一環と見なすと、この立場から解釈すべきである。ボブが現れるのは、断章の最後、語り手の韻律の乱れ、戦いがあると想定されて、戦いが成立しない場面である。本作品の中間部分で（注16参照）、最も大きなクライマックスが最も小さなスペース、ボブで支えられ、その破綻は避けられない。このような文脈では Davis が述べた「わずかな調整」ではすまされない。事実、Stanley (1972) は、「トパス卿」のボブは "anticlimax" の効果のあることを指摘している。本書では、彼の指摘はボブ単独の問題ではなく、「縮減」のスキーマの一環にあり、他の表現モードと相互補完的に機能、かくして第一次元的なコンテンツの「縮減」を導くものとして捉えた。(38) で、トパス卿は、夢の中で自分の恋人は妖精の女王でないといけない、と決め付け、この世界では他のどの女性も自分には似つかわしくないと断言する。

(38) "An elf-queene wol I love, ywis,   a

For in this world no womman is	a
Worthy to be my make	b
In towne;	c
Alle othere wommen I forsake,	b
And to an elf-queene I me take	b
By dale and eek by downe!"	c
Into his sadel he clamb anon,	a
And priketh over stile and stoon	a
An elf-queene for t'espye,	b
Til he so long hath riden and goon	a
That he foond, in a pryve woon,	a
The contree of Fairye	b
So wilde;	c
For in that contree was ther noon	a
That to him durste ride or goon,	a
Neither wyf ne childe;	c VII 790-806

In towne 自体、慣用的で意味は希薄であるが、in this world と対比すると、in towne はスペースが大きく「縮減」、最上級的な意味が大きくトーンダウンする。So wilde はもっと複雑である。このボブと脚韻する語 childe を含む、引用の最終行、c ライン、[45] Neither wyf ne childe は意味深長である。この行は、伝統的には『ウオリックのガイ卿』を例に取れば、尾韻 b ラインに文末の焦点が置かれ、高貴な騎士、「伯爵、男爵…」ですら彼に敢えて向かっていこうとするものはいない、と彼の勇猛さが描き出される。

(39) In þis warld is man non   a
       þat oȝaines him durst gon,   a   [him=Berard 147 (12)]

6. [III] 連 (Stanza) の「縮減」

  Herl, baroun, no kniȝt.   b
The Romance of Guy of Warwick (Auchinleck MS) Tail Rhyme, 148: 7-9 [46]

　「トパス卿」では、彼に立ち向かっていくものは誰もいない、「女も子どももいない」と、彼の騎士としてのイメージ・ダウンは避けられない。
　ボブの脚韻語、childe の語義は注意を要する。[IV-6]で見るように、ロマンスに特徴的な（しかしチョーサーのレキシコンでは唯一の）「将来の騎士」の意味から、「女・子ども」のコロケーションから自然な、チョーサーのレキシコンで通例の「子ども」に変えられる。childe の final -e は、[IV-8]で見るように、通例チョーサーでは前置詞の後でのみ付加されるが、主格の位置にずらされている。更にこの -e の弱音節によって、wilde と脚韻し、女性韻の柔らかい音調が生み出される。childe とボブの wilde とのチャイミング効果は[IV-7]を参照。
　トパス卿は、妖精の女王を探して、妖精の国に入っていく。そこで巨人オリファント卿に遭遇する。

(40) But if thou prike out of my haunt,
    Anon I sle thy steede
       With mace.   VII 811-13

オリファント卿は、自分の住処から出ていかないと殺す、と脅かすが、殺すのはトパス卿ではなく、間接的に馬である。しかも馬を剣で刺し殺すのかと思いきや、「戦棍」、武器のステイタスは減じられる。このボブによって、第一次元的なオリファント卿の剛健さは一層ずらされていく。
　(41) では、トパス卿がオリフォント卿に戦いの約束をしている。

(41) The child seyde, "Also moote I thee,
    Tomorwe wol I meete with thee,
      Whan I have myn armoure;

> And yet I hope, *par ma fay*,
> That thou shalt with this launcegay
> Abyen it ful sowre.
>   <u>Thy mawe</u>
> Shal I percen, if I may
> Er it be fully pryme of day,
> For heere thow shalt be slawe."   VII 817-26

誓言 (Also moote I thee) で断言したと思えば、tomorwe で後退、戦いは wol でヴァーチャル化。その動作 meete with (El MS) は、OED s.v. meet 11. a. の "come across" なのか、それとも 11.†c. "encounter (an enemy)" なのか。他動詞としても (Hg MS)、4.a "To come (whether by accident or design) into the company of" なのか、3.a "To encounter or oppose in battle. Also (after F. rencontrer), to fight a duel with" なのか。「戦う」であれ「出会う」であれ、引き延ばされ、武具をまとった時に。「更に申し添えよう」あるいは「でもしかし」、「切に望んでいる」(hope の北部方言では「思っている」〔Ⅳ-6〕参照)、と積極性の表し方は微妙。しかし「絶対に」(*par ma fay*) の誓言。「この槍で痛い目にあわしてやる」は積極、消極相半ばして示される。句跨りでテンポ速く (一気に殺すのかと期待すれば)「腹を刺さないといけない」、しかも、「もしできることなら」で更に後退。引き延ばして明朝9時になる前に。さんざん逃げ腰に述べてきて、「ここで殺してやる」は、後付けで、説得力はない。ここではトパス卿の腰砕けと脅しがシーソーリズムのように交代している。ボブの狭められたスペースと巨人オリファント卿の狭められた体、「腹」はぴったり併行する。巨人オリファント卿が殺そうとするのがトパス卿の馬で (b ライン)、しかも戦棍 (ボブ) であることと軌を一にしている。ボブを起点として見ると、第二次元的な諸要素 (〔Ⅳ-1〕のモダリティ、〔Ⅳ-4〕の句跨り、〔Ⅳ-5〕のレジスター、〔Ⅳ-6〕の多義性) と絡み合い、進行的に、また遡及的に「縮減」の倍音効果を高めていく。

6. [Ⅲ] 連 (Stanza) の「縮減」

注

38 Purdie (2008: 86) 参照。6行を明示している写本：*Amis and Amiloun*, British Library, MS Egerton 2862; *Sir Gowther*, British Library, MS Royal B.XLIIII; *Emare, Sir Launfal, Lybeaus Desconus, Sir Isumbras*, British Library, MS Cotton Caligula A.II; Bodleain Library, MS Ashmole 61 の中のロマンス。
39 Cf. Tajiri (2002) は教訓的なテイルロマンスに焦点を当てている。
40 Purdie (2008: 8) によれば、6行はアングロノーマンで普通であったより古い形である。
41 Burrow (1984: 73): Chaucer's hero was born in the Flemish town of Poperinge, but his birthplace also assoicates him inescapably with 'la bourgeoisie de Flandres'.
Burrow (1984: 74): ... but the favoured few wince at the honorific itself and also see, in its application to Thopas, a hidden felicity. For according to current French usage, such a title would make the hero as precisely the kind of man that his birth in Poperinge would lead one to expect a 'sire bourgeois'.
42 『カンタベリー物語』、「総序」(GP) で紹介される粉屋。At wrastlynge he wolde have alwey the ram. I (A) 548
43 McNeill (1886: xlv-xlvi) 参照。
44 同様な例に：Saunfayl 889, Y wis 1021, Wiþ hand 1032, Riȝt so 1054, To say 1263, In lede 1384, Wiþ siȝt 1406, Riȝt þan 1428, Soþ þing 1593, Bidene 1615。これらはせいぜい余剰的な意味で、主として脚韻合わせのために使用されている。
45 3強勢で写本レイアウトでは第二コラムにあるべきもの (Hg MS、El MS は4強勢の1行が欠落し、結果左コラムに置かれている)。
46 『ウオリックのガイ卿』の類例：Ac for nouȝt þat he hot miȝt / þer was non durst take þe fiȝt / Wiþ þe geaunt for his sake. 66.1-3; For in alle þe court was þer no wiȝt, / Douk, erl, baroun, no kniȝt, / þat durst me borwe þat day, 152.4-6; Erl, baoun, no kniȝt, / No squier, no seriaunt non / Oȝain þe geaunt dar gon: / So grim he is of siȝt. 236.9-12.

7. ［Ⅳ］詩行（Verse line）の「縮減」

7.1. ［Ⅳ-1］ 動詞の相と法

　「縮減」は、第二次元的な表現モードを構成する話全体（Tale）、断章（Fit）、連（Stanza）だけでなく、詩行の言語構造の細部にも拡張事例化する。本節では動詞の相（状態動詞・動作動詞）と法に着目する。この相と法の選択は、［Ⅰ-3］で見たように、第一次元的コンテンツ、トパス卿の状態と動作の在り様に密接に関わる。図12のようにまとめられる。

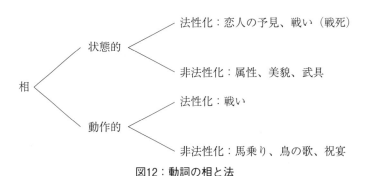

図12：動詞の相と法

注：法性化＝話者の判断・評価が入り主観的（仮定法、法助動詞）
　　非法性化＝話者の判断・評価が入らず叙実的

結論的に言えば、ロマンスの二大テーマ、恋と戦いに関わる事態はいずれも仮想的、他方このテーマに対して第二義的な、あるいは周辺的とも言える事態（武具のすばらしさ、馬の乗り方等）は客観的に扱われている。両者を相互照射すると、「縮減」のずらしが浮かび上がってくる。

7．[Ⅳ] 詩行（Verse line）の「縮減」

作品に使われた動詞のトークンで見ると、状態動詞52、動作動詞101である（hope を北部方言の "think" で解釈すると、状態動詞が53、動作動詞が100となる）。しかし動詞において最も高頻度に使われるのは、状態動詞 be で、表7のように46回ある。

表7：状態動詞：be 動詞と法

	is	are	been	was	were	be
直接法	8	0	1	27	4	0
仮定法	0	0	0	0	1	2
法助動詞と共起	0	0	0	0	0	2（shal と共起）
to の後	0	0	0	0	0	1
助動詞的用法	1*	0	0	1*	0	1*

注：助動詞の be は46回には含めていない。

この46回のうち、40回は直説法で現れ、トパス卿の属性、美貌、武具を客観的に記述している。

(42) 属性（性格、出身）、美貌

  Listeth, lordes, in good entent,
 And I wol telle verrayment
  Of myrthe and of solas,
 Al of <u>a knyght was fair and gent</u>
 In bataille and in tourneyment;
  <u>His name was sire Thopas.</u>

  <u>Yborn he was in fer contree,</u>
 In Flaundres, al biyonde the see,

>   At Poperyng, in the place.
> His fader was a man ful free,
> And lord he was of that contree,
>   As it was Goddes grace.
>
> Sire Thopas wax a doghty swayn;
> Whit was his face as payndemayn,
>   His lippes rede as rose;
> His rode is lyk scarlet in grayn,
> And I yow telle in good certayn
>   He hadde a semely nose.　　　　VII 712-29

(43) 武具

> And over that a fyn hawberk,
> Was al ywroght of Jewes werk,
>   Ful strong it was of plate;
> And over that his cote-armour
> As whit as is a lilye flour,
>   In which he wol debate.　　　　VII 863-68

他方、仮想的に使われた be 動詞は6回にすぎない。仮定法（VII 764, 774, 825）、法助動詞との共起（VII 788, 873）、to 不定詞（VII 892））がそれである。法助動詞との共起の例は、ロマンスの二大テーマ、(44) が恋、(45) が戦いに関係するが、共にヴァーチャル化されている。トパス卿は、(44) のように、夢の中で妖精の女王が自分の恋人だと shal で決定付けている。妖精の女王が実体化しないことは [II-4] で示した通りである。

> (44) Me dremed al this nyght, pardee,
>   An elf-queene shal my lemman be

7. [Ⅳ] 詩行（Verse line）の「縮減」

    And slepe under my goore.   VII 787-89

トパス卿は、(45) のように、巨人を殺してやる、と shal で決意を表すが、「エールとパン」の家庭的な誓言でその残忍な決意は弱められ、と思えば、こんどは「何が起ころうとも」で誓言を補完する。これは後思案と解され、ちぐはぐさは払拭できない。

 (45) And there he swoor on ale and breed
    <u>How that the geant shal be deed,</u>
   Bityde what bityde!   VII 872-74

 動作動詞で最も繰り返されているのは、prike の8回である。[47] 作品のトータル207行で8回は、チョーサーの他の作品と比べると、その頻度の高さは明らかである。[48] これら8回は、仮定法の1例を除き叙実的な文脈で用いられている（直説法4例、非定形節の分詞1例、動名詞2例）。

表8：動作動詞、prike と法

	priketh	pryked	prike	prikyng
直説法	754, 757, 798	774		
仮定法			811	
非定形節 （分詞・動名詞）				837（分詞）; 775, 779（動名詞）

仮定法の1例は、巨人オリファント卿がトパス卿を脅した時に現れる。

 (46) He seyde, "Child, by Termegaunt,
    <u>But if thou prike out of myn haunt,</u>
   Anon I sle thy steede

     With mace.   VII 810-13

 「自分の住処から馬で出て行かないと」と脅かす。とはいえ、帰結節に見るように、トパス卿本人ではなく馬を、また句跨りして一気、さぞや勇猛に、と期待すれば、騎士に相応しい剣ではなく、戦棍で殺す、と。［Ⅲ-3］のボブで見たように、腰砕けである。

 他は、全てトパス卿の馬の乗り方自体を叙実的に記述している。しかも歴史的現在でその臨場感を際立ててもいる（VII 754, 757, 798）。[49] 馬の乗り方は客観的だが、馬に乗ること自体が目的化し、特定の目的、恋人の発見にも、戦いの実現にも繋がらず、それは不完全燃焼に終わっている（［I-5］の循環論を参照）。トパス卿の馬乗りが叙実的であることが、却って彼の騎士像からのずらしとなっている。

 （47）馬の乗り方

    He priketh thurgh a fair forest
   Therinne is many a wilde best,
    Ye, bothe bukke and hare;   VII 754-56
     （馬で森を貫いて ──▶ 近場の牡鹿、兎）

   And as he priketh north and est,
   I telle it yow, hym hadde almest
    Bitid a sory care.   VII 757-59
     （馬で北・東に ──▶ 馬を駆り出す目的が不明）

   Sire Thopas fil in love-longynge,
   Al whan he herde the thrustel synge,
    And pryked as he were wood.   VII 772-74
     （突如恋に陥って馬を駆る ──▶ その恋は不明のまま）

7. [Ⅳ] 詩行（Verse line）の「縮減」

His faire steede in his prikynge
So swatte that men myghte him wrynge;
   His sydes were al blood.   VII 775-77

（馬を駆る ——▶ 馬は汗をかき、腹は血だらけ、しかし何のためにこれ程馬を駆るのか）

Sire Thopas eek so wery was
For prikyng on the softe gras,
   So fiers was his corage,
That doun he leyde him in that plas
To make his steede som solas,
   And yaf hym good forage.   VII 778-783

      （馬を駆る ——▶ 柔らかい草の上）[50]

Into his sadel he clamb anon,
And priketh over stile and stoon
   An elf-queene for t' espye,   VII 797-799

（（本来なら）馬で木や石を越えて行く ——▶ 踏み越し段と石を越えていく）

For now I wol yow rowne
How sir Thopas with sydes smale,
Prikyng over hill and dale,
   Is comen agayn to towne.   VII 835-38

      （小声で：馬で山河を越える ——▶ 町に戻る（循環））

prike 以外にも馬の乗り方が叙述されているが、それらは prike 同様に直説法で示される。

(48) His steede was al dappull gray,

>   It gooth an ambil in the way
>   Ful softely and rounde
>   In londe.   VII 884-87

>   His goode steed al he bistrood,
>   And forth upon his wey he glood
>   As sparcle out of the bronde;   VII 903-05

　客観的記述であるが、dappull gray は軍馬ではなく、[Ⅱ-3]（注18）で述べたように、女性が乗る馬に相応しいもので、そのスピードはゆったり、柔らかく、あちこちぐねぐねしながら進んでいく。また彼はこの軍馬に跨り、滑るように、しかも「松明の炎のように」（燃え出るように、と解すると、彼の馬の乗り方とは大きくずらされる）進むのである。
　他の動作動詞、鳥の鳴き声や祝宴の際の動作も、直説法で客観的に表されている。

(49) 鳥の鳴き声

>   The briddes synge, it is no nay,
>   The sperhauk and the papejay,
>   That joye it was to heere;
>   The thrustelcok made eek hir lay,
>   The wodedowve upon the spray
>   She sang ful loude and cleere.   VII 766-71

(50) 祝宴

>   His myrie men comanded he
>   To make hym bothe game and glee,
>   For nedes moste he fighte   VII 839-41

7．[IV] 詩行（Verse line）の「縮減」

> They fette hym first the sweete wyn,
> And mede eek in a mazelyn,
> And roial spicerye　　　　　　　　VII 851-53

　馬のゆっくりとした乗り方、鳥の鳴き声、戦い前の祝宴命令と祝宴での飲食は、当該の行為自体実現が難しいものでもなく、また自然の現象でもあり、直説的に叙述されても不思議ではない。しかし、次に述べるトパス卿の戦いの法性化と対比すると、馬の乗り方、鳥の鳴き方、祝宴の飲食は、達成できたこととして、遡及的にむしろ評価すべきこととして輝いてくる。つまり技能で見る限り鳴くことを達成できた鳥の小さな「主体」の方が騎士としての戦いが達成できないトパス卿の「主体」よりは優れものか、と。[51]

　戦いを表す動作動詞に注目してみよう。トークン頻度、101例の動作動詞のうち、8回しか戦いには言及しない。しかもその8回のうち7回が法性化している。6回は法助動詞と共に、1回は仮定法で使用されている。法助動詞は、全てトパス卿の戦いに、[52] 仮定法は巨人オリファント卿の戦いに言及する。[53]

表9：戦いを表す動作動詞と法

	sle	meete with	abyen	percen	be slawe	fighte with	debate	stones caste
直説法	0	0	0	0	0	0	0	1
仮定法	1	0	0	0	0	0	0	0
wol	0	1	0	0	0	0	1	0
shalt/shal	0	0	1	1	1	0	0	0
moste	0	0	0	0	0	1	0	0

　トパス卿の戦いがどのように法助動詞と共起するかを見てみよう。彼は巨

人オリファオント卿に対して(51)のように戦いの約束をする。

 (51) The child seyde, "Also moote I thee,
    Tomorwe wol I meete with thee,
     Whan I have myn armoure;
    And yet I hope, *par ma fay*,
    That thou shalt with this launcegay
     Abyen it ful sowre.
        Thy Mawe
    Shal I percen, if I may,
    Er it be fully pryme of day,
     For heere thow shalt be slawe." VII 817-26

法助動詞の意味を考察してみよう。断言形式 Also moote I thee「絶対」との関連では、wol の文の主語は1人称(動作主であるトパス卿)、動詞は自己制御性のある動作動詞であるから、根源的意味(root meaning)の「意志」が強く感じ取れる。しかし、Tomorwe、更に whan ...「武具をまとった時に」という未来時との関係では、認識的意味(epistemic meaning)の「推量」が浮上してくるように思える。wol の前後、いずれの状況を強めるかで、根源的か認識的かが前景化あるいは背景化する。認識的であれば、戦いのスタンスはもっと及び腰になり、「縮減」の概念は一層際立てられる。このことは、強気と弱気のサンドイッチ状態に置かれた直後の一連の shal にも当てはまる。shal は義務、決意、宿命等を喚起するが、いずれもそのスタンスを和らげる句と共に用いられている。thou shalt... Abyen... は、多くのフィルター、つまり and yet に伏せられた曖昧性、[54] hope の多義性(「切に望んでいる」あるいは認識的な「思っている」(北部方言))、更には *par ma fay* の誓言(自信がないからこそこの誓言を付加したとも取れる)を介して導入されている。Shal I percen は人間そのものではなく腹を刺すという及び腰、また if I may のおどおどとした条件が続き、更

7.［Ⅳ］詩行（Verse line）の「縮減」

には Er it be fully pryme of day の先延ばしを付加して用いられている。Thou shalt be slawe は、この決意の前の文が示す自信のなさ、そしてこの決意の後に示す先延ばしの文に挟まれた決意である。Tomorrow never comes. である。法助動詞の介入自体戦いの事実性の「縮減」であるが、その意味が認識的に機能すれば、二重に「縮減」する運びとなる。

　（52）では戦うというトパス卿の不可避の決意が示される（ここでは副詞 nedes が moste の縛りを強調する）。しかしその戦う相手の巨人オリファント卿は、［Ⅱ-3］で指摘したように、いつのまにか3つの頭のある怪獣、しかも不定冠詞で漠とした情報、何のためかと言うと、これまた漠とした恋人 oon that shoon ful brighte のためである。

>
> (52)　His myrie men comanded he
> 　　　To make hym bothe game and glee,
> 　　　　For nedes moste he fighte
> 　　　With a geant with hevedes three
> 　　　For paramour and jolitee
> 　　　　Of oon that shoon ful brighte.　　　　VII 839-44

法助動詞による事実性の「縮減」は、戦いの対象が未知情報であることから、倍化している。

　武具の高価さは直説法で客観的に記されるが、それをまとっての彼の戦いは法動詞を介し主観的である。

>
> (53)　And over that a fyn hawberk,
> 　　　Was al ywroght of Jewes werk,
> 　　　　Ful strong it was of plate;
> 　　　And over that his cote-armour
> 　　　As whit as is a lilye flour,
> 　　　　In which he wol debate.

> His sheeld was al of gold so reed,
> And therinne was a bores heed,
> A charbocle bisyde;　　　　　　　　VII 863-71

debate は、MED s.v. debate によると、(54) のように、二つの解釈を許す（詳細は [Ⅳ-6] 参照）。

(54) (a) To quarrel, dispute; (b) to engage in combat, fight, brawl, make war

法助動詞 wol の多義性（根源的意味の「意志」、認識的意味の「推量」）を組み合わせると、論理的に4つの解釈が成り立つ。

表10："wol debate" の解釈のマトリックス

	debate 'fight' (F)	debate 'quarrel' (Q)
'will': root meaning (R)	RF	RQ
'will': epistemic meaning (E)	EF	EQ

[1]「巨人と戦う意志がある」(RF)
[2]「巨人と戦うでしょう」(EF)
[3]「巨人と口論する意志がある」(RQ)
[4]「巨人と口論するでしょう」(EQ)

視点の転換装置 "I" を通して見ると、いずれをとっても正解、いずれをとっても正解ではなく、真実は中間点にある。騎士トパス卿の様々なイメージが喚起される。法助動詞 wol は動詞の多義性と相乗効果をなして微妙な含み、両義性（ambiguity）を生み出していく。RF → EF → RQ → EQ の順に「縮減」の度合いを高めていく。法助動詞による凝縮表現はその分析的対応表現では容易には表せない感性の動きを生み出すことができる。チョーサーの最大の関心は、戦いをする人間の背後にある制度・理念と言

7. [Ⅳ] 詩行（Verse line）の「縮減」

うよりは、彼の微妙な内面、心理、感情の動きであるように思える。法助動詞は複雑な感情を最も単純に表す方法である。

以上のようにトパス卿の戦いは、法助動詞の介入でヴァーチャルの段階に留められ、かつその認識的意味を根源的意味の背後に伏せることで、「縮減」は倍増する。法助動詞は、意味発達の過渡期、つまり動詞とのまとまり度を強化して意味が柔軟化していく（文法化・主観化）途上にあり、[55] チョーサーはこの第三次元的な言語の揺らぎを逆手にとって使用した可能性がある。

戦いを表す動詞で法性化されていない一つの例外は、(55)の巨人が「石投げ機で石を投げた」である。

(55)　　Sire Thopas drow abak ful faste;
　　　　　The geant at hym stones caste
　　　　　　Out of a fel staf-slynge.
　　　　　But fair escapeth child Thopas,
　　　　　And al it was thrugh Goddes gras,
　　　　　　And thrugh his fair berynge.　　　VII 827-32

しかし巨人が直接トパス卿と剣で渡り合わず「石を投げる」は、伝統的な巨人のイメージの大きな「縮減」である。因みに、トパス卿の見事な逃げは、形而上学的な神の恩寵と形而下的な恐らくは小さいが故の彼の身の巧みなこなしとが並置され、竜頭蛇尾に展開する。

上記の戦いを表す動詞の6つは（用例(52)、(53)を除く）、断章1の終わり、戦いを叙述する物語のクライマックスに現れている（断章1の最終部16、17、18連）。[Ⅱ-2]で指摘したように、これは「トパス卿」のほぼ中央部、「トパス卿」は断章7のほぼ中央部、更に断章7はロンドンからカンタベリー大聖堂への巡礼行のほぼ中間点、ロチェスターに配置。二重三重に際立てられるだけに、法と相によって描き出されるトパス卿の臆病さは、二重、三重にずらされて演出される。

比較のため『アミスとアミルーン』の伝統的な戦いシーンを (56) に引用する。

(56) & seyd, "So god me spede,
　　　Now þou schalt a-fot go,
　　　Y schal fiȝt a-fot al-so,
　　　& elles were gret falshed."
　　　þe steward & þat douhti man
　　　Anon to-gider þai fiȝt gan
　　　Wiþ brondes briȝt & bare;
　　　So hard to-gider þai fiȝt þan,
　　　Til al her armour o blod ran,
　　　For noþing nold þai spare.　　　*Amis and Amiloun* 1341-50

戦いは主観（þou schalt.../Y schal...）に留められるのではなく、直説法で示されるように、客観的にも展開している（þai fiȝt gan, þai fiȝt þan, o blod ran）。

7. 2. [Ⅳ-2]　統語関係
[Ⅳ-2-1] 写本の分割斜線（virgule）と意味単位

　写本の分割斜線の役割を検討する。写本の分割斜線の機能は、語の仕切り、意味単位の切れ目、音読の息継ぎ、ポーズに絡む修辞的特性等、多岐に渡る。[56] いずれにしろ、事態の意味付け、かくして起こる言語による分節に対し、分割斜線は一定の役割を果たしている。分割斜線が文より小さな意味単位に適用される場合、それぞれの単位がどのように関係付けられ、文を形成するか、が問われる。口承的な場合厳密に文とは何かよりも、句のレベルが半独立的に機能し、ゆったりとその句同士が関係し合っている。トパス卿が鎧をまとう描写を取り上げ、写本と刊本を照らし合わせながら検討してみよう。(57) は Hg MS、(58) はその転写（transcript）、[57] (59)

7. [Ⅳ] 詩行（Verse line）の「縮減」

は Benson (1987) からの引用である。

(57) Hg MS 214v

(58) Hg MS 214v の転写

214v TT 0145　¶ He dide next⁷ his white leer
214v TT 0146　Of clooth of Lake / fyn ⁊ cleer
214v TT 0147　A breech / and eek a Sherte
214v TT 0148　And next his Sherte / an Aketou͞
214v TT 0149　And ouer that⁷ an haubergeou͞
214v TT 0150　For pcyng⁷ of his herte

注：1. v = verso
　　2. TT = *The Tale of Sir Thopas*
　　　　（Nakao, Jimura and Matsuo eds. 2009 参照。）

(59) Benson (1987)

　　He dide next his white leere
　　Of cloth of lake fyn and cleere,
　　　A breech and eek a sherte;
　　And next his sherte an aketoun,
　　And over that an haubergeoun
　　　For percynge of his herte;　　　VII 857-62

Of 句（補部）は分離性（separability）があり、それがどの主要部（名詞あるいは動詞）に関係するのか、しばしば問題的である。Of clooth of Lake（Hg MS）の主要部は、名詞に限定しても前の his white leere なのか、後

の A breech and eek a sherte なのか、が問題となる。Lake（リンネル生地）は「肌」とはメタファーで結びつき、「ズボンとシャツ」とは文字通りに結びつく。意味連想の強さからすれば、Of 句を後の行に関係付ける方が容易であろう。他方、Hg MS において分割斜線が Lake の後にあり、Of clooth of Lake と fyn & cleer とが視覚的に分けられている。これは El MS も同様である。前行の終わりの句 his white leer は、行末であり、ポーズが置かれ易いが、Of clooth of Lake の後ポーズを置くかどうかは微妙である。Of clooth of Lake の後にポーズを置いた場合、この句は統語的に半独立的になり、関係付けが前の his white leere か、後の a breech and eek a sherte かは、一層微妙になる。写字生アダム・ピンクハースト（Adam Pinkhurst）は、[58] このいずれにも決定しがたい微妙さを分割斜線で表したのかもしれない。この句を後ろにではなく、前の leer に関係付け、his white leer Of clooth of Lake を意味単位として〈リンネルの布のような白い肌〉と解すると、(fyn and cleere は恐らく後思案的な追記)、トパス卿の色の白さが際立って強調され、[Ⅳ-6]（多義性）で指摘するように、荒野を冒険し肌が日に焼けている騎士像からは、大きくずらされる。Benson (1987) は、(59) でコンマやセミコロンで統語的な切れ目を明確にしているが、写本の分割斜線に関しては、句読点ないし視覚的な表象はなく、このような読みは見落としてしまうかもしれない。lake について付言すると、OED によればこの箇所は初出例で、しかもオランダ語に由来するものである。トパス卿の故郷である〈小さな町〉Poperyng をメトニミカルに暗示するかもしれない。[59]

　ここでの統語的両義性の問題は、写本と現代刊本としてのテクストがそれぞれに特徴的な機能があり、相互補完的であることを示す。第二次元の表現モードの領域を超え、テクストの循環性として第三次元に高次化する。読者は、写本に依拠して読み解く「主体」と現代刊本で読み解く「主体」に分化し、同時に統合されていく。

7. ［Ⅳ］詩行（Verse line）の「縮減」

［Ⅳ-2-2］尾韻 b に見る統語的交代性

　［I-4］において、「トパス卿」の Hg MS、El MS のレイアウトは左から右へと3つにコラム化され、一番左に aa ライン、真ん中に b ライン、そして一番右端、殆どマージンにボブが書かれていることを見た。そして Tschann（1985）が指摘した句読点詩としての読み方を紹介した。即ち、テイルライムの聴覚的理解では aab であるが、写本コラムの視覚的理解では、上の行から順次下に aba と読むこともできること。Tschann（1985）は、いずれの読み方でも大きく意味が変わらない、とし、口承文学の言語の流動性を、逆に視覚的な言語特徴が浮かび上がらせる、と指摘した。中英語の統語的流動性は、テイルライムにのみではなく、もっと一般的には口承伝統にある中英語文学テクストにも当てはまる。Blake（1977: 67）は、この点、句は自律性が高く、それをいかに関係付けるかは読者に委ねられる、と述べている。[60] ここでの「縮減」は、第二次元的な表現モードを超えて、口承・聴覚対書き言葉・視覚という第三次元的なテクスト媒体のテンションへと高められていく。但し、Tschann（1985）は指摘していないが、以下に示すように、aab と aba は、意味の意味に関わる問題で、言語的意味は大同小異だが、その態度的意味（誇張や茶化し）は、微妙に陰影を違えている。aab と aba の二つの統語的な読みは、Benson（1987）のような現代の編集本では読者に容易には発想できないものである。

　（60）に物語の冒頭部分を Hg MS で、そして（61）にその転写を示そう。

(60) Hg MS 213v

(61) Hg MS 213v の転写

　　213v TT 0001　{2L}Isteth lordes / in good entent⁊
　　213v TT 0002　And I wil telle v⁷rayment⁊
　　213v TT 0003　Of myrthe / and of solas
　　213v TT 0004　Al of a knyght⁊ was fair and gent⁊
　　213v TT 0005　In bataille / and in tornament⁊
　　213v TT 0006　His name / was sir Thopas

　　213v TT 0007　¶ Yborn he was / in fer contree
　　213v TT 0008　In Flaundres / al biyonde the see
　　213v TT 0009　At Poperyng⁷ in the place
　　213v TT 0010　His fader was / a man ful free
　　213v TT 0011　And lord he was / of that contree
　　213v TT 0012　As it was / goddes g^{a}ce

　　213v TT 0013　¶ Sire Thopas wax / a doghty swayn
　　213v TT 0014　Whit was his face / as Payndemayn

7. [IV] 詩行 (Verse line) の「縮減」

213v TT 0015　His lippes reed as Rose
213v TT 0016　His rode is lyk / Scarlet in grayn
213v TT 0017　As I yow telle / in good certayn
213v TT 0018　He hadde a semely nose

連ごとに、bラインの読み方について、まず聴覚的な読解aab、次に視覚的な読解abaを行ってみよう。どのように第一次元的なコンテンツに対し態度的な揺らぎが生ずるか、それぞれを記述してみよう。

i 712-17（連の前半の3行、そして後半の3行を説明）
aab：聴衆への注意の喚起　──▶　真摯に語ろう　──▶　楽しい話を
aba：聴衆への注意の喚起　──▶　楽しい話を　──▶　真摯に語ろう
＊「真摯に語る」のメタ談話はaabであれabaであれ、意味に直接影響を与えない。命題の初めに使用されるのは（aab）、話し手中心の注意の喚起、他方、命題の後で使用されるのは（aba）、聴衆中心の注意の喚起。後者では彼らの反応を意識し、「本気だよ」と修正しているようにみえる。但し、この「本気だよ」は、トーンによっては、更に反転していく（皆さんは気づいていないけれど、これから話す話はもっと深く、本当のことだよ）。

aab：騎士について、優美で気高い　──▶　戦場と馬上槍試合で　──▶　彼の名前はトパス卿
aba：騎士について、優美で気高い　──▶　彼の名前はトパス卿　──▶　戦場と馬上槍試合で
＊aabもabaも、褒めて落とすちぐはぐな手法が使われているが、そのやり方に違いが生ずる。aabは、騎士について語る、と言って、女性にふさわしい属性、その直後騎士が振る舞うに相応しい場、最後に女性の名前に相応しい宝石「トパス」。abaは、騎士とみせては女性化、更にトパス卿の名前を出して女性化、最後は騎士が振る舞う場。bラ

インが前者は女性を、後者は男性をハイライト。「総序」で紹介される巡礼者の騎士は、戦場では worthy、態度（port）が as meke as is a mayde（GP I (A) 68-69）である。トパス卿は戦場で meke であり、伝統的な価値基準からは大きくずらされている。

ii 718-23
aab：生まれたのは、はるか遠い国 ━━▶ フランダース、海（海峡）を越えたところの ━━▶ ポペリング、まさにその場所で
aba：生まれたのは、はるか遠い国 ━━▶ ポペリング、まさにその場所で ━━▶ フランダース、海を越えたところの
＊aab は漸次的・入れ子的に場所が「縮減」していく。aba では、いきなりポペリングに飛び、聴衆の当惑した反応を見てか、フランダースの、と補足情報を与えているように解せる。

aab：父は貴族の出 ━━▶ 父はその国の領主 ━━▶ 神の恩寵ゆえに
aba：父は貴族の出 ━━▶ 神の恩寵ゆえに ━━▶ そしてその国の領主
＊aab は、「父はその国の領主」に対し聴衆の反応が期待した程でなかったので、語り手は神の恩寵ゆえに、と正当化を試みているように思える。aba は話し手の立場から、「神の恩寵ゆえに」と聴衆の命題に対する見方を予めコントロールしているように思える。

iii 724-29
aab：トパス卿は勇敢な若者 ━━▶ 彼の顔は上等のパンのように真っ白 ━━▶ 彼の唇はばらのように赤く
aba：トパス卿は勇敢な若者 ━━▶ 彼の唇はばらのように赤く ━━▶ 彼の顔は上等のパンのように真っ白
＊aab の方は aba に対し上から下へと美女像の伝統パタンに合わせて記述されている。
doghty も swayn もチョーサーでは既に低落した語であり（[IV-5] のレ

7．[Ⅳ] 詩行（Verse line）の「縮減」

ジスター参照）、そのずらしは更に女性描写によって、一層拡張されている。aba では、上から下への順序性は無視して、彼の顔の白さが情報の焦点に置かれている。荒野を冒険して日に焼けていていいはずであるが、その想定から大きく外れる。

aab：彼の顔色は深紅の染物のよう ―――▶ 確かなこととして語ります
　　　―――▶ かっこいい鼻をしていました
aba：彼の顔色は深紅の染物のよう ―――▶ かっこいい鼻をしていました
　　　―――▶ 確かなこととして語ります

＊b ラインのメタ談話は aab であれ aba であれ、意味に直接影響を与えるものではないが、aab は、話し手中心で、聴衆に命題「かっこいい鼻」を正当付けているよう解せる。その命題が情報の焦点である。しかし、騎士の戦う属性からは大きくずらされる。aba は、聞き手中心で、「かっこいい鼻」と述べたが、聴衆の違和感のある反応（騎士にとってこの属性がどのように大事？）を見て、それは間違いないことなのだから、と修正的コメントを加えているように思える（semely の低落したニュアンスについては、[Ⅳ-5] 参照）。

次にトパス卿が巨人オリファント卿の石投機からの攻撃をかわし、見事に逃げて行く場面を取り上げる。(62) は Hg MS、(63) がその転写である。

(62) Hg MS 214v

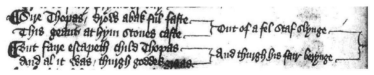

(63) Hg MS 214v の転写

214v TT 0115　¶ Sire Thopas / drow abak ful faste

111

```
214v TT 0116    This geant7 at hym stones caste
214v TT 0117    Out of a fel Staf slynge
214v TT 0118    ¶ But faire escapeth / child Thopas
214v TT 0119    And al it was / thurgh goddes graas
214v TT 0120    And thurgh his fair berynge
```

aab：トパス卿は後退した ──▶ 巨人は彼に石を投げた ──▶ 石投げ機から

aba：トパス卿は後退した ──▶ 石投げ機から ──▶ 巨人は彼に石を投げた

＊aab は情報の焦点を「手段」に置き、aba は逆に「目的」（動作）に置いている。いずれも巨人の直接対決を避けた姿が描き出されるが、前者の方が、巨人であるにも拘わらず、自らの力ではなく、石投げ機を使って、という竜頭蛇尾が一層際立てられるように思える。

aab：トパス卿は見事に逃げる ──▶ 全て神の恩寵 ──▶ そして彼の華麗な身のこなし

aba：トパス卿は見事に逃げる ──▶ そして彼の華麗な身のこなし ──▶ 全て神の恩寵

＊aab の方は話し手中心で、神の恩寵で、と最初から命題の正当性を聴衆に対して強調している。thurgh のパラレリズムで精神的理由と肉体的理由を強引に一体化している。他方、aba は、聞き手中心で、命題を述べたものの、彼らの疑わしい反応を見て（華麗な身のこなしではなく、単に小さいから石が当たらなかったのではないか）、あわてて神の恩寵まで導入して、正当付けているように解せる。

以上のように、写本上 aab と aba の読み方が許されることで、第一次元的なコンテンツは、意味論的には大きな差異はないものの、その語用論的な効果において、微妙な差異が読み取られる。口承的なロマンスの統語

7. ［Ⅳ］詩行（Verse line）の「縮減」

関係の「縮減」は、同時に解釈幅を広げてもいる。ここでの統語法の揺らぎは、［Ⅳ-2-2］で見た第三次元的な揺らぎ、オーラリティ（聴覚的理解）とリテラシー（写本による視覚的な理解）の揺らぎを問題提起してもいる。視点の転換装置"I"は、この中間点に立ち、いずれかに移動しながらテクストの読みを演出していく。

［Ⅳ-2-3］ボブ c の統語的中立性

ボブは尾韻 b よりも狭く、2音節・1強勢のスペースであり、他の詩行に対し孤立化し易く、統語法が更に緩やかになり易い。トパス卿は夢で妖精の女王を恋人と決め付け、「世界中で他のどの女性も自分の連れ添いにはふさわしくない」と言う。以下の展開を矢印を付けて示せば、「町では」──→ プンクトゥス・エレワートゥス"⁖"──→ 他の全ての女性は捨てさろう」。Hg MS と El MS は共にボブ、In towne を句読点によって半独立的に扱っている。Hg MS はボブの前に二重スラッシュ、後にはプンクトゥス・エレワートゥス、[61] El MS はボブの前にプンクトゥス・エレワータス、しかしボブの後に句読点は無い。とは言え、次行の Alle othere の A は装飾文字で、新たな詩行単位（aab）の始まりを示す。Hg MS 同様 in towne は半独立的な扱いである。

(64) Hg MS 214r

(65) Hg MS 214r の転写

```
214r TT 0079   ¶ An Elf queene / wol I haue ywys
214r TT 0080   For in this world / no womman is
214r TT 0081   Worthy to be my make //
214r TT 0082   In towne ⁖
```

113

214r TT 0083　Alle othere wommen / I forsake
214r TT 0084　And to an Elf queene / I me take
214r TT 0085　By dale / and eek by downe

注：1. r = recto

(66) El MS 152r

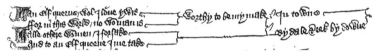

(67) EL MS 152r の転写

152r TT 0079　¶ An Elf queene / wol I loue ywis
152r TT 0080　For in this world / no wō man is
152r TT 0081　Worthy to be my make ⁒
152r TT 0082　In towne
152r TT 0083　¶ Alle othere wō men / I forsake
152r TT 0084　And to an Elf queene # I me take
152r TT 0085　By dale ⁊ eek by downe

in towne は半独立的で、前の行にかけても、後ろの行にかけても統語法が成立するように思える。写本で見たｂラインと同様の統語的な「縮減」が観察される。前の行の場合 in towne は in this world と対比され、第一次元なコンテンツの竜頭蛇尾が際立てられる。後の行の場合 In towne は主題化され、その狭き範囲で、他の全ての女性を見捨てるのかと、同様コンテンツの「縮減」は避けられない。口承的・聴覚的理解では、音調によりいずれか一方で演出されてしまう可能性がある。

　以上、ボブ in towne においても、ｂラインで見たのと同様、写本の句読点に留意して読み直すと、第二次元的な統語法と韻律の微妙な揺らぎ、かくして生ずる第一次元的なコンテンツに対する揺らぎ、そして第三次元的なテクストの揺らぎ、聴覚的読みと視覚的読み、が浮かび上がってく

7.［Ⅳ］詩行（Verse line）の「縮減」

る。

7.3.［Ⅳ-3］ イディオム

　チョーサーの詩人としての力量は常套表現を独自の文脈に溶解させて、それを革新的な表現へと変質させていくところにある。その常套表現で最も端的なものがイディオムである。イディオムは、構造的に固定的でそのずらしは際立って認識される。本書の冒頭で示したように、騎士を称揚する一つの常套句、flour of chivalry がある。チョーサーはこのイディオムを解体し、新たな意味を再構築している。(68) の flour of roial chivalry の文脈はこうである。断章3を導入する時、語り手は聴衆に向け、英雄を讃えた様々なロマンスがあるが、中でもトパス卿は「騎士道の鏡」と、褒め称える。

(68)　　Men speken of romances of prys,
　　　　　　Of Horn child and of Ypotys,
　　　　　　　　Of Beves and sir Gy,
　　　　　Of sir Lybeux and Pleyndamour—
　　　　　But sir Thopas, <u>he bereth the flour</u>
　　　　　　　<u>Of roial chivalry</u>!　　　　　　VII 897-902

　ここでの一連のロマンス作品は、Benson（1987）の注が指摘するように、〈子ども〉をヒーローとしている。第一次的コンテンツの「縮減」を投影する。『子どもホーンと処女リムミルド』(Horn child and Maiden Rimnild)、『ベーヴェス』(Beves)、『ガイ』(Gy) は、いずれも子どもから騎士としての成長過程を描き出し、チョーサーが読んだと考えられるオーヒンレック写本に収められた作品である。『プレインアムール』(Pleyndamour) は存在しない架空の作品。『イポティス』(Ypotis) はロマンスではないが子どもが主人公の敬虔かつ教訓的な内容の作品。『リベアウス・デスコヌス』(Lebeaus Desconus) は子ども（ガウエインの子ども）が主人公のロマンス。[62]

更に言えば、チョーサーがromances of prysとして掲げるロマンスは、チョーサーが習作時確かにそこから英語表現を学んだとしても、円熟期にあっては、of prysの表現自体が低落したように、[63] もはやその文学価値は低落していた（安東1998: 265）。このような作品と比較され「トパス卿」が最高と評されること自体、「縮減」の事例化である。

　この延長線上に、the flour Of roial chivalryが現れる。この定型句はイディオムとして固定的と考えられるが、roialがchivalryに付されている。現代英語、green house（温室）を、very green houseあるいはgreener houseへと解体・再構築するのと同じである。本来このイディオム自体最大の賛辞であるにも拘わらず、語り手はButで聴衆の注意を喚起し、最上級を更に最上級化している。roialの最高位の賞賛は、既にトパス卿が戦う前の祝宴で吟遊詩人が語るロマンスに（Of romances that been roiales VII 848）、またその場でのすばらしいスパイスに（And roial spicerye / Of gyngebreed that was ful fyn VII 853-54）使用されている。後者ではroial spicerye（VII 853）の残像を類音的（paronomasia）にroial chivalryに重ね合わせていったようにも思える。この残像が可能なら王侯にふさわしい騎士道は、王侯にふさわしいスパイスに重ね合され、即物的に「縮減」する。

　この延長線上で、更にイディオムの解体が推し進められる。このイディオムへのroialの付加は、高めて落とすパタンの発端に過ぎず、表11に示すように、意味論的にはもっと複雑である。Aは通常のイディオムの意味、Bはイディオムを解体した場合の原義的ないし語源的な意味を示す。但し、realの場合は同音異義語の意味。最終的にAとBの意味が様々に組み合わされ、騎士の理想的な属性は解体され、思わぬ人間の属性、人間的弱さ、肯定的に捉え直せば、戦いに繋がらない感性が浮かび上がってくる。

7. [Ⅳ] 詩行 (Verse line) の「縮減」

表11：the flour of roial chivalry の脱文法化

	bereth	flour	Cf. real/royal	chivalry
A	be called by a title	paragon	royal real (Hg) /royal (El) [64]	knighthood
B	carry, give birth to	flower / flour / bread (metonymy)	Cf. "homonymy": real (Hg) 'actual'?	'horse rider' < L caballari-us (rider, horseman) Cf. prikasour (MED s.v. pricasour 'mounted hunter')

3つの語、bereth、flour、chivalry のAとBを組み合わせると、(69) のように、少なくとも6種類の意味が可能である。real/royal の同音性 (homonymy) の問題は、3つの語の組み合わせを記述した後、取り上げる。

(69) the flour of real/roial chivary の6つの意味

[1]「騎士道」の「鏡」と「呼ぶにふさわしい」

「鏡」(flour)（メタファーを通した拡張義）、「呼ぶにふさわしい、帯びる」(bereth)（メタファーを通した拡張義）[65]

(70) はチョーサーのロマンスでの伝統的な使用。

(70) Thus rit this duc, thus rit this conquerour,
　　　And in his hoost of chivalrie the flour,
　　　Til that he cam to Thebes and alighte
　　　Faire in a feeld, ther as he thoughte to fighte.　　KnT I (A) 981-84
　　　他に、KnT I (A) 3059, FrankT V (F) 1088

(71)はチョーサー以外での伝統的な使用である。

(72) Of þe Kyng Arthure i wil bygin,
　　　And of his curtayse cumpany.
　　　þare was þe flowre of cheually!　　　*Ywain and Gawain* 42-44

[2]「騎士道」の「花、粉」を「身に付ける」
「花、粉」(flour)(原義的・物理的な意味：柔らかい花、胡散霧散する粉、小麦粉のイメージ)、「身に付ける、運ぶ」(bereth)(原義的・物理的な意味)

flour(花)の原義的・物理的な意味は、トパス卿の鎖帷子の白さを強調するために、ユリの花が直喩として用いられている。

(72) And over that his cote-armour
　　　As whit as is a lilye flour
　　　In which he wol debate.　　　VII 866-68

bereth の原義的・物理的な意味は、トパス卿の芳しさを強調する直喩「赤い実をつけるいばらの花」に用いられている。

(73) But he was chaast and no lechour,
　　　And sweete as is the brembul flour
　　　That bereth the rede hepe.　　　VII 745-47

flour と bar の原義的・物理的な意味は、ヘルメットの頂上(MED creste 3. (a) The top of a helmet)に塔を付け、そこにユリの花を射し込むところに用いられている。[66]

(74) Upon his creest he bar a tour,

7. ［Ⅳ］詩行（Verse line）の「縮減」

  And therinne stiked a lilie flour—
  God shilde his cors fro shonde! VII 906-08

[3]「騎士道」の「パン」を「身に付ける」
 「パン」(flour)（パン（〈粉〉のメトニミー)、「身に付ける、運ぶ」(bereth)（原義的・物理的なな意味）

トパス卿の顔の白さを強調する喩えとして上等のパンが使われている。

 (75) Whit was his face as <u>payndemayn</u>, VII 725 [67]

トパス卿の巨人オリファント卿を倒すという誓言に、家庭的な、もっと言えば、台所的なパンが使われている。

 (76) And there he swoor on ale and <u>breed</u>
   How the geaunt shal be deed, VII 872-73

パンのイメージは、農民が騎士道のまねごとをする記述（パロディ）に類似する。農機具や焼きパンが馬上槍試合に参加する農民の武具装備で、しかもそれを文字通り「運んでいる」(bere)。

 (77) Cf. Myn armes ar so clere:
   <u>I bere a reddyl and a rake</u>,
   Pudred with a brenand drake,
   And <u>iii cantell of a cake</u>
   In ycha cornare." *The Tournament of Tottenham* 104-08 [68]

[4]「馬乗り人」の「鏡」と「呼ぶにふさわしい」
 「馬乗り人」(chivalry)（語源的意味)、「鏡」(flour)（メタファーを介した

119

拡張義)、「呼ぶにふさわしい」(bereth)(メタファーを介した拡張義)[69]

[5]「馬乗り人」(性的な意味)の「鏡」と「呼ぶにふさわしい」
　「馬乗り人 (chivalry)(性的な意味)」、「鏡」(flour)(メタファーを介した拡張義)、「呼ぶにふさわしい」(bereth)(メタファーを介した拡張義)

馬に乗る行為は、多用される prike に関係して、[Ⅳ-6]の多義性で示すように、性的な含意が看取される。[70]

(78)　Sire Thopas eek so wery was
　　　　For prikyng on the softe gras,
　　　　　So fiers was his corage,
　　　　That doun he leyde him in that plas
　　　　To make his steede som solas,
　　　　　And yaf hym good forage.　　　　VII 778-83

[6]「馬乗り人」の「花、粉」を「身に付ける」
　「馬乗り人」(chivalry)(語源的意味)、「花、粉」(flour)(原義的・物理的な意味)、「身に付ける、運ぶ」(bereth)(原義的・物理的な意味)

トパス卿は騎士としての振る舞いだけではなく、馬に乗ること自体もおそるおそるで、その心は花のように柔らかく、また粉のように粉々で、馬を(もてあますように)持ち運んでいる。

(79)　He worth upon his steede gray,　　　VII 751

　　　His steede was al dappull gray,
　　　It gooth an ambil in the way
　　　　Ful softely and rounde

7. [IV] 詩行 (Verse line) の「縮減」

In londe.　　　　VII 884-87

His goode steed al he bistrood,
　And <u>forth upon hi wey he glood</u>
　As sparcle out of the bronde;　　　VII 903-05

　Hg MS において、real が "royal" だけでなく同音的に "actual" (MED adj (2). (a) Real, actual, having physical existence; of a narrative: true, actual; c1400～) も意味するなら (チョーサーの他の作品ではこの用法は確認できない)、話者の判断・評価 (epistemicity) を加えることにもなり、意味は更に「縮減」を推し進める。
　このようにイディオムを解体し、それぞれの語を自律させ、その意味を新たに組み合わせていくと、トパス卿を高めたり、落としめたり、相反する様々なイメージが生み出されていく。語り手自身が、これらのイメージをどこまで意識できたかは分からない。トパス卿に見られる個は、一つに統一されたものではなく、視点の転換装置 "I"、もしくはこの "I" を読み取ろうとする読者を通して、複数のイメージが醸成されるように思える。第二次元的なイディオムの再構築は、第一次元的なコンテンツ、トパス卿のイメージを多岐に渡って変貌させる。第三次元的に見れば、言語はまとまり度を強化し、イディオム化すれば、他方それを脱イディオム化し、再構築することもできるという、可能性を表している。この第三次元的な展開があるからこそ、第二次元的な改編が大胆に演出されたと言っても過言ではない。

7.4. [IV-4] 句跨り

　一般的に詩行が短かければそれだけ文が一行で成立することは難しく、句跨りする可能性が大きくなる。チョーサーは8音節カプレットの『公爵夫人の書』(*The Book of the Duchess*) と『名声の館』で句跨りを多用しており、[71] このことは十分に経験ずみであったと考えられる。句跨りは行から

行へ思考が途切れなく繋がり、スピード感が醸成される。「トパス卿」では『公爵夫人の書』や『名声の館』以上に短い詩行（a ライン基本8音節・4強勢、b ライン基本6音節・3強勢、ボブ基本2音節・1強勢）である。句跨りはどのように起こっているだろうか。(80) と (81) は、トパス卿が巨人オリファント卿と戦いの約束をする場面である。

(80) And yet I hope, *par ma fay*,
　　　Than thou shalt with this launcegay
　　　　Abyen it ful sowre.　　　　　　VII 820-22

(81)　　　　　　　　Thy mawe
　　Shal I percen, if I may,
　　Er it be fully pryme of day,
　　　For heere thow shalt be slawe."　　VII 823-26

(80) で、トパス卿の言葉「この軽い槍で／こっぴどく痛い目にあわせてやる」は句跨りしているが〈軽い槍〉で行うのであり、しかも法助動詞でヴァーチャル化している。またこの約束は and yet I hope の従節に後退していることにも注意（「更に言い添えよう」、「やりたくないのだがしかし」；「切に望んでいる」、「思っている」）。and yet I hope と *par ma fay* の誓言は相乗効果ではなく、相殺し合っている。(81) は、「腹を／突き刺す」が句跨りしているが、巨人の体全体ではなく腹を突き刺す、と矮小化、しかももしできることなら、更には翌日の9時前に、と戦いは遠のくばかり。このようなためらいの後、お前を殺してやる、では説得力はなく、しかも法助動詞でヴァーチャル化している。

(82) は、トパス卿がいざ巨人との戦いに出で立つ時を描き出す。

　　(82) His steede was al dappull gray,

7．［Ⅳ］詩行（Verse line）の「縮減」

  It gooth an ambil in the way
   Ful softely and rounde
    In londe.   VII 884-87

　［Ⅳ-1］と［Ⅳ-3］で見たように、トパス卿は目的を達成するために馬に乗るというよりは、馬に乗ること自体が目的化しており、騎士の伝統的なイメージからは大きくずらされている。このずらしは、句跨りと連動して、一層「縮減」の倍音効果を高める。馬は騎士が乗る軍馬というよりは、女性が乗るのにふさわしい馬（dappull gray）で、従ってゆっくりと進み、ここでbラインに向けて句跨り、韻律的にはスピードアップ、と思いきや、「すごくやんわりとぐねぐねと」。次いで更にボブで句跨り、しかし、ボブはスピードに資することはなく、それどころか殆ど情報量が無い。
　句跨りは、副詞句／動詞、動詞／副詞句、目的語／動詞、動詞／目的語等の連鎖で、思考の途切れなくスピーディな展開に効果的だが、トパス卿の場合、語彙・概念的に真逆の展開をとってずらされ、第一次元的に彼の騎士像は「縮減」を余儀無くなくされる。
　(83)は、チョーサーが読んだと考えられるオーヒンレック写本のテイルライム・ロマンス『アミスとアミルーン』からの引用、アミルーン卿と裏切り者の執事との戦いの場面である。句跨りは、戦いのスピード感を聴衆に対して高め、そして実際にそれが実演されている。

(83) When þai hadde sworn, as y ȝow told,
   To biker þo bernes were ful bold
    & busked hem for to ride.
   Al þat þer was, ȝong & old,
   Bisouȝt god ȝif þat he wold
    Help sir Amis þat tide.
   On stedes þat were stiþe & strong,
   þai riden to-gider wiþ schaftes long,

Til þai toschiuerd bi ich a side;
& þan drouȝ þai swerdes gode
& hewe to-gider, as þai were wode,
For noþing þai nold abide.

Þo gomes, þat were egre of siȝt,
Wiþ fauchouns felle þa gun to fiȝt
& fend as þai were wode.
So hard þai hewe on helmes briȝt
Wiþ strong strokes of michel miȝt,
þat fer bi-forn out stode;
So hard þai hewe on helme & side,
Þurch dent of grimly woundes wide,
þat þai sprad al of blod.
Fram morwe to none, wiþ-outen faile,
Bitvixen hem last þe bataile,
So egre þai were of mode.

Sir Amiloun, as fer of flint,
Wiþ wretþe anon to him he wint
& smot a stroke wiþ main;
Ac he failed of his dint,
Þe stede in þe heued he hint
& smot out al his brain.
Þe stede fel ded doun to grounde;   *Amis and Amiloun* 1297-327

句跨りの箇所に下線を引いた。句跨りの反復によってアミルーンと執事の戦いのスピーディな展開が描き出されている。例えば、アミルーンと執事は強い一撃と大きな力で互いのヘルメットを切り刻み、また両者の戦いで

7.［Ⅳ］詩行（Verse line）の「縮減」

血がひどく迸り、朝から昼まで両者の戦いが続く。またアミルーンの攻撃の激烈さが、火打石の火のように怒りまくって、一気に執事に向けられる。

以上、句跨りは、本来は思考の途切れなくスピーディな展開が期待されるが、「トパス卿」ではそれを「縮減」する語彙選択や上位的なフレームが設定され、再定義を余儀無くされる。トパス卿の「主体」は戦う騎士のイメージからは大きくずらして演出される。

7.5.［Ⅳ-5］ レジスター

レジスターに着目し、その語句が本来の文脈からずらされ、その価値が再定義されていくことを検討する。Benson（1987）の注の多くはレジスターのずらしに関係している。それぞれは注釈の性格上個別の詩句に対して半ば独立的に行われているが、本書のスキーマ、「縮減」から見直すと、それぞれはプロトタイプと拡張事例の関係として再定義される。スキーマ形成の3角形は、いずれの要素を取っても3つの内の1つであり、視点の転換装置"I"を通して、ダイナミックに関係付けられる。

『カンタベリー物語』の巡礼者チョーサーは、宿の主人によって女性が抱きたくなる人形（popet）のようだ、と小さく規定される。図4で示したように、「トパス卿」の語り手は、この小さな枠内で演出するよう促される。(84)は、本物語の冒頭部、「トパス卿」のロマンスのヒーローの登場である。

(84)　　Listeth, lordes, in good entent,
　　　　　And I wol telle verrayment
　　　　　　Of myrthe and of solas
　　　　　Al of a knyght was <u>fair and gent</u>
　　　　　In bataille and in tourneyment;　　　　　VII 712-16

強意辞 Al を行頭におき、騎士に聴衆・読者の注意を当て、勇猛なイメージ

を期待させるが、fair and gent とむしろ女性にふさわしい属性が示される。fair and gent は、『エマーレ』のヒロインに用いられている。[72] gent の語形はオーヒンレック写本に多用されるが、円熟期のチョーサーでは既に低落したもので、彼の通常のレキシコンにはないものである。[73] チョーサーの通常形は gentil である。この形容詞の後に in bataille and tournament が続き、更に矛盾を広げていく。このフレームにおいては騎士の勇敢さを表す doughti/worthy/felle/free のような形容詞がふさわしい。[74] 語句自体は賞賛的なものであるが、本来の文脈からはずらされている。このような高めて落とす展開は、3.2のプロトタイプで示したように、以後の展開を予測させ、象徴的である。(85)は、トパス卿の身体描写である。

(85)　　Sire Thopas wax a doghty swayn;
　　　　Whit was his face as payndemayn,
　　　　　His lippes rede as rose;
　　　　His rode is lyk scarlet in grayn,
　　　　And I yow telle in good certayn
　　　　　He hadde a semely nose.　　　　VII 724-29

トパス卿は「勇猛な若き騎士」として表される。しかし doghty も swayn も一昔前のロマンス、例えば、オーヒンレック写本のロマンス作品でよく使われているものの、[75] チョーサーのレキシコンでは殆ど使われない語である。[76] この連の冒頭から一見ほめてはいるものの、低落した表現モードが設定されている。次行からチョーサーは中世の伝統美女像のプロトタイプを読者に想定させ、顔色が白く、唇が赤く、血色がよく、かっこいい鼻をしている。女性を引き付ける属性かもしれないが、戦場で戦う騎士にこの属性がどのように資するかははなはだ疑問である。また顔の白さが上等のパン、そして顔の表情は深紅の染物に喩えられるのは、それぞれ家庭的で、トパス卿の活動範囲を大きく狭めるものである。特に彼の色の白さは彼の活動幅を屋内に取り込み、騎士が荒野を日に焼けながら冒険していく

7. [Ⅳ] 詩行（Verse line）の「縮減」

姿は大きく「縮減」する。更に彼の鼻は semely (MED s.v. seemly ON visually pleasing (a) of persons, animals, their features, stature, etc.: handsome, fair, good-looking) と賞賛されるが、この属性が騎士としての特徴、少なくとも以後の戦いに、どのように貢献するのかは疑問である。この語もロマンスでは人物の賞賛に多用されるが、[77] チョーサーの使用は、doghty と swayn 同様に既に低落した文脈で使用されている。「総序」で尼僧院長の振る舞いを記述する semely はそのよい証左である。[78] (86) では、トパス卿は、騎士の娯楽としての狩りの腕前を賞賛した直後、レスリングが誰よりも強く、そこでは雄羊が賞品、と述べられる。

(86)　　He koude hunte at wilde deer,
　　　　　　And ride an haukyng for river
　　　　　　　　With grey goshauk on honde;
　　　　　　Therto he was a good archeer;
　　　　　　Of wrastlyng was ther noon his peer,
　　　　　　　　Ther any ram shal stonde.　　　　VII 736-41

鷹狩りを導入し騎士の如く高め、とはいえ、「知識があった」(koude) であり、実際に鷹狩りに出かけたのかどうかは不明、しかも鷹の種類にケチをつけている。通例鷹狩りで騎士は普通の「鷹」(hawk) を用いるが、ここでは「小さな羽の鷹」(OED s.v. goshauk: a large short-winged hawk) を選択している。[79] 更に直後のレスリングとその賞品では庶民的レベルに落としている。『カンタベリー物語』「総序」の粉屋の描写においては、この雄羊が彼の格闘の賞品として紹介されている（注38参照）。

　(87) に示すように、トパス卿はなんの目的か示さないままに、冒険の旅に出る。灰色の馬に跨り、手に槍を持って、そして長い剣を携えて。

(87)　　And so bifel upon a day,
　　　　　For sothe, as I yow telle may,

127

Sire Thopas wolde out ride.
He worth upon his steede gray,
And in his hand a launcegay,
   A long swerd by his side.

He priketh thurgh a fair forest,
Therinne is many a wilde best,
   Ye, bothe bukke and hare;
And as he priketh north and est,
I telle it yow, hym hadde almest
   Bitid a sory care.

Ther spryngen herbes grete and smale,
The lycorys and the cetewale,
   And many a clowe-gylofre;
And notemuge to putte in ale,
Wheither it be moyste or stale,
   Or for to leye in cofre.

The briddes synge, it is no nay,
The sparhauk and the papejay,
   That joye it was to heere;
The thrustelcok made eek hir lay,
The wodedowve upon the spray
   She sang ful loude and cleere.

Sire Thopas fil in love-longynge,
Al whan he herde the thrustel synge,
   And pryked as he were wood.

7. [Ⅳ] 詩行 (Verse line) の「縮減」

His faire steede in his prikynge
So swatte that men myghte him wrynge;
   His sydes were al blood.

Sire Thopas eek so wery was
For prikyng on the softe gras,
   So fiers was his corage,
That doun he leyde him in that plas
To make his steede som solas,
   And yaf hym good forage.

"O Seinte Marie, benedicite!
What eyleth this love at me
   To bynde me so soore?
Me dremed al this nyght, pardee,
<u>An elf-queene shal my lemman be</u>
   And slepe under my goore.   VII 748-89

So bifel upon a day ... で読者にさも一大事件が起こるのかと期待させるが、馬に乗ることだけが目的化し、腰砕けである。確かに、馬に乗ること自体が目的、彼には馬の背に乗ること自体努力を要することで、できれば達成である。[80] 騎士は通例槍 (launce) を用いるが、トパス卿には「軽い槍」(launcegay) が選択されている。剣は長いとあるが、トパス卿が小さいが故に相対的に剣が長くなる、ということか。一大事件の如く示されるが、話せば話すほど「縮減」していく。森を駆け抜け遭遇するのが荒々しい野獣、と言ったが早いか、具体的に示されるのは身近な動物。「ライオンや虎」を期待するが、身近な「雄鹿」、「野ウサギ」が選択されている。またや東西に馬を駆け、その時「痛ましいこと」が起こったと思いきや、「それらしき」(almest) ことが起こったと和らげられる。この直後荒野

を舞台にと思いきや、家庭菜園の如くハーブがあふれている、更には身近な小鳥たちの楽しい調べが続き、痛ましいとする出来事は家庭的な雰囲気の中で希薄化する。家の近場にいる鶫の鳴き声を聞いて、突如恋に陥り、馬を柔らかい草の上を走らせ、彼も馬もくたくたになる。そこで彼は「どうしてこの恋はここまで自分を縛り付けるのか。今晩夢をみた。自分の恋人は妖精の女王でなければならない」と述べる。[Ⅱ-4] で述べたように、鶫の鳴き声を聞いて、恋に陥ったこと（love-longynge）を後思案化しているのか、それとも別の恋を直示的に述べているのか。彼の行動と原因の因果関係は「縮減」する。

（88）においてトパス卿は夢の中で見た妖精の女王が自分の恋人であると決め付け、女王を求めて、馬を駆り出す。

　　（88）　Into his sadel he clamb anon,
　　　　　And priketh over stile and stoon　　　　VII 797-98

通常のロマンスのヒーローは、馬に「飛び乗った」（leped）が相応しいが（Benson 1987: 920）、トパス卿は「よじ登る」（clamb）である。clamb に anon が付加され、マイナススピードとプラススピードが衝突し、このコロケーションは破綻する。伝統的には「木・枝や石を乗り越えて」（stikke and stone）がふさわしいが（Benson 1987: 920）、頭韻こそ踏むものの、stikke は「踏み越し」（stile）に置き換えられている。[81] トパス卿の活動範囲は、日常的、人工的、家庭的な次元に設定され、冒険範囲が著しく「縮減」する。

　馬の乗り方は、武装して巨人オリファント卿との戦いに出陣する時もゆっくりである。

　　（89）　His steede was al dappull gray,
　　　　　It gooth an ambil in the way
　　　　　　Ful softely and rounde

7. [Ⅳ] 詩行（Verse line）の「縮減」

In londe.　　　　VII 884-87

aラインでは、トパス卿が乗る馬は、騎士が乗る軍馬ではなく女性が乗る馬にふさわしく、ゆっくりとした歩調。[Ⅲ-2]のbラインで示したように「やわらかく、ぐねぐねと」、[Ⅳ-4]の句跨りではスピード感とは真逆に展開している。

妖精の女王の国を自分の住処とする巨人オリファント卿は、自分の陣地から出ていかないと殺すぞと、(90)のように、サラセン人の神の名前Termagauntで誓言し（Benson 1987: 920）、脅かす。

(90) 　He seyde "Child, by Termagaunt,
　　　　But if thou prike out of myn haunt,
　　　　　Anon I sle <u>thy steede</u>
　　　　　　　<u>With mace.</u>　　　　VII 810-13

通例「敵自体の命」を狙うのであるが、「トパス卿」では人間ではなく、bラインにおいて彼が乗っている「馬」を狙い、その脅かしは大きくトーンダウンする（[Ⅳ-1]参照）。また騎士の武器は通例「剣」（swerd）が用いられるが、トパス卿にはボブで「戦棍」が選択されている（[Ⅲ-3]参照）。

(91) においてトパス卿は巨人オリファント卿との戦いをためらい、遅延させ、かつその戦いを実現ではなくヴァーチャルに留めている。

(91)　　The child seyde, "Also moote I thee,
　　　　Tomorwe wol I meete with thee,
　　　　　Whan I have myn armoure;
　　　　And <u>yet I hope, *par ma fay*,
　　　　That thou shalt with this launcegay
　　　　　Abyen it ful sowre.</u>　　　　VII 817-822

「軽い槍」の選択（VII 752 にも使用されている）は、ここでのトパス卿の不安とためらいに対して一層「縮減」の倍音効果を高めている（［Ⅳ-1］を参照）。

　以上のように、伝統的なレジスターが想定され、そのスロットへの語の入れ替えを通して、騎士の振る舞いはずらされ、「縮減」が拡張事例化していく。この入れ替えを通して、第一次元的なコンテンツは繰り返し「縮減」していく。このレジスターの想定と「縮減」を介したずらしは、視点の転換装置"I"の「主体」が自在に両者を行き来できるからに他ならない。更に第三次元的な立場から見ると、gent や semely のような賞賛的な語がすたれ、しかしその語に新たな文脈を与えられることは、表現の閉じられることのない循環性を表してもいる。この循環性の支えがあるために、第二次元的な表現モードのずらし、かくして起こる第一次元のコンテンツの「縮減」が大胆に演出されたと言えよう。

7.6. ［Ⅳ-6］　多義性

　語彙的なネットワークにおいて、いかに意味幅のある語が選択され、「縮減」のスキーマを介して、どのように意味がずらされていくかを検討する。

　［Ⅳ-6-1］ priketh：馬に乗る（MED s.v. priken 4b. (a) Of a horse: to gallop）――拍車で突き刺す（MED s.v. priken 5. (b) to tempt (sb.) to sinful behavior; provoke (lecherous behavior)）

　トパス卿に恋している多くの女性がいるが、彼は純潔で好色家ではない、と。その直後目的は示されないまま、軍馬に乗りたく、冒険に出ていく。さぞかし広大に冒険するのかと期待するが、その範囲は家周辺に「縮減」する（［I-4］参照）。(92) に示すように、鶫の鳴き声で急に恋に陥り、まるで気がふれたように馬を酷使する。

　　(92) The thrustelcok made eek hir lay,

7. [Ⅳ] 詩行 (Verse line) の「縮減」

The wodedowve upon the spray
　She sang ful loude and cleere.

Sire Thopas fil in love-longynge,
Al whan he herde the thrustel synge,
　And pryked as he were wood.
His faire steede in his prikynge
So swatte that men myghte him wrynge;
　His sydes were al blood.

Sire Thopas eek so wery was
For prikyng on the softe gras,
　So fiers was his corage,
That doun he leyde him in that plas
To make his steede som solas,
　And yaf hym good forage.　　　　　VII 769-83

彼の馬乗りは、pryke の含意を通して、家周辺から屋内にまで広がっていく可能性がある。愛に突如陥ったとあるが、その愛の言い回し love-longynge は、チョーサーのレキシコンにはなく、「粉屋の話」のファブリオの文脈でのみ生かされ、復活している。このテクストのモードは読者にファブリオにお馴染みの性的な意味合いを許していく。彼は気がふれたように馬を乗り回し (pryked)、彼の乗り回しの中で (in his prikynge) 馬は汗を搾り取れる程 (So swatte that men myghte him wrynge)。柔らかい草の上を乗り回し (For prikyng on the softe gras)、疲れ切った (wery)、と述べられる。短い文脈で prike/prikynge は三度使われている。「馬を乗り回す」(prikyng) は、原義の「突き刺す」(OED s.v. prick 9: to spur (a horse)) の派生義であるが、チョーサーは、ここでは prike を再原義化「突き刺す」し、softe gras「柔らかい草」は「隠し所」の婉曲語法、そして corage は、単

133

に器としての「心」ではなく、その中の「(性的) 欲情」を暗示する。騎士の冒険の場所は、通例屋外に設定されるが、伏せられた性的な活動場所は屋内である。彼の顔が日に焼けることなく、白いのもこの屋内の活動から見れば、自然に解せる（Whit was his face as payndemayn, VII 725; He dide next his white leere VII 857; Cf. His nekke whit was as the flour-de-lys; GP A (I) 238）。

[IV-6-2] lemman：恋人（MED s.v. lemman 1. A loved one of the opposite sex: (a) a paramour, lover）――情婦（MED s.v. lemman 1. (b) a concubine）

（91）の後、トパス卿は、夢の中で自分の恋人は妖精の女王である、と決め付ける。love-longynge の後思案なのか、あるいは新たな恋なのか、不明瞭。とにかく、彼女を探す旅に出る。

(92)　Me dremed al this nyght, pardee,
　　　　An elf-queene shal my <u>lemman</u> be
　　　　And slepe under my goore.　　　　VII 787-89

Samuels (1963) が言うロンドン英語 Type II のオーヒンレック写本では lemman は、(94) のように肯定的価値で恋人を意味している（OED s.v. leman, 1. A person beloved by one of the opposite sex; a lover or sweetheart）。[82]

(94)　'<u>Leman</u>,' sche seyd, 'what is þi þouȝt?
　　　The Romance of Guy of Warwick (Auchinleck MS)　Tail Rhyme, 23: 7

　　　'<u>Leman</u>,' seyd Gij oȝain,
　　　　'Ichil þe telle þe soþe ful fain
　　　　Whi icham brouȝt to grounde.
　　　The Romance of Guy of Warwick (Auchinleck MS)　Tail Rhyme, 24: 1-3

チョーサーは習作期の『薔薇物語』（*The Romaunt of the Rose*）では（95）

7. [Ⅳ] 詩行 (Verse line) の「縮減」

のように同様肯定的意味で使っている。

(95) And for the love of his lemman
He caste doun many a doughty man.　　Rom A 1209-10

And in arumre a semely man,
And wel biloved of his lemman.　　Rom A 1271-72

Hir lemman was biside alway
In sich a gise that he hir kyste　　Rom A 1290-91

On which men myght his lemman leye
As on a fetherbed to pleye,　　Rom A 1421-22

円熟期のチョーサー、Type Ⅲ に依拠したチョーサーの英語では、肯定的な意味は (96) に示すようにファブリオにおいてのみである。

(96) And prively he caughte hire by the queynte,
And seyde, "Ywis, but if ich have my wille,
For deerne love of thee, lemman, I spille."
And heeld hire harde by the haunchebones,
And seyde, "Lemman, love me al atones,
Or I wol dyen, also God me save!"　　MilT I (A) 3276-81 [83]

ファブリオ以外では、この語は悪化した意味「情婦」(OED s.v. leman 2. In bad sense (cf. paramour): One who is loved unlawfully; an unlawful lover or mistress) で用いられている。

(97) A theef, that hadde reneyed oure creance,

135

Cam into ship allone, and seyde he sholde

Hir lemman be, wher-so she wolde or nolde.

MLT II (B1) 915-17 [84]

トパス卿は妖精の女王を「恋人」lemman と称しているが、円熟期のチョーサーにとっては、「情婦」にずらされ、下落する可能性がある。

[Ⅳ-6-3] childe：将来の騎士（MED s.v. child 6. (a) A youth of noble birth, esp. an aspirant to knighthood; also, a knight or warrior）——単に子ども（MED s.v. child 1. (a) A young child, a baby）

　『カンタベリー物語』の巡礼者の一人、チョーサーは、「トパス卿」を話す前、宿の主人に女性が抱きしめたい人形のようだと言われる。

(98) He in the waast is shape as wel as I;

This were a popet in an arm t'enbrace

For any womman, smal and fair of face.　Ⅶ 700-02

このように宿の主人の「主体」（フィルター）を通して巡礼者チョーサーを小さく囲い、「トパス卿」の3人称語り手は、その狭きフレーム内で物語ることに。3.2で述べたように、第一次元的なコンテンツの「縮減」、つまり、その人形のような語り手チョーサーが話すトパス卿の出身地は、ギリシャ・トロイと思いきや、ドーヴァーをすぐ越えたところの、羊毛産業でイングランドのライバル、フランダース、しかもその西の果てのポペリングに狭められる。時代は古代ではなく同時代的に、また社会的には、貴族というよりは商人階級に近付けられる。この場所的、時間的、社会的な「縮減」は、第二次元的な様々の拡張事例の基盤、プロトタイプとして機能している。(99)の文脈はこうである。妖精の女王を夢で恋人と決め付け、彼女を求めて冒険に出るが、幅広くと思いきや、踏み段と石越えで家屋周辺に「縮減」。馬を乗り回し、ひそかなる住処に妖精の女王の国を見

7. [Ⅳ] 詩行 (Verse line) の「縮減」

つけた、とても険しい場所である、と言いながらも、[Ⅲ-2] と [Ⅲ-3] で見たように、そこにはトパス卿に挑んでみようとする「女、子どもはいなかった」と、トーンダウン。

(99) Into his sadel he clamb anon,
　　　　And <u>priketh over stile and stoon</u>
　　　　　　<u>An elf-queene for t'espye</u>,
　　　　Til he so longe hath riden and goon
　　　　That he foond, in a pryve woon,
　　　　　　The contree of Fairye
　　　　　　　　So wilde;
　　　　For in that contree was ther noon
　　　　That to him durste ride or goon,
　　　　　　Neither wyf ne childe;　　　　VII 797-806

小さな主人公が出くわすにふさわしい、女、子どもの想定である。childe は、女と共起し、ロマンスのヒーローである「将来の騎士」ではなく単に「子ども」に「縮減」する。そこを住処とする巨人オリファント卿は、トパス卿を Child (thou の2人称親称形が使われている) と呼びかけ、彼の住処から出ていかないと、人ではなく馬を殺す、しかも剣ではなく戦棍で、とトーンダウン。

(100) Til that ther cam a greet geaunt,
　　　　His name was sire Olifaunt,
　　　　　　A perilous man of dede.
　　　　He seyde, "Child, by Termagaunt,
　　　　<u>But if thou prike out of myn haunt</u>,
　　　　　　Anon I sle thy steede
　　　　　　　　<u>With mace</u>.　　　　VII 807-13

137

巨人オリファント卿がトパス卿に呼びかけた Child は、騎士が騎士に対しての挑戦、とすると「将来の騎士」が尤もだが、彼の臆病さに鑑みるに、彼はトパス卿が子どもであるからこそ脅かす勇気があるとも解せる。巨人の言葉をそのまま引き継ぎ、語り手は「トパス卿」ではなく、child が答えた、と言う。

(101)　<u>The child seyde</u>, "Also moote I thee,
　　　　Tomorwe wol I meete with thee,
　　　　　Whan I have myn armoure;
　　　　And yet I hope, *par ma fay*,
　　　　That thou shalt with this launcegay
　　　　　Abyen it ful sowre.
　　　　　　　　　　　　Thy mawe
　　　　Shal I percen, if I may,
　　　　Er it be fully pryme of day,
　　　　　For heere thow shalt be slawe."　　　VII 817-26

本来なら巨人の挑戦にトパス卿は騎士として返答した、と期待されるが、その返答は、［Ⅳ-1］で示したように、巨人との戦いは、希望的で回避的、巨人そのものを突き刺すと思いきや、彼の腹を突き刺す、しかも未来にその行為を引き延ばし。巨人と戦おうとする勇ましさは、「子ども」のように小さく「縮減」する。

　トパス卿は巨人の石投げの攻撃を受けるが、見事にそれをかわす。神の恩寵と彼の見事な身のこなしを通して。

(102)　Sire Thopas drow abak ful faste;
　　　　This geant at hym stones caste
　　　　　Out of a fel staf-slynge.
　　　　<u>But faire escapeth child Thopas</u>,

7. [Ⅳ] 詩行 (Verse line) の「縮減」

> And al it was thurgh Goddes gras,
> And thurgh his fair berynge.　　　VII 827-32

ここでは更に露骨に child Thopas、と child はトパス卿の形容辞 (epithet) になっている。本来なら「騎士」トパスは、神の恩寵を得て見事に身をかわした、と言うべきであろうが、その実は子どものように小さいからこそ石が当たるのを回避できたとも解せる。ところで Hg MS の child を El MS は sire に変更している。前者の方が、「子ども」を一層彷彿とさせ、ずらしが一層明白である。[85]

断章3で、トパス卿の騎士道のすばらしさは他のロマンスのヒーローの追随を許さないと誉めそやされる。チョーサー創作の Pleyndamour は別として、主人公に一貫するのが、Benson (1987) が指摘するように、ヒーローの子どものイメージである。

(103)　Men speken of romances of prys,
　　　　Of Horn child and of Ypotys,
　　　　　Of Beves and sir Gy,
　　　　Of sir Lybeux and Pleyndamour—
　　　　But sir Thopas, he bereth the flour
　　　　　Of roial chivalry!　　　　VII 897-902

しかし、安東 (1988) が指摘するように ([Ⅳ-3] 参照)、of pris はオーヒンレック写本で多用されているが、円熟期のチョーサーでは低落したものとして避けられている。child は、確かにロマンスのヒーローを記述するプロトタイプとしては、〈将来の騎士〉の意味がふさわしい。伝統的なロマンスでの child のこの意味の使用は枚挙に暇がない。

(104) Luuede men Horn child,　　　*King Horn* 247
　　　 For to kniȝti child Horn,　　　*King Horn* 480

He sede, "Leue Horn child,　　*King Horn* 1359

(105) Thanne seyde Gamelyn　・　þe child was þat was ying,
　　　　　　　　　　　　　　　　　　　　　　　Gamelyn 105
　　　Thanne seyde þe child　・　ȝonge Gamelyn,　　*Gamelyn* 113
　　　And toward þe wrastelyng・þe ȝonge child rood.　*Gamelyn* 190

(106) The childe was full wighte.　　*Sir Perceval of Galles* 1304
　　　Scho frayned Arthour þe Kyng
　　　　Of childe Perceuell þe ȝyng,　*Sir Perceval of Galles* 1562-63

しかし、一連のロマンス作品は、チョーサーの円熟期においては、of pris の価値付けのオーヒンレック写本に含まれているロマンスで、ロンドン英語の Type II に属す既に一昔前のものである。この中でトパス卿が最高と言っても、その微妙な意味合いは払拭できない。[86]

[Ⅳ-6-4] debate：戦う（MED s.v. debaten 1. (b) to engage in combat, fight）
——口論する（MED s.v. debaten 1. (a) To quarrel, dispute）
　トパス卿は、鎧を念入りにまとい巨人との戦いに備えようとする。鎧のまとい方の描写は27行を割き、微に入り細を穿つが、彼の戦いの記述は1行 in which he wol debate にすぎない。

(107)　He dide next his white leere
　　　　Of cloth of lake fyn and cleere,
　　　　　A breech and eek a sherte;
　　　　And next his sherte an aketoun,
　　　　And over that an haubergeoun
　　　　　For percynge of his herte;

7. [Ⅳ] 詩行 (Verse line) の「縮減」

  And over that a fyn hawberk,
  Was al ywroght of Jewes werk,
   Ful strong it was of plate;
  And over that his cote-armour
  As whit as is a lilye flour,
   <u>In which he wol debate.</u>

  His sheeld was al of gold so reed,
  And therinne was a bores heed,
   A charbocle bisyde;
  And there he swoor on ale and breed
  How that the geaunt shal be deed,
   Bityde what bityde!

  His jambeux were of quyrboilly,
  His swerdes shethe of yvory,
   His helm of latoun bright;
  His sadel was of rewel boon,
  His brydel as the sonne shoon,
   Or as the moone light.

  His spere was of fyn ciprees,
  That bodeth werre, and nothyng pees,
   The heed ful sharpe ygrounde;   VII 857-83

MED は debate の意味を 1. (a) To quarrel, dispute; (b) to engage in combat, fight, brawl, make war と規定し、トパス卿のこの箇所を (b) で登録している。鎧をまとって戦うのだから、当然である。しかし、debate の多義性の全体の一部、つまり (b) を「図」に、そして (a) を「地」とし

て相対的に見るべきである。[Ⅳ-1]で指摘したように、巨人オリファント卿とトパス卿の戦いは、彼らの対話がハイライトされ、容易には進行しない、両者は戦うのではなく議論している。トパス卿は鎧をまとい、馬を駆り戦いにでかけるが、宿の主人にへぼ詩（rym doggel）と称され、途中破綻、戦いは口約束で終わる。視点の転換装置"I"がダイナミックに動き、最終的には「地」の部分が顕在化、「図」と「地」が反転する。[87]

[Ⅳ-6-5] hope：希望する（MED s.v. hopen 1. (a) To hope）――思っている（MED s.v. hopen 2. (a) To think (sth., that sth. is the case)）
　トパス卿が妖精の国に入った時、巨人オリファント卿に出ていかないと、戦棍で馬を殺す、と脅かされる。それに答えたのが（108）である。トパス卿のその戦いへの反応は及び腰であることは［Ⅲ-3］と［Ⅳ-1］で述べた。

　　（108）　The child seyde, "Also moote I thee,
　　　　　　　Tomorwe wol I meete with thee,
　　　　　　　　Whan I have myn armoure;
　　　　　　　And yet I hope, *par ma fay,*
　　　　　　　That thou shalt with this launcegay
　　　　　　　　Abyen it ful sowre.
　　　　　　　　　　　　　　　Thy Mawe
　　　　　　　Shal I percen, if I may,
　　　　　　　Er it be fully pryme of day,
　　　　　　　　For heere thow shalt be slawe."　　VII 817-26

戦いを断言したと思えば、直後、明日、鎧をまとった時に、と延期、「更に続けて申し添えよう」・「とは言え、しかし」、と彼の戦うメンタリティは相矛盾。彼の想いも同様で、「切に望む」、あるいはそうだと「思っている」。MEDはhopeを（109）のように定義している。

142

7. [Ⅳ] 詩行（Verse line）の「縮減」

(109) MED s.v. hope 1. (a) To hope, take hope, maintain hope; hope for (sth.); hope (to do sth.); hope (that sth. is the case); ~ after (to), hope for (sth.); (b) to have trust, have confidence; assume (sth.) confidently, presume; trust (that sth. is the case); trust (to have sth.)
2. (a) To think (sth., that sth. is the case), believe, infer, suppose; think (to do sth.); (b) to expect (sth.), fear; expect (to do sth., that sth. will be done)

2. (a), 2. (b) は、1. (a), (b) に対し主体の関与（積極性）は弱く、2. (b) は 2. (a) よりは更に主体の関与が弱い。2. (b) としては、チョーサーの Oure manciple, I hope he wil be deed (RevT I (A) 4029) が引用されている。チョーサーにおいては、北部方言を使うケンブリッジ大学の学僧ジョン（John）に当てられているが、ロンドン英語の北部方言を含む方言的多様性から見ると、トパス卿にもその意味を拡張した、少なくとも聴衆・読者にはそのような読み取りを許したのではないか。肝心のその希望・認識の中身は、この軽い槍で巨人に報復、痛い目にあわしてやる、しかもヴァーチャル化。更には、「人」を刺し殺すのではなく、「腹」を刺す、と。しかも「もしできるなら」、更に翌日に回して「一時課前に」。

　hope を認識的意味「思っている」で解すると、第一次元的なコンテンツ、トパス卿の積極性のなさが一層際立てられる。この解が許されるとすると、リアリティスペースに立つ詩人チョーサーにとって、第三次元的な言語コード自体の揺らぎ、メタ言語的（方言的）な認識があったからこそ、演出できたのだと言えよう。

[Ⅳ-6-6] sowre：痛々しく (MED s.v. sour (e (b) severely, harshly, bitterly; MED sore 7. At great cost, dearly) ——すっぱく (MED s.v. sour (e (a) With a foul smell; also in *fig.* context; Cf. MED s.v. sour 1. (a) Sour to the taste)
　(108) の引用の abyen（高い代償を被る）を強調する強意辞としては、

動詞に対し sore が連語するのがチョーサーでは通例である。Benson（1993）の同用法で見るに、CT では soore が49回、sore が3回使われている。soure は2回にすぎない。「Manciple の序」（soure IX (H) 32）とこの箇所（sowre）のみである。MED は sore の語源と基本義を（110）のように規定する。

    (110) MED s.v. sore 7. At great cost, dearly; in *fig.* phrases: abien ~, to pay dearly; also, pay a high price for (sth.), pay a severe penalty for

        c1415 Chaucer *CT.Th.* (Corp-O 198) B.2012: I hope..That þou schalt wiþ þis launcelay Abeyen it ful sore [vrr. soure; dere].

Benson（1987）では、Hg MS、El MS にならい、チョーサーのレキシコンでまれな sowre が、採用されている。

    (111) Hg MS 214 v

    (112) EL MS 152r

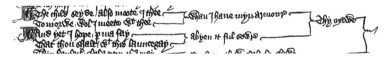

OED はこのまれな語形を採用し、引用している。

    (113) OED s.v. sour [ME. sūre, f. sūr sour a. Cf. MDu. sure, zure.] †1.1 Bitterly, dearly; severely. Obs. (c 1300~a 1400-50) c 1386 Chaucer *Sir Thopas* 111 And yit I hope..That thou schalt with

7. [Ⅳ] 詩行 (Verse line) の「縮減」

  this launcegay Abyen it ful soure.（第3例で引用）

MED も同様にこの語形を取り上げている。

> (114) MED s.v. soure (b) severely, harshly, bitterly; abien (bien, coupen, yelden accounte) ~, *fig.* to pay dearly for (sth.), suffer for で記述し（c 1300~a 1440）、(c 1390) Chaucer *CT.Th.* (Manly-Rickert) B.2012: I hope..That thow shalt with this launcegay Abyen it ful soure.

 チョーサーの sowre の語形は、OED によれば、OE 語源のものではなく、中世オランダ語 (Middle Dutch) の語形と比較されている。トパス卿の台詞であるので、彼の出身地の言語に似せてこの形を選択させたのか。但し、sore であれ sowre であれ、その強意は、上位節 hope のフレームの中で弱められ、しかも法性化されている。

 ところで、チョーサーのもう一つの例は、大学の賄人 (Manciple) が料理人の息の臭さに言及したもので (And, wel I woot, thy breeth ful soure stynketh: IX (H) 32)、MED は (a) With a foul smell の意味で引用。味覚が嗅覚に共感覚的に適用されている。チョーサーは、「ひどいにおいで」を更に抽象化した「ひどく」の意味を、語源に戻して「すっぱく」の意味を伏せていないか。語形 soure はこの原義を許す。巨人が痛い目にあうとしても、それはせいぜい「酸っぱい思いをする」程度にすぎない、と、家庭的な料理の問題に還元し、トパス卿の行動範囲の「縮減」を示唆したようにも思える（同類の用語、Whit was his face as payndemayn, VII 725; And there he swoor on ale and breed VII 872 参照）。[Ⅲ-2] で扱ったように連の b ラインに現れており、「縮減」するパタンの一環としても捉えられる。

 VII 823 は、既に [Ⅲ-3] で指摘したように、詩行で最も小さなボブのスペース、トパス卿は巨人そのものではなく、彼の一部、胃 (mawe) を刺そうとする、しかも、できれば、の条件付き。「酸っぱさ」は縁語的に

この「胃」に繋がり、「縮減」は家屋内のキチン（料理）にまで狭められていく。OE 来の sore は戦いの攻撃の辛辣さを示す常套だが、味に言及する家庭的な意味合いは生起しない。他方 sour の語形選択は「縮減」の倍音効果を高める上で効果的であったと考えられる。

　OED によれば、armoure は非語源的なスペリングである。[88] チョーサーは、他ではフランス語の語源的なスペリング armure を使っている。Benson（1997: 38）によれば、armure が9回、armoure は1回ここのみである。チョーサーは sowre の語形・発音に合わせて、Putter（2016）を参照すれば、フランス語由来の［y］の代わりにイギリス的な［u］（アングロ・ノーマンでは u）を採用している。このようなチョーサーの通常形（語形・音価）からのずらしは、第三次元的な言語コードの揺らぎ、つまり音価は決して固定的ではなく、言語接触によって変容し得るという揺らぎを表す。イギリス的な異綴り字がフランス語のオーセンティックな形からずらされ、価値の低落さを暗示するからこそ、選択されたのであろう。[89]

7.7. ［IV-7］ 韻構造

　本作品において「縮減」は、第二次元的な表現モードに通底するスキーマとして、入れ子的に物語全体、断章の構成、連の構成、統語関係、イディオム、句跨ぎ、レジスター、語の多義性へと、拡張事例化していた。本節では、語よりも更に小さな単位、音にも広がっていくことを検討する。特に頭韻と脚韻によるチャイミング効果（音の類似性により2語が意味的に結び付けられる効果）に注目する。[90] 頭韻については、頭韻を踏んだストックフレーズ、そして脚韻については、次の3つ、チョーサーにおいてユニークな音あるいは final –e の使用・不使用、同一韻（identical rhyme）の使用、そして女性韻の多用を取り上げる。Jakobson（1960: 358）の用語を借りれば、等価の原理、即ち、類似性が選択軸から結合軸へと、その音素ないし音節の細部に至るまで適用されていく。スキーマ化の強化は、「詩的機能」の強化に他ならない。「縮減」の拡張事例化は、第三次元的に見れば、詩人チョーサーの「詩的機能」の追究、その可能性へのメタ認

7. [Ⅳ] 詩行（Verse line）の「縮減」

知である。

[Ⅳ-7-1] 頭韻句のチャイミング

テイルライム・ロマンスは、口承的性格が強く、ストックフレーズが多用される。物語テクストの創作を容易くすると同時に、聴衆の認知も円滑にする。この脚韻詩に頭韻が導入される場合、構造的と言うよりは、それを含んだストックフレーズが挿入され、詩行の間隙を満たしている。語り手は、この言い古された語句を頼りに、物語を演出する。しかし、このような頭韻句は、視点の転換装置"I"を通して、新たな意味付けが試みられる。(115)は、トパス卿の冒頭で、語り手は聴衆に対して語りのテーマを導入する。

(115)　Listeth, lordes, in good entent,
　　　　And I wol telle verrayment
　　　　Of myrthe and of solas,
　　　　Al of a knyght was fair and gent
　　　　In bataille and in tourneyment;　　　　VII 712-16

Burrow (1984: 66-69) によると、list は1400年のロンドンでは完璧に避けられていた。[91] チョーサーの「聞く」のレキシコンでは通常 hark/hearken が使われるが、口承詩の導入部分で list (en) が lord (ing) s と好んで使われることから、listeth が選択されている。[92] listeth はチョーサーでは唯一の語である。[l] の音を通して、二つの語は結び付けられ、「聴衆の殿方」はこれから始まる物語に注目するよう促される。しかし、この頭韻句は、チョーサーの談話が進むにつれて、「縮減」のスキーマを介し揺さぶられる。聴衆はさぞかし面白い話と期待するが、[Ⅳ-5]で見たように、騎士についていかにも勇猛、とイメージし、むしろ女性にふさわしい属性「美しく優しく」で褒め称えられる。しかもその属性は、「戦闘とトーナメント」に関係付けられ、高めては落とす、ちぐはぐな出だしである。頭韻句は、

147

聴衆に対してその効果は竜頭蛇尾である。
　(116) では、トパス卿に恋焦がれる多くの女性が、頭韻句で導入される。

> (116)　Ful many a mayde, <u>bright in bour</u>,
> 　　　　They moorne for hym paramour,
> 　　　　Whan hem were bet to slepe;　　　　VII 742-44

この頭韻句 bright in bour は、習作期の『薔薇物語』(Hir chere was symple as byrde in bour, / As whyt as lylye or rose in rys, Rom A 1014-15) を除けば、チョーサーで唯一のものである。頭韻 [b] で2語を繋ぎ、字義的には「寝室の麗しき女性」を浮かび上がらせる。同時に bour は parmour と脚韻し、麗しき女性と熱愛を結び付ける。Benson (1987: 919) は、ロマンスにおいては常套的なのもので、オーヒンレック写本の『ウオリックのガイ卿』(Tail Rhyme, 11: 6) において birght in bour は par amour (11: 9) と脚韻していることを指摘している。この頭韻句は、トパス卿を恋する多くの乙女を美女として褒め称えるものの、トパス卿は純潔で女たらしではない、の一言で、胡散霧散する。このような因果性を問わない特徴は、ロマンスと言うよりはバラッドに近いものであることは、[II-4]で示した。ジャンルの「縮減」とも相互に協力し合い、この頭韻句は低落したトーンを表す。
　[I-4]の循環論で既に見てきたように、トパス卿は馬で冒険に出たと思うや家周辺に引き戻され、鶫の鳴き声を聞いて突如恋に陥る。複合語 love-longynge は頭韻を踏み、愛の強烈さを聴衆に喚起する。

> (117)　Sire Thopas fil in <u>love-longynge</u>,
> 　　　　Al whan he herde the thrustel synge,　VII 772-73

しかし、Benson (1987: 772) が指摘するように、この複合語はロンドン英語 Type II のオーヒンレック写本では真摯に用いられているが、チョー

7. [Ⅳ] 詩行（Verse line）の「縮減」

サーではファブリオである「粉屋の話」に限定され、その価値は低落している。

(118) This parissh clerk, this joly Absolon,
  Hath in his herte <u>swich a love-longynge</u>
  That of no wyf took he noon offrynge; MilT I (A) 3348-50

  To Alison now wol I tellen al
  <u>My love-longynge</u>, for yet I shal nat mysse
  That at the leeste wey I shal hire kisse. MilT I (A) 3678-80

  I moorne as dooth a lamb after the tete.
  Ywis, lemman, I have <u>swich love-longynge</u>
  That lik a turtel trewe is my moornynge.
  I may nat ete na moore than a mayde." MilT I (A) 3704-07

類似の頭韻複合語 love-likynge (OED s.v. love 16. a Special combs. {†love-liking}, sexual affection) が、トパス卿が巨人オリファント卿との戦いの前、吟遊詩人を招いての宴会において、王侯のロマンスや恋愛の話を聞く時に用いられている。聞く話はとにかくも彼の場合戦いも恋愛も胡散霧散している。

(119) "Do come," he seyde, "my mynstrales,
  And geestours for to tellen tales,
   Anon in myn armynge,
  Of romances that been roiales,
  Of popes and of cardinales,
   And eek of <u>love-likynge</u>." VII 845-50

トパス卿は［II-4］で述べたように、夢で妖精の女王が自分の恋人であると取りつかれ、彼女を求めて馬によじ登り、踏み段を越え、石を越えて、冒険に出かける。

(120)　Into his sadel he clamb anon,
　　　　And priketh over stile and stoon
　　　　　An elf-queene for t'espye,　　　　　VII 797-99

［IV-5］のコロケーションの入れ替えで見たように、本来なら stikke and stone の頭韻句でトパス卿が妖精の女王を野や山を越え、広域に探究することが期待される。頭韻こそ踏むものの stikke (twig, tree) を stile (A set of steps erected over a fence, a stile) で置換、彼が探究するはずの冒険のスケールは、家周辺の近場へと「縮減」している。

　妖精の国に入ったトパス卿は、そこを住処とする巨人オリファント卿と言い争うが、互いに回避的。トパス卿は翌日鎧をまとって戦うと約束する。彼は鎧をまとって、巨人との戦いに出かける。途中泉の水を飲み、「すばらしいみなりで立派な」と描かれる。直後物語は宿の主人によって中断を余儀無くされる。

(121)　Hymself drank water of the well,
　　　　As dide the knyght sire Percyvell
　　　　　So worly under wede,
　　　　Til on a day —　　　　　　　　　　VII 915-18

頭韻［w］を通して worly と wede が結び付けられる。この種の頭韻句はロマンスで多用される表現であるが、bright in bour が唯一形であるように、チョーサーは避けた表現形式である。語形こそ違うが、テイルライム・ロマンス『ガレスのパーシヴァル卿』の those worthily in wede (1606)、オーヒンレック写本のテイルライム・ロマンス『アミスとアミルーン』の

7. [Ⅳ] 詩行（Verse line）の「縮減」

wordiest in wede（138）等、枚挙に暇がない。Burrow (1984: 74-78) は worly の語形について、写本を調査し、4写本が worly、5写本が worthily、6写本が worthly、そして2写本が worthy、と指摘している。チョーサーのこの語の定形は worthy であるが、技と違う語形 worly を採用し、その分聴衆に対して定型表現であること強く意識させたと考えられる。worly の語形は、常套句のまとまり度を強化、かくして音削減（歯擦音の削除）をもたらした、と自然に解せる。th の略された worly は、中英語において実際に存在する語形であり、[93] 聴衆の理解を妨げたものではない。

更に言えば、トパス卿は確かに「立派な武具をまとって」冒険に出るのであるが、戦いが実現するか否かは極めて疑わしい（[Ⅳ-1] のモダリティ参照）。この文脈を踏まえ、この頭韻句を「鎧をまとった状態（でのみ）立派な」と再定義すると、第一次元的なコンテンツの「縮減」は一層際立てられる。

[Ⅳ-7-2] チョーサーにおいてユニークな音あるいは final -e の使用

「縮減」がテイルライム・ロマンスの脚韻構造に拡張事例化していることは、チョーサーのレキシコンには存在しない発音、語形あるいは語を敢えて使用しているところに見られる。

[Ⅳ-6] において、sowre に対する armoure は、Putter (2016: 136) を参照し、フランス語由来のもの [y] でなくイギリス的な発音 [u] で脚韻していることを指摘した。

(122)　　The child seyde, "Also moote I thee,
　　　　Tomorwe wol I meete with thee,
　　　　　Whan I have myn armoure;
　　　　And yet I hope, par ma fay,
　　　　That thou shalt with this launcegay
　　　　　Abyen it ful sowre.　　　　　　　　VII 817-22

>   And over that his cote-armour
>   As whit as is a lilye flour,   VII 866-67

　armoure の選択は、そのライムフェローである sowre を導き、それは文法化した強意辞「ひどく」だけでなく、字義化した「酸っぱく」の意味をも引き出していく可能性を指摘した。[u:] を通して armoure と sowre 「酸っぱく」が結び付けられと、屋外（鎧をまとっての戦場）と屋内（キチン）が一体化していく。

　Putter（2016: 137）は、アングロ・ノーマンでは final –e が消失しているが、大陸のフランス語では、尚も発音されている、と指摘する。「トパス卿」では、final –e が消失されている語形を使い、脚韻を踏ませている。（男性韻になる効果については［Ⅳ-7-4］を参照。）

> (123)　　Listeth, lordes, in good entent,
>   And I wol telle verrayment
>   Of myrthe and of solas,
>   Al of a knyght was fair and gent
>   In bataille and in tourneyment;
>   His name was sire Thopas.   VII 712-17

　entent は、オーヒンレック写本では多用されているが、チョーサーのレキシコンには無い語形である。この語のライムフェローである verrayment は、オーヒンレック写本で多用されるメタ談話であるが、円熟期の詩人チョーサーでは既に低落し、唯一の語である。チョーサーで唯一の語形 entent と唯一の語 verrayment が脚韻で響き合う。同様に騎士を fair and gent と女性的に性格付ける脚韻語の gent は、チョーサーは習作期の『薔薇物語』か円熟期のファブリオでしか用いていない（注73参照）。物語冒頭の Listeth, lordes の頭韻句同様に、これから話す騎士、トパス卿のロマンスは、チョーサーの通例の語形ないし語からは大きくずらされている。

7．[Ⅳ] 詩行（Verse line）の「縮減」

[ent] を通して、一連の語、entent, verrayment, gent, touneyment が結び付くと、そのずらしは一層強化される。

(124) では、トパス卿は突如愛に陥り馬を駆り出し、くたくたに疲れる。

(124)　Sire Thopas eek so wery was
　　　　For prikyng on the softe gras,
　　　　　　So fiers was his corage,
　　　　That doun he leyde him in that <u>plas</u>
　　　　To make his steede som <u>solas</u>,
　　　　　　And yaf hym good forage.　　　VII 778-83

大陸フランス語の place が、final –e の無いアングロ・ノーマンの plas で置換され、solas と脚韻を踏んでいる。plas は、チョーサーのレキシコンにはない語形である。[as] を通して plas と solas が結び付けられると、[Ⅳ-6] で示した性的意味合いが強化されるように思える。

Putter (2016) は取り上げていないが、同様にチョーサーのレキシコンには無い gras と chivalry が使われている。(125) では、トパス卿は巨人オリファント卿の石投げを見事にかわす。

(125)　Sire Thopas drow abak ful faste;
　　　　This geaunt at hym stones caste
　　　　　　Out of a fel staf-slynge.
　　　　But faire escapeth child <u>Thopas</u>,
　　　　And al it was thurgh Goddes <u>gras</u>,
　　　　　　And thurgh his fair berynge.　　VII 827-32

[as] で child Thopas と gras（神の恩寵）が結び付けられる。実態は、霊的ではなく即物的で、小さいが故に巨人の石投げ機からの石を上手くかわ

153

したと解される。選択された final –e の無い語形は、円熟期のチョーサーには、大陸のフランス語に比し低落したものであった。

　(126) において、語り手は断章3を始めるに当たって、恐らくは物語の度重なる竜頭蛇尾にいらつく聴衆に、本物語のテーマを再確認する。

　　(126)　Now holde youre mouth, par charitee,
　　　　　　Bothe knyght and lady free,
　　　　　　　And herkneth to my spelle;
　　　　　　Of bataille and of chivalry,
　　　　　　And of ladyes love-drury
　　　　　　　Anon I wol yow telle.　　　　　　　VII 891-96

　[ri:] を通してロマンスの2大テーマ、chivalry と love-drury が結び付けられる (Benson (1987: 922) によると、チョーサーの drury は他に『薔薇物語』(Rom A 844) に1例あるのみ)。[94] しかし、この一体化にも拘わらず、騎士道の成果を見ることなく、また愛の行方も確認することなく物語は終了する。

　(127) は断章3の冒頭部で、語り手は、数あるロマンスのうちでもトパス卿のロマンスは最高である、と言う。

　　(127)　Men speken of romances of prys,
　　　　　　Of Horn child and of Ypotys,
　　　　　　　Of Beves and sir Gy,
　　　　　　Of sir Lybeux and Pleyndamour —
　　　　　　But sir Thopas, he bereth the flour
　　　　　　　Of roial chivalry!　　　　　　　VII 897-902

　[i:] を通して Gy と chivalry が結び付けられる。オーヒンレック写本にあるロマンス、『ウオリックのガイ卿』は8音節カプレットによって、彼が

7. [Ⅳ] 詩行（Verse line）の「縮減」

繰り返し戦いで人を殺めたことを書いてきたが、テイルライムに詩型を変更した以降では、そのことへの悔い改めの敬虔な旅の叙述となっている。ここでの chivalry と Gy のチャイミング効果は、聴衆・読者がいずれを「図」に、いずれを「地」にするかで、解釈が違ってくるように思える（[Ⅳ-7-4] 参照）。

(128) は物語冒頭場面でトパス卿の出身地を紹介している。大陸のフランス語に合わせた語形 place, grace を使っている。Putter (2015: 150) が指摘するように、脚韻に合わせて双方（place-plas, grace-gras）を使っている。final –e の矮小化した使用は、「縮減」のスキーマの一環にあり、第二次元的な表現モードのずらしと共に、チョーサーの第三次元的な認識にも及んでいる。大陸のフランスとイギリスを跨った言語コード自体の揺らぎ、更に英語において final –e の有無に拘わらず語彙理解ができることは、その形式自体の形骸化をメタ化してもいる。

(128) Yborn he was in fer contree,
   In Flaundres, al biyonde the see,
    At Poperyng, in the <u>place</u>.
   His fader was a man ful free,
   And lord he was of that contree,
    As it was Goddes <u>grace</u>.   VII 718-23

(129) は物語の最終部で、トパス卿は巨人との戦いに向かっている。ゲルマン系の well がチョーサーの通常形の welle ではなく、ここで唯一 final –e の無い形で Percyvell と脚韻している。このずらしは、第三次元的には北部方言の final –e の消失、あるいは14世紀末ではロンドン英語でもその影響を強く受けていることを示唆している。

(129) His brighte helm was his wonger,
   And by hym baiteth his dextrer

>   Of herbes fyne and goode.
>   Hymself drank water of the <u>well,</u>
>   As dide the knyght sire <u>Percyvell</u>
>   So worly under wede,
>   Til on a day ―   VII 912-18

　他方、(130) の名詞 childe は、[Ⅲ-3] で述べたように、チョーサーでは前置詞の後でのみ final-e を付け、主格形には付けないものである。主格形に final -e が付けられ、ボブの wilde と脚韻している。第三次元的に、final -e 自体の機能が矮小化していることを示している ([Ⅳ-8] を参照)。

> (130) Til he so longe hath riden and goon
>   That he foond, in a pryve woon,
>   The contree of Fairye
>   So wilde;
>   For in that contree was ther noon
>   That to him durste ride or goon,
>   Neither wyf ne <u>childe;</u>   VII 800-06

[Ⅳ-7-3]　同一韻 (identical rhyme)

　Benson (1987: 920) によれば、contree と goon は故意に使われた同一韻 (identical rhyme) である。共に a ラインに現れ、脚韻語の選択に欠落していることを示す。contree はトパス卿の導入場面で彼の生まれ故郷に言及する。

> (131)   Yborn he was in fer <u>contree,</u>   a
>   In Flaundres, al biyonde the see,   a
>   At Poperyng, in the place.   b
>   His fader was a man ful free,   a

7. [Ⅳ] 詩行 (Verse line) の「縮減」

  And lord he was of that <u>contree</u>, a
   As it was Goddes grace.   b VII 718-23

トパス卿の生まれは、遠くの国と見せてドーヴァーを渡ったフランダース、と近場、しかもその中の西端、ポペリングの町。その近場で狭められた町は騎士の偉業ではなく商業で有名なところ（本作品はロマンスの中にバラッドの要素が混じるが、バラッドの中流・下流階層の聴衆が想定されているとも言える）。彼の父はその（小さな）国の領主、しかもそのことを神の恩寵と大言壮語。3.2で見た第一次元的なコンテンツ、プロトタイプの狭めと、第二次元的な［Ⅳ-5］のレジスターのずらしが組み合わされる。最初の使用では、「遠くの国」と思いきや、直後に近場、二番目の使用では指示詞 that でフランダース、しかも西端のポペリング。このトーンダウンは、チョーサーの使用しないルースな脚韻 contree の同一韻と響きあい（a ラインの脚韻）、そのずらし効果は一層高められる。

 goon は断章1の最終部、トパス卿が馬を駆り出して妖精の国に入ったところに現れる。その国では彼に敢えていどんで行こうと馬を駆りたてるものは誰もいなかった、「女・子どもはいなかった」。

(132) Til he so longe hath riden and <u>goon</u> a
   That he foond, in a pryve woon,   a
    The contree of Fairye   b
      So wilde;   c
   For in that contree was ther noon   a
   That to him durste ride or <u>goon</u>,   a （Hg, El では欠落）
    Neither wyf ne childe;   c VII 800-06

［Ⅱ-2］で述べたように、断章1の終わりは、ボブが付加され、連が長くなり、aabaab に対して aabccb の変更が行われ、テイルライムの詩型が乱れている。また［Ⅲ-2］、［Ⅲ-3］、［Ⅳ-6］で見たように、第二次元的な拡

張事例化が重なり合って、「縮減」の相乗効果が生み出される。(132)では常套的な対語（paired word）、riden and goon, ride or goon のコロケーションを用い、そのあげくの果てがルースな同一韻の使用である（a ラインの脚韻に goon を使用）。この脚韻は「縮減」の拡張事例化を一層際立てている。

ところで805行は、注21で示したように、現存写本では8写本にしか認められない：a 写本の Dd, En1, Ds1, Cn, Ma 及び Ln, Ch, Ry[1] である。この行は、a 写本の信頼性のある写本にあることから原典にはあったと想定されるが、それを挿入し、詩型を aac と整えた方が、本作品の高め落とす表現効果を一層高めていく。[95]（Cf. Benson 1987: 920.）（Appendix A 参照。）

[Ⅳ-7-4] **女性韻**（feminine rhyme）**と男性韻**（masculine rhyme）
　男性韻が強音節で終わり強い音響効果を与えるのに対して、女性韻は弱音節で終わり柔らかい音響効果を与える。チョーサーの創作時、ロンドン英語の final –e は殆ど失われているが、彼は韻律的には保守的で、基本的には final –e を発音して脚韻が成立する。final –e で終わる単語が選ばれれば自動的に女性韻になり、女性韻が出現し易いことは否定できない。しかし、口承伝統での final –e のルースさを露呈するように、チョーサーが自分のレキシコンから逸脱して、本作品で final -e 無しの脚韻を繰り返し使ったのも事実である。

　連が男性韻（aabaab/aabccb）のみで終わる場合が3例、そして連が女性韻（aa）から男性韻（b）に移行する場合は1例のみである。他は全て女性韻のみか、男性韻（aa）から女性韻（b）に移行する場合である。具体的には、ボブは全て女性韻、ボブに続く3行、フィールの4強勢カプレットから3強勢1行への移行は、全て男性韻から女性韻、女性韻から女性韻である。女性韻の多用が自動的に第一次元的なコンテンツを意味付けるわけではない。しかしこのような韻の傾向にも「縮減」が拡張事例化していくように思える。

　男性韻で終わる3例を示そう。

7. ［Ⅳ］詩行（Verse line）の「縮減」

(133) aabaab 全ての行が男性韻：冒頭連で、語り手が語りのテーマを打ち出すところ。

Listeth, lordes, in good entent,	a: masculine
And I wol telle verrayment	a: masculine
Of myrthe and of solas,	b: masculine
Al of a knyght was fair and gent	a: masculine
In bataille and in tourneyment;	a: masculine
His name was sire Thopas.	b: masculine

VII 712-17

(134) aa ラインは女性韻、b ラインが男性韻：トパス卿が槍と剣を持って冒険に出ていて、鶫の鳴き声を聞いて突如恋に陥るところ。

Sire Thopas fil in love-longynge,	a: feminine
Al whan he herde the thrustel synge,	a: feminine
And pryked as he were wood.	b: masculine
His faire steede in his prikynge	a: feminine
So swatte that men myghte him wrynge;	a: feminine
His sydes were al blood.	b: masculine

VII 772-77

(135) aabccb 全ての行が男性韻：巨人と戦うために鎧をまとうところ。

His jambeux were of quyrboilly,	a: masculine
His swerdes shethe of yvory,	a: masculine
His helm of latoun bright;	b: masculine
His sadel was of rewel boon,	c: masculine
His brydel as the sonne shoon,	c: masculine
Or as the moone light.	b: masculine

VII 875-80

女性韻への移行が圧倒的多数である。(136)～(139) にサンプルを示す。

(136) 男性韻から女性韻：トパス卿の出身地の紹介。

Yborn he was in fer contree,	a: masculine
In Flaundres, al biyonde the see,	a: masculine
At Poperyng, in the place.	b: feminine
His fader was a man ful free,	a: masculine
And lord he was of that contree,	a: masculine
As it was Goddes grace.	b: feminine

VII 718-23

(137) 男性韻から女性韻：トパス卿の容貌の描写。

Sire Thopas wax a doghty swayn;	a: masculine
Whit was his face as payndemayn,	a: masculine
His lippes rede as rose;	b: feminine
His rode is lyk scarlet in grayn,	a: masculine
And I yow telle in good certayn	a: masculine
He hadde a semely nose.	b: feminine

VII 724-29

(138) ボブの女性韻、ボブに続くフィール、2行の4強勢カプレットは男性韻、そして1行の3強勢は女性韻：トパス卿が妖精の国に入った時の描写。

Into his sadel he clamb anon,	a: masculine
And priketh over stile and stoon	a: masculine
An elf-queene for t'espye,	b: feminine
Til he so longe hath riden and goon	a: masculine
That he foond, in a pryve woon,	a: masculine
The contree of Fairye	b: feminine

7. [Ⅳ] 詩行（Verse line）の「縮減」

So wilde;	c: feminine
For in that contree was ther noon	a: masculine
That to him durste ride or goon,	a: masculine
Neither wyf ne childe;	c: feminine

VII 797-806

childe と wilde の女性韻は、チャイミング効果（[Ⅳ-6]）と final –e の問題（[Ⅳ-8]）も参照。

(139) 女性韻から女性韻：断章2の冒頭部分でトパス卿が妖精の女王の国から家路に着いたところ。

Yet listeth, lordes, to my tale	a: feminine
Murier than the nightyngale,	a: feminine
For now I wol yow rowne	b: feminine
How sir Thopas, with sydes smale,	a: feminine
Prikyng over hill and dale,	a: feminine
Is comen agayn to towne.	b: feminine

VII 833-38

[Ⅱ-2] と [Ⅳ-6] において、語り手の語り口の不安定と自信の無さを指摘した。この自信の無さと女性韻の柔らかさは、相乗効果を上げているように解せる。

男性韻と女性韻で終わる脚韻パタンの全体は、表12と図13の通りである。

表12：男性韻と女性韻

男性韻	4
女性韻	28

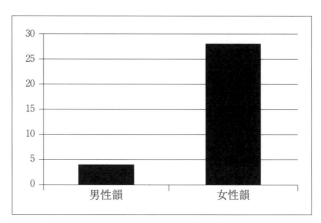

図13:男性韻と女性韻の頻度

表13:男性韻と女性韻の変異パタン

i (1)	ii (1)	iii (13)	iv (3)	v (1)	vi (1)
aabaab	aabaab	aabaab	aabaab	aabaab+c/aac	aabaab+c/ddc
MMMM	FMFM	MFMF	FFFF	MFMF+F/MF	MFMF+F/FF
vii (2)	viii (1)	ix (4)	x (2)	xi (1)	xii (1)
aabccb	aab+c/bbc	aabccb	aabccb	aabccb+d/ccd	aabccb+d/eed
FFMF	MF+F/FF	MFMF	MMMM	MFMF+F/MF	MFMF+F/MF

注:1. M＝男性韻、F＝女性韻
　　2. 例:MM＝M(aaライン)＋M(bライン);MF＝M(aaライン)＋F(bライン);MFMF＋F/MF＝M(aaライン) F(bライン)×2＋F(c:ボブライン)／M(フィール:aaライン) F(フィール:cライン)
　　3. ( )の中の数字は頻度を表す。最後の連の行 aab+α (MF+α) は除く。

女性韻が男性韻を圧倒している。

　男性韻と女性韻で終わる変異パタンは表13と図14の通りである。iii と ix のパタンが最も多く、いずれも男性韻から女性韻に移行する MFMF であり、トパス卿の騎士道振りのトーンダウンと軌を一にする。final –e の

7. [Ⅳ] 詩行（Verse line）の「縮減」

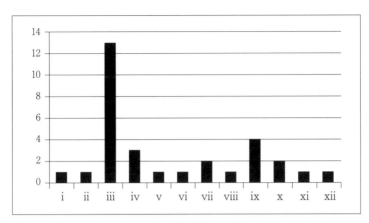

図14：男性韻と女性韻の変異パタン

ある語が多用され、女性韻が現れる可能性は高いが、同じテイルライムの作品『アミスとアミルーン』と比べてみると、女性韻の比率は、トパス卿において異常に高いと言える。トパス卿の軟弱さ、臆病さ、戦いの回避という流れは、女性韻の多用とパラレルにあり、「縮減」のムードを醸し出しているように思える。（Appendix B 参照。）『アミスとアミルーン』の最初の50連（1連12行×50＝600行）で見ると、3行のユニット、aab あるいは ccb が男性韻で終わる場合と女性韻で終わる場合を比較すると101回対98回でほぼ互角である。本作品では、戦いは竜頭蛇尾に終わるのではなく、[Ⅳ-4] の句跨りで例証したように、実現している。男性韻で終わる場合と女性韻で終わる場合をそれぞれ1連ずつ示しておこう。

(140) 男性韻で終わる場合

   On a day þe childer war & wiȝt a: masculine
   Treweþes to-gider þai gun pliȝt, a: masculine
   While þai miȝt liue & stond b: masculine
   þat boþe bi day & bi niȝt, a: masculine
   In wele & wo, in wrong & riȝt, a: masculine

þat þai schuld frely fond	b: masculine
To hold to-gider at eueri nede,	c: feminine (masculine?)
In word, in werk, in wille, in dede,	c: feminine (masculine?) [96]
Where þat þai were in lond,	b: masculine
Fro þat day forward neuer mo:	d: masculine
Failen oþer for wele no wo:	d: masculine
þer-to þai held vp her hond.	b: masculine

Amis and Amiloun 145-56

(141) 女性韻で終わる場合

& so þat mirie may wiþ pride	a: feminine
Went in-to þe orchard þat tide,	a: feminine
To slake hir of hir care.	b: feminine
þan seyȝe sche sir Amis biside,	a: feminine
Vnder a bouȝ he gan abide,	a: feminine
To here þo mirþes mare.	b: feminine
þan was sche boþ glad & bliþe,	c: feminine
Hir ioie couþe sche noman kiþe,	c: feminine
When þat sche sieȝe him þare;	b: feminine
& þouȝt sche wold for noman wond	d: masculine
þat sche no wold to him fond	d: masculine
& tel him of hir fare.	b: feminine

Amis and Amiloun 541-52

7. 8. [Ⅳ-8] 語形：final-e の揺らぎ（単音節形容詞と名詞の場合）

これまで「縮減」が第一次元的なコンテンツの記述、第二次元的な表現モード、そして第三次元的な言語コード自体へと、高次的にスキーマ化してきていることを見てきた。それぞれは必ずしも順次的ではなく、また独立的でもなく、循環的に演出されていた。2.1で示したように三次元的に

7．［Ⅳ］詩行（Verse line）の「縮減」

演出されていた。図2を図15に再録する。

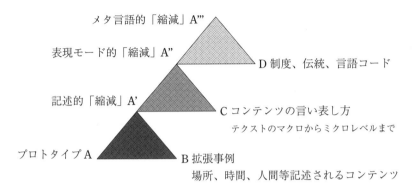

図15：「縮減」（diminution）の三次元構造

　「縮減」は、チョーサーが持続発展的に適用する中で、主題的な段階へと高められていったと考えられる。『トロイラスとクリセイデ』の〈包囲〉、『カンタベリー物語』の〈断章化〉を通して、「縮減」の三次元的な展開が強化され、「トパス卿」ではその一つの極致に達している。本節では主として第三次元的なスキーマ、final –e に着目し、そのメタ言語的な扱いを取り上げ、同時にそれが他次元のスキーマといかに関係付けられるかを考察する。

　言語体系は、絶対的なものではなく、「縮減」（一つのシステムを壊して、他のシステムで再構築）の対象となる。ロンドン英語は14世紀後期 final –e が殆ど発音されなくなっている。しかしチョーサーは一般的に final –e を生かして創作している。「トパス卿」ではこれまで見てきたように、チョーサーの文法で final –e が必要なところで除去したり、また必要でないところに付加したりしている。騎士道の体系が「縮減」しているのと同様に、final –e の規則性自体が「縮減」している。final –e は、テクストのゼロ化を除けば、第二次元的な表現モードの最小単位である。final –e は、2.1でも示したように、第一次元的なコンテツ、第二次元的な表現モードを超

165

え、最も高次の第三次元的な言語体系の揺らぎに達している。
　ここでは Hg MS、El MS の異同（Nakao, Jimura and Matsuo, eds. 2009, 及び Jimura, Nakao, Matsuo, Blake and Stubbs, eds. 2002 参照）も考慮に入れて、最初単音節形容詞の final –e を、次に名詞の final –e を扱う（[Ⅳ-7-2] 参照）。

[Ⅳ-8-1]　形容詞の final -e
　単音節形容詞は、チョーサーの通常の使用では、弱変化・強変化は厳密に峻別されている（97％）（Burnley (1982)、Pearsall (1999) 及び Appendix C 参照）。同一写字生、アダム・ピンクハーストが書いたものと考えられるが、写本間 Hg MS と El MS で差異が見られる。

ⅰ．reed/rede
　(142) は本作品の導入部で、トパス卿の出身地と彼の身体特徴が描かれている。

```
(142) HG:213v TT 0004   Al of a knyght⁊ # was fair and gent⁊
      EL:151v TT 0004                    knygħt /

      HG:213v TT 0005   In bataille / and in tornament⁊
      EL:151v TT 0005                              tourneyment⁊

      HG:213v TT 0006   His name / was sir Thopas
      EL:151v TT 0006                    sirͬ

      HG:213v TT 0007   ¶ Yborn he was / in fer contree
      EL:151v TT 0007

      HG:213v TT 0008   In Flaundres / al biyonde the see
```

```
EL:151v TT 0008     flaundres

HG:213v TT 0009  At Poperyng⁊  in the place...
EL:151v TT 0009

HG:213v TT 0013  ¶ Sire Thopas # wax / a doghty swayn
EL:151v TT 0013    Sirˀ          /      #    dogh̄ty

HG:213v TT 0014  Whit was his face / as Payndemayn
EL:151v TT 0014                        #

HG:213v TT 0015  His lippes reed as Rose
EL:151v TT 0015  Hise        rede    rose

HG:213v TT 0016  His rode is lyk / Scarlet in grayn
EL:151v TT 0016                    scarlet
```

注：1. HG=Hengwrt MS, EL=Ellesmere MS, TT=*The Tale of Sir Thopas*, v=verso

2. HG MS と EL MS の共通したところはブランク、違ったところのみを表記、片方に無い場合は＃記号を付けている。

Hg MS と El MS で、reed と rede で違いが生じている。Hg MS は、文法的に違反しているが（複数主語であり final –e を付し、rede が正しい）、El MS はそれを文法に沿って正している。次の語が母音で始まる as であり、口承的なリズムでは final –e の有無は韻律に影響を与えない。両写本の違いは、視覚的な書き言葉において初めて認知できる。ここでは第三次元的な final –e の規則性の揺らぎだけでなく、同次元での話し言葉対書き言葉という揺らぎにも拡張する。final –e の違反は、3強勢の b ラインに位置し（［Ⅲ-2］参照）、しかも騎士というよりは女性の容貌の美しさへのずら

しが看取される（[Ⅳ-5] 参照）、第三次元的な規則性のずらしが第二次元的な表現モードのずらしと共鳴し、そのずらしの倍音効果を一層高めている。第三次元的な騎士道体系も言語コードも、揺らいでいる点で軌を一にしている。El MS では final –e を正しており、語形に関する限り「縮減」の第三次元への高次化は見られない。

ⅱ．cleer/cleere
Hg MS が正しく El MS が逸脱している場合がある。El MS は、文法的には不必要なところに final –e を付けている（不定の単数名詞に対しては final –e は付けない）。(143) はトパス卿が巨人オリファント卿との戦いに備えて、酒宴を開き、鎧をまとっていく場面である。

```
(143) HG:214v TT 0145   ¶ He dide # next⁊ his white leer
      EL:152v TT 0145              / next           leere

      HG:214v TT 0146   Of clooth of Lake / fyn ⁊   cleer
      EL:152v TT 0146                       lake        and cleere

      HG:214v TT 0147   A breech / and eek a Sherte
      EL:152v TT 0147                         sherte

      HG:214v TT 0148   And next his Sherte / an Aketoū
      EL:152v TT 0148                         sherte #

      HG:214v TT 0149   And ouer that⁊ an haubergeoū
      EL:152v TT 0149   And ouer that⁊ an haubergeoū

      HG:214v TT 0150   For pcyng⁊ of his herte
      EL:152v TT 0150       percynge
```

168

7. [Ⅳ] 詩行（Verse line）の「縮減」

El MS は、leer の異型 leere を採用したために、それに合わせて cleer に -e を付した、一種の行き過ぎの修正、hypercorrection をきたしている。不定の単数名詞 L/lake（あるいは clooth）を修飾する fyn は -e 無しで文法的、しかし同じ L/lake（あるいは clooth）を修飾する cleere は、定性の名詞でも複数形でもないので、文法的に違反である。（もっとも L/lake ではなく、A breech and eek a Sherte の複数名詞を受けるとすれば、cleere が正しく、fyn が非文法的となる。）

ⅲ. bright/rede
両写本とも final –e を正しく使っている。(144) ではトパス卿を恋してやまない美女を描き出す。

```
(144) HG:214r TT 0031   ¶ Ful many # mayde / bright in bour  97
      EL:151v TT 0031              a           brigħt

      HG:214r TT 0032   They moorne for hym / pamour
      EL:151v TT 0032                           #

      HG:214r TT 0033   Whan hem / were bet to slep|+|
      EL:151v TT 0033             #              slepe

      HG:214r TT 0034   But he was chaast⁷ and no lechour
      EL:151v TT 0034   But he was chaast⁷ and no lechour

      HG:214r TT 0035   And swete / as is the brambel flour
      EL:151v TT 0035       sweete               Brembul

      HG:214r TT 0036   That bereth the rede hepe
      El:151v TT 0036
```

169

bright は単数名詞を不定の形で受けるために final –e 無しで、また rede は定冠詞の後で、final –e を付して文法的である。

韻律調整があるとはいえ、両写本が final –e を正しくまた間違って使うのは、本書で言う第三次元的なスキーマ、当時のロンドン英語の final –e の機能が曖昧で形骸化している状況を写し出してもいる。写字生アダム・ピンクハーストの使用の揺らぎは、そのような状況から自然に導かれたのかもしれない。

[IV-8-2] 名詞：final –e の削除と追加

名詞の final –e を考慮すると、第三次元的な言語の規則性に対するチョーサーのメタ言語的な態度が一層明確になる。名詞の final –e について、チョーサーの通常形とは違って、final –e を削除、あるいは付加した例を、Hg MS と El MS からパラレルに示す。両写本とも final –e のずれに対し異同がないことは、アダム・ピンクハーストはチョーサーのメタ言語意識を認識していたように思える。比較のためオーヒンレック写本等に含まれるロマンス作品の語形も示す。

ⅰ．entent（物語の冒頭部分）

Listeth, lordes, in good entent, VII 712（verrayment, gent, tourneyment と脚韻）

```
(145) HG:213v TT 0001   {2L}Isteth lordes / in good entent⁊
      EL:151v TT 0001   {2L}isteth              #

      HG:213v TT 0002   And I wil telle v͛rayment⁊
      EL:151v TT 0002            wol

      HG:213v TT 0003   Of myrthe / and of solas
      EL:151v TT 0003                           #
```

7. [Ⅳ] 詩行 (Verse line) の「縮減」

```
HG:213v TT 0004    Al of a knyght⁊ # was fair and gent⁊
EL:151v TT 0004                 knygh̅t   /

HG:213v TT 0005    In bataille / and in tornament⁊
EL:151v TT 0005                              tourneyment⁊

HG:213v TT 0006    His name / was sir Thopas
EL:151v TT 0006                          sir̃
```

Cf. ¶ Gij went to Winchester a ful gode pas,
  Þer þe king þat time was,
    To held his parlement.
  Þe barouns weren in þe halle:
  Þe king seyd, 'lordinges alle,
    Mine men ȝe ben, verrament.
  Þerfore ich ax, wiþ-outen fayl,
  Of þis Danis folk, wil ous aseyl.
    Ich biseche ȝou wiþ gode <u>entent</u>,
  For godes loue y pray ȝou,
  Gode conseyl ȝiue me now,
    Or elles we ben al schent.
The Romance of Guy of Warwick (Auchinleck MS) Tail Ryme, 238: 1-12

ⅱ. plas 'place'（馬を駆り出して疲れ切り、身を休めているところ）
That doun he leyde him in that plas Ⅶ 781（was, gras, solas と脚韻）

```
(146) HG:214r TT 0067    ¶ Sire Thopas eek / so wery was
      EL:152r TT 0067      Sir̃
```

```
HG:214r TT 0068    For prikyng⁷ on the softe gras
EL:152r TT 0068    For prikyng⁷ on the softe gras

HG:214r TT 0069    So fiers / was his corage
EL:152r TT 0069                    #

HG:214r TT 0070    That doun he leyde hym / in the plas
EL:152r TT 0070                          hi̅  #    that

HG:214r TT 0071    To make his Steede / som solas
EL:152r TT 0071                    steede #

HG:214r TT 0072    And yaf hym / good forage
EL:152r TT 0072                      #
```

  Cf. þerl for him sori was,
    þer liked non in that <u>plas</u>:
      The Romance of Guy of Warwick (Auchinleck MS) 499-500

ⅲ. gras 'grace' (巨人オリファント卿の石投げ機からの攻撃をかわしたところ)
And al it was thurgh Goddes gras, VII 831 (Thopas と脚韻)

```
(147) HG:214v TT 0115  ¶ Sire Thopas / drow abak ful faste
      EL:152r TT 0115    Sir⁾

HG:214v TT 0116    This geant⁷ at hym stones caste
EL:152r TT 0116    This geant⁷ at hym stones caste

HG:214v TT 0117    Out of a fel Staf slynge
```

172

7. [Ⅳ] 詩行 (Verse line) の「縮減」

EL:152r TT 0117   staf

HG:214v TT 0118　¶ But faire escapeth / child Thopas
EL:152r TT 0118   # sir⁀

HG:214v TT 0119　And al it was / thurgh goddes graas
EL:152r TT 0119   # thurgh̄   gras

HG:214v TT 0120　And thurgh his fair berynge
EL:152r TT 0120   thurgh̄

Cf. þerl þer-of wel glad he was,
　　& þonked god of þat gras;
　　　The Romance of Guy of Warwick (Auchinleck MS) 1057-58

iv. chivalry (物語のテーマの再確認とトパス卿の騎士道を絶賛するところ)
　Of bataille and of chivalry, VII 894 (love-drury と脚韻)
　Of roial chivalry! VII 902 (Gy と脚韻)

(148) HG:215r TT 0179　nOw   hoold youre mouth̄ p charitee
　　　EL:152v TT 0179　{2N}Ow holde your⁀ mouth

　　　HG:215r TT 0180　Bothe knyght7 and lady free
　　　EL:152v TT 0180   knygh̄t7

　　　HG:215r TT 0181　And herkneth to my spell
　　　EL:152v TT 0181   spelle

　　　HG:215r TT 0182　# Of bataille / and of chiualry

173

```
EL:152v  TT 0182    ¶    batailles           Chiualry

HG:215r  TT 0183    And of ladyes / loue drury
EL:152v  TT 0183    And of ladyes / loue drury

HG:215r  TT 0184    Anon / I wol yow tell
EL:152v  TT 0184         #            telle

HG:215r  TT 0185    ¶ Men speken / of Romances of pris
EL:152v  TT 0185              #              prys

HG:215r  TT 0186    Of Hornchild / and of Ypotys
EL:152v  TT 0186         Hornchildᵉ

HG:215r  TT 0187    Of Beves and # Sir Gy
EL:152v  TT 0187              of ♪

HG:215r  TT 0188    # Of Sire lybeux / and playn damoʳ
EL:152v  TT 0188    ¶   ♪         #     pleyn

HG:215r  TT 0189    But sire Thopas / he bereth the floʳ
EL:152v  TT 0189         ♪

HG:215r  TT 0190    Of real Chiualry
EL:152v  TT 0190         Roial
```

Cf. Of þe Kyng Arthure I wil bygin,
    And of his curtayse company,
        þare was þe flower of <u>chevallry</u>!

7. ［Ⅳ］詩行（Verse line）の「縮減」

Ywain (Glb E.9) 44（MED からの引用）

    To þe Soudan þai went on heye
    Wiþ wel gret cheualrie,
    Bateyle for to bede.
The Romance of Guy of Warwick (Auchinleck MS) Tail Rhyme, 90: 10-12

ⅴ．well 'spring'（トパス卿が巨人オリファント卿との戦いに行く途中泉の水を飲むところ）
  Hymself drank water of the well, VII 915（Percyvell と脚韻）

```
(149)HG:215r TT 0200    # His brighte helm / was his wonger
     EL:153r TT 0200    ¶     brigħte

     HG:215r TT 0201    And by hym / bayteth his destrer
     EL:153r TT 0201                  baiteth     dextrer

     HG:215r TT 0202    Of herbes / fyne and goode
     EL:153r TT 0202              #

     HG:215r TT 0203    ¶ Hym self / drank water of the weƚƚ
     EL:153r TT 0203    ¶ Hym self / drank water of the weƚƚ

     HG:215r TT 0204    As dide the knyght⁊ Sirͬ Percyueƚƚ ...
     EL:153r TT 0204                 knygħt⁊     Þcyueƚƚ

     HG:215r TT 0206    # Til on a day #
     EL:153r TT 0206    ¶              ~
```

175

Cf. His righte name was Percyvell,
　　He was ffosterde in the felle,
　　　He dranke water of þe <u>welle</u>:　*Sir Perceval of Galles* 5–7

A dede of is helm of stel / And colede him þer in fraiche <u>wel</u>.
　　<u>c1330 (?c1300)</u> *Bevis* <u>(Auch)</u> 129/2814　（MEDからの引用）

vi. childe（トパス卿が妖精の女王を求めて妖精の国に入ったところ）
　Neither wyf ne childe; VII 806（wildeと脚韻）

```
   (150) HG:214r TT 0089   Til he so longe / hath riden ⁊ goon
         EL:152r TT 0089                         hadde      and

         HG:214r TT 0090   That he foond / in a pryuee woon
         EL:152r TT 0090                            pryue

         HG:214r TT 0091   The contree of Fairye //
         EL:152r TT 0091                           #

         HG:214r TT 0092   So wylde ⁏
         EL:152r TT 0092      wilde #

         HG:214v TT 0093   For in that contree / was ther noon #
         EL:152r TT 0093                          #            ⁏

         HG:214v TT 0094   Neither wyf⁷ ne childe ⁏
         EL:152r TT 0094         wyf           #
```

childeは3強勢の行で現れ（Hg MSとEl MSでは、直前のaラインが欠落して

7. ［Ⅳ］詩行（Verse line）の「縮減」

いることは［Ⅳ-7-3］を参照）、1強勢のボブ、wilde と脚韻している。childe の -e はチョーサーでは前置詞の後に使われる時に限定されている。[98] ここでは主格的に使われており、final –e があるのは通常用法からのずれである。childe は結果として女性韻となり柔らかく、しかも皮肉にもボブ wilde と脚韻している。チャイミング効果を通して、遡及的に wilde の意味は自然界の「荒々しい」から家周辺に引き戻され、「耕作されてはいない」、「飼い慣らされてはいない」へと再定義されていく（［Ⅲ-3］、［Ⅳ-6］、［Ⅳ-7］参照）。wilde の「荒々しい」は、最初前景にあるが、childe と脚韻することで背景に後退、かくして伏せられていた「耕作されてはいない」、「飼い慣らされてはいない」が前景化。「図」と「地」が反転するダイナミックな読みが推し進められる。第二次元的な表現モード、ボブと b ラインが脚韻を通して絡み合い、第一次コンテンツの「縮減」の倍音効果を高めていく。表現モード間を動き、それぞれを相互作用させるのは、トパス卿の「主体」でも、語り手の「主体」でもなく、視点の転換装置 "I" に他ならない。

　final –e の問題は、「縮減」のスキーマで最も高次化した段階、第三次元的な言語体系の揺らぎを露骨に写し出している。と同時に、そのずらしは、childe に見たように、第二次元的な表現モード、そして第一次元的なコンテンツの「縮減」と循環的に重なり合い、結果、「縮減」は三次元的に演出されている。図3を図16に再録する。

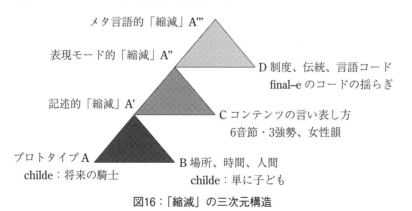

図16：「縮減」の三次元構造

注

47 MED s.v. priken 4b. (b) of a person: to ride a horse, esp. at a gallop; ride free or at large
48 Benson (1993), s.v. priken v. 27: GP (11), KnT (1043, 2508, 2678), RvT (4231), WBPro (656), FrT (1594), ClT (1038), MerT (1635), SqT (418), Thop (754, 757, 774, 798, 811；分詞 837, 動名詞 775, 779), Mel (1326), CYPro (561, 576, 584), PF (389), Bo3pr9.103, Tr1.219, Tr4.633, LGW 1192, 1213, RomA 1058。
49 この3例は、Hg MS と El MS においても全て現在形である。
50 VII 772-83 の用例の多義的な解釈は、[Ⅳ-6] を参照。
51 ここで解釈は閉じられるのではなく、このようなトパス卿の「戦わないこと」こそ、大事なのだと再逆転があるかもしれない ([I-5] で述べた「メリベーの話」の「和解」を参照)。
52 トパス卿が形容詞 deed を用いて、巨人を殺すことを誓う例も法性化している。And there he swoor on ale and breed / How that the geaunt shal be deed, / Bityde what bityde! VII 872-74
53 But if thou prike out of my haunt, / Anon I sle thy steede / With mace. VII 811-13
54 And yet はトパス卿の建前と本音を凝縮しているように解せる。"furthermore" なのか "nonetheless" なのか微妙である。後者であるとトパス卿の臆病さが一層露骨である。
55 中尾 (2016: 55-88) は、法助動詞の文法化・主観化の問題を英語史と英語教育の観点から論じている。他に Sweetser (1990) を参照。
56 Parkes (1993: 107-08) は、意味と韻律を結び合わせたリズムパタンは、音読の際の強勢とポーズでは表しにくいことを指摘している。
57 Hg MS と El MS の転写は Stubbs (2000) を参照。
58 Mooney (2006) 参照：Hg MS と El MS の写字生アダム・ピンクハーストはロンドンの法律文書の書記で、地方ギルドの一人。彼らが書き記したものは本物であるということの証明にサインが使われた。アダムは1392年のギルドの記録本に登録されている。
59 OED s.v. lake [First found in Chaucer; prob. a. Du. laken. Fine linen] c 1386 Chaucer Sir Thopas 147 He dide next his white leere Of clooth of lake fyn and cleere.
60 ... each reader would be forced to make the necessary connections between the parts of the sentence himself. Naturally different readers could reach different results. The effect of the modern editor's approach is on the contrary to imply that there is only one possible meaning and his pronunciation strives to make that meaning obvious to his readers.

7. [Ⅳ] 詩行 (Verse line) の「縮減」

61 Cf. Parkes (1993: 106): The sense pauses at the ends of the other verses are not marked, but where the sense is run on this is indicated by the *punctus elevatus*. Hg MS の "In towne" は次行との繋がりを暗示している可能性がある。同様に Moore (2011: 26) も参照。

62 『リベアウス・デスコヌス』と『ローンファル卿』はテイルライムで、共にコットンカリグラ Aii 写本 (Cotton Caligula A ii) に含められている。チョーサーはこの14世紀の版を読んでいた可能性がある（安東1988: 256参照）。『ローンファル卿』は妖精の女王が登場し、「トパス卿」と共通した要素がある。

63 『ウオリックのガイ卿』からの引用：
In Almaine þan went he, y-wis, / þer he was sumtime holden of gret pris. 142.7-8; þuch al critendom, y-wis, / Ich was teld a man of gret pris / & of gret bounte. 145.4-6; Wiþ fifteen þousand kniȝtes of pris: / Alle þis lond þai stroyen, y-wis, 235.4-5.

64 Benson (1993) によると、CT において24回は roial、1回が real。OED によれば、起源は共に OF で、real の初例は13.. *Guy of Warwick* 3879、roial の初例は c 1374 Tr 435 である。

65 MED s.v. *chevalrie*, 6. *Phrases*. (a): flour (palm) of ~, the best of knights (as a warrior or as exemplifying the ideals of chivalry); the best of the chivalric ideals.

66 Tschann (1985: 8) は語の字義化を指摘：Like the bracketing of rhymes and rearrangement of tail-rhyme lines, the treatment of bobs gives us a kind of visualization of the poem a process almost of making literal, like the lily flower in sir Thopas's helmet showing he literally "bereth the flour / Of real chiualry." (Hengwrt, fol. 215r; B2 2091-92).

67 OED s.v. *pain-demaine*: white bread, of the finest quality; a loaf or cake of this bread.

68 OED s.v. riddle, n. 1. a.1.a A coarse-meshed sieve, used for separating chaff from corn, sand from gravel, ashes from cinders, etc.; the most usual form has a circular wooden rim with a bottom formed of strong wires crossing each other at right-angles.
OED s.v. cantle, n. 3. b.A thick slice or 'cut' of bread, cheese, meat, or the like.

69 prike: VII 754, 757, 774, 776, 779, 798, 811, 837 の物理的意味参照。トパス卿では、馬に乗って目的を達成するのではなく、馬に乗ること自体が目的化している。

70 Cf. Therfore he was a prikasour aright: / Grehoundes he hadde as swift as fowel in flight; / Of prikyng and of huntyng for the hare / Was al his lust, for no cost wolde he spare. I (A) GP 189-92.

71 Or elles that devocion
Of somme, and contemplacion
Causeth suche dremes ofte;   HF I.33-35

179

That every harm that any man
Hath had syth the world began
Befalle hym therof or he sterve,   HF I.99-101

I fond that on a wall ther was
Thus writen on a table of bras :   HF I.141-42

Masui (1964: 192-218) は『公爵夫人の書』中心に句跨りの構造パタンを例証している。同作品は『善女伝 F』に比べ、「大胆な句跨り」(bold enjambement) が使用されていることを指摘している (pp. 195-96)。

72 The child, þat was fayr and gent, *Emare* 55; Aftyr þe mayde fayr and gent, *Emare* 191; She was so fayr and gent *Emare* 403.

73 gent は Beute に使用されている：For yong she was, and hewed bright, / Sore plesaunt, and fetys withall, / Gente, and in hir myddill small. / Biside Beaute yede Richesse, / An high lady of gret noblesse, / And gret of prys in every place. Rom A 1030-35。PF では goose の弁舌に付して使用されている：How that the goos, with here facounde gent, PF 558 (MED s.v. gent (c) of speech, eloquence: graceful, pleasing)。貴族的な鷲ではなく、庶民的なガチョウに適用されている　そしてファブリオの「粉屋の話」のヒロイン、アリスーン (Alisoun) に適用されている：As any wezele hir body gent and smal. MilT 3234 (MED s.v. gent (b) of persons, the body, limbs, etc.: beautiful, graceful, shapely, attractive; fair and ~)。

74 *Perceval of Gales* 3-4, *Octovian* 19-21, *Guy of Warwick* (Auchinleck MS) Tail Rhyme, 1: 6, *Amis and Amiloun* 176-80 を参照。

75 MED によるオーヒンレック写本からの duhti と swain の引用：c1330 (?c1300) *Guy (1)* (Auch) 1480: Þan com prikeing Dan Gwissard, A duhtti kniȝt and no couward. c1330 (?a1300) *Arth.& M.* (Auch) 2862: Sir Antor ȝaf to Kay rade Forto ofsende Arthour oȝein Forto make of him his swain, For he was hardi, trewe, and trest. c1330 (?a1300) *Arth.& M.* (Auch) 8243: Wiþ seuen and tventi sweines of gentil stren Comen alle kniȝtes forto ben And to serue king Arthour.

76 「トパス卿」以外の doghty：Thurgh which ther dyde many a doughty man. SqT 11; Ful glad and blithe, this noble doughty kyng SqT 338; And shortly of this storie for to trete, / So doghty was hir housbonde and eek she, MkT 2311-12。「トパス卿」以外の swayn：Hym boes serve hymself that has na swayn, RvT 4027。

77 Who was hold þe douȝtiest kniȝt / & semlyest in ich a siȝt? *Amis and Amiloun* 451-52; That was both fayr and semely *Emare* 32; They called þat child Emaré / That semely was of sight. *Emare* 47-48; That semely vnþur serke *Emare* 501.

78 尼僧院長での semely のずらし：Entuned in hir nose ful semely; GP 123; Ful semely

7. [Ⅳ] 詩行 (Verse line) の「縮減」

after hir mete she raughte. GP 136. Burnley (1983) 及び Nakao (2004) 参照。
79 Cf. And in his hand a launcegay, / A long swerd by his side. VII 752-53 (MED s.v. *lancegai (e)*, (a):A light spear or lance)
80 OED s.v. worth 3.With prepositional or adverbial complements: c To get up, on or upon, a horse, etc.
81 MED s.v. stikke (a) A twig or slender branch on a living bush, shrub, or tree; (b) a twig or slender branch cut or broken off from a bush, shrub, or tree; also, a fragment of wood, splinter; MED s.v. stile (a) A set of steps erected over a fence, a stile.
82 Horobin (2003: 13-14) は、ロンドン英語の特徴を Samuels (1963) の 'types I-IV' に基づき、次のように指摘：Type I ... the Central Midlands Standard, is found in a number of texts associated with John Wycliffe and the Lollard movement.... Samuel's Type II is found in a group of manuscripts copied in London in the mid to late fourteenth century. This group includes the Auchinleck manuscript which was produced in London around 1340 by a number of scribes, some of who were Londoners and others native West Midlanders.... Type III is the language of London in the late fourteenth and early fifteenth centuries, recorded in, for example, the earliest Chaucer manuscripts of the *Canterbury Tales* and Corpus Christi College, Cambridge, MS 61 of *Troilus and Criseyde*.... Type III was subsequently replaced in the early fifteenth century by Type IV, also termed by Samuels 'Chancery Standard' which 'consists of that flood of government documents that starts in the years following 1430' (Samuels 1963, 1989: 71). Horobin (2007) も参照。
83 Awaketh, lemman myn, and speketh to me!   MilT I (A) 3700

Ywis, lemman, I have swich love-longynge
That lik a turtel trewe is my moornynge.
I may nat ete na moore than a mayde."   MilT I (A) 3705-07

"Ye, certes, lemman" quod this Absolon.
"Thanne make thee redy," quod she, "I come anon."   MilT I (A) 3719-20

Lemman, thy grace, and sweete bryd, thyn oore! "   MilT I (A) 3726

"Now, deere lemman," quod she, "go, far weel!
But er thow go, o thyng I wol thee telle: RvT I (A) 4240-41

	And, goode lemman, God thee save and kepe!"	
	And with that word almoost she gan to wepe.	RvT I (A) 4247-48
84	Lo, heere expres of womman may ye fynde	
	That womman was the los of al mankynde.	

   Tho redde he me how Sampson loste his heres:
   Slepynge, his lemman kitte it with hir sheres;
   Thurgh which treson loste he bothe his yen.   WBP III (D) 719-23

   His wyf anon hath for hir lemman sent.
   Hir lemman? Certes, this is a knavyssh speche!   MancT IX (H) 204-05

   She shal be cleped his wenche or his lemman.
   And, God it woot, myn owene deere brother,   MancT IX (H) 220-21

   Whan Phebus wyf had sent for hir lemman,
   Anon they wroghten al hire lust volage.   MancT IX (H) 238-39

85　El MS では、child を「将来の騎士」の意味で読み取り、sire と差し替えたのかもしれない。

86　Hamada（2017: 24）は "Over the course of twelve lines (from 806 to 817), the connotation of child changes dramatically." と述べるが、「騎士」と「子ども」の意味は濃淡をなして重層的である。

87　チョーサーは、「口論する」（PardT VI 412）、「戦う」（Former Age 51）の双方の意味を用いている。

88　OED s.v armour: Forms: 3–6, (9) armure, 4–5 armur, 4– armour; also 4 aarmour, aarmer, 4– 5 armer, armowr (e, 4–6 -oure, 4–9 armor, 5 armeure, -ewr (e, -ore, 5–6 armeur. [a. OF. *armeüre* (13th c. *armure*):—L. *armātūra* armature. The current spelling in -our is not etymological, the termination being the same as in *vest-ure*.]

89　Cf. Entuned in hir nose ful semely; / And Frenssh she spak ful faire and fetisly, / After the scole of Stratford atte Bowe, / For Frenssh of Parys was to hire unknowe. GP I (A) 123-26

90　Leech 1969: 95: The alliteration of 'mice and men' ... is an example of 'chiming', the device of (in Empson's words) connecting 'two words by similarity of sound so that you are made to think of their possible connections'.

91　Professor M. L. Samuels classes him with Chaucer as a representative of the London English of about 1400–as against the earlier 'East Anglian' type of London speech represented by the main scribe of the Auchinleck Manuscript, on the one hand, and the 'Chancery Standard' of the fifteenth century, on the other. It may be,

7. [Ⅳ] 詩行 (Verse line) の「縮減」

then, that the complete avoidance of *list/listen* was a feature of metropolitan English round about 1400. (p. 68)

92 þo tomas asked ay / Of tristlem, trewe fere, / To wite þe riʒt way / þe styes for to lere, / Of a prince proude in play / Listneþ, lordinges dere. / Who so better can say, / His owhen he may here / As hende. *Sir Tristrem* (Auchinleck MS) 397-405

93 Burrow (1984: 78): The distribution of *worly*, in lyrics, alliterative poems, and metrical romances, shows that it belongs to that general stock of well-worn native poetic words and forms which Chaucer picks over elsewhere in *Sir Thopas*, and also in the *Miller's Tale*.

94 MED s.v. druerie 1. (a) Love, affection between the sexes; also, courtly love (VII 895 の引用)

95 The child seyde, "Also moote I thee, / Tomorwe wol I meete with thee, / Whan I have myn armoure; And yet I hope, *par ma fay,* That thou shalt with this launcegay / Abyen it ful sowre. VII 817-22. "thee" は同形・同音であるが、最初は動詞、後者は代名詞で機能分けがあり、同一韻には含めなかった。次の類例を参照：The hooly blisful martir for to seke, / That hem hath holpen whan that they were seeke. GP I (A) 17-18. 前者（seke）は動詞、後者（seeke）は形容詞。

96 cラインの nede と dede の final –e はルースな使用で、発音されていない可能性がある。この演出ではこの連は男性韻で一貫する。

97 正しい語形の使用：His brighte helm was his wonger VII 912
　　　　　　　　　　　His helm of latoun bright; VII 877

98 HG:031r KT 1452　And noght to been a wyf / and be with childe
　　EL:025r KT 1452　　　　　　　　　 ben　　　　　　　w^t

　　HG:092v MO 0286　That she was nat with childe / with that dede
　　EL:172v MO 0286　　　　　　　　　　　　　　　　　　　w^t

　　HG:093r MO 0289　¶ And if she were with childe / at thilke cast7
　　EL:172v MO 0289　#

8. 結 論

　以上の考察から3つの研究課題に対して次のように答えることができる。

8.1. 研究課題への答え
研究課題1：「トパス卿」の言語において、「縮減」はどのようにスキーマ化されているか。

　「縮減」の拡張事例は、従来の研究では、たとえその次元が違っていても一平面で捉えられ、しかもそれぞれは独立的に扱われる傾向にあった。これは、スキーマ化という観点、更にはその高次化という観点が設定されていなかったからに他ならない。本書では、従来の研究を「縮減」が三次元的に高次化しているとして捉え直し、従来の指摘を再構築すると共に、これまで等閑視されていた言語項目を新たに意義付けた。

　「縮減」のスキーマは、一平面に閉じられるのではなく、多次元に渡って高次化していくこと、本書では三次元的に演出されていると見立てた。「縮減」は、第一次元のコンテンツの記述として、「記述的スキーマ」、第二次元的なコンテンツの理解の仕方を表すものとして、「表現モード的スキーマ」、そして第三次元的に制度や言語コードそのものにも及ぶものとして「メタ言語的スキーマ」を設定した。またそれぞれのスキーマは単独ではなく、相互に協力的、かつ循環的に機能していることに注意して、論述した。

　対象は、それを観察・叙述する一定の狭め、つまりフレームを設定して、初めて意味付けることが可能である。「縮減」とはこのフレームの設定に他ならない。チョーサーはこの「縮減」の設定を、突如「トパス卿」

8. 結　論

で行ったのではなく、常套表現を独自の文脈に溶解し、革新的な表現を作り出す、所謂「本案」の作業において、十分に経験済みであった。[99] チョーサー作品の間テクスト的な扱いにおいてもそうである。第二次元的な表現モード、マクロレベルに着目すると、『トロイラスとクリセイデ』の終わり〈女性の裏切り〉は、終わりであると同時に新たに『善女伝』〈男性の裏切り〉を動機付けた（物語の完全性の「縮減」）。『善女伝』の『男は悪、女は善』の枠組みの破綻は、新たな枠組み、巡礼者がカンタベリー大聖堂の行き帰りに話すそれぞれの社会層や個性を映し出す物語『カンタベリー物語』を促した。『カンタベリー物語』自体、断章に分かれ、それぞれが独立的ではなく、それぞれは内容を相補うように展開していった。例えば、『カンタベリー物語』の断章1において、第一次元的なコンテンツの「縮減」は、物語の時空間が徐々に近場へと狭められた。間テクスト的な揺らぎ・未完成・循環性は、物語そのものに対するチョーサーのメタ認識でもあり、第三次元的に高次化しているとも言える。そのような段階にあるからこそ、第二次元的な表現モードの展開と第一次元的なコンテンツのずらしを大胆に演出できたのである。

　「トパス卿」は、スキーマの多次元性を極限にまで追究しており、このこと自体が目的化・主題化していると捉えた。「縮減」は、巡礼者の一人、『カンタベリー物語』1人称語り手のチョーサーが、ご婦人が抱いてみたい「人形」（popet）のよう、と宿の主人に喩えられることに始まる。「トパス卿」を話す3人称語り手、チョーサーは、このフレームの中に狭められて演出される。「縮減」は、主人公トパス卿の出身地、フランダースの西の端ポペリングに際立てられる。「縮減」は、彼の冒険の目標の小ささ（不明瞭さ）、彼の冒険する活動領域の小ささ（家周辺）、彼の戦う勇気の小ささ、彼自身の小ささ（child Thopas）、そして戦いの破綻。宿の主人にへぼ詩と言われ中断。「縮減」を通して物語るではなく、「縮減」について物語る段階に達している。

　断章7ではジャンルの相対化が試みられる。「トパス卿」は、ロマンスと特定できるチョーサーで唯一のテイルライムの詩型を採用。しかもその詩

型はカプレット aa、8音節・4強勢、8音節・4強勢、そして尾韻 b、6音節・3強勢で、「縮減」を繰り返して進行する。本物語の断章の終わり、ボブ、2音節・1強勢の付加はこの「縮減」を更に推し進めた。この詩型をベースに「縮減」の表現モードはマクロレベルからミクロレベルまで入れ子構造をなして拡張。「縮減」は更に第三次元的に騎士道体系、ロマンスの文学伝統、ジャンル（ロマンス・バラッド）、文学伝承の媒体（口承・書き言葉）、言語コードそのものの揺らぎへと高次化。『カンタベリー物語』においてチョーサーのみが「トパス卿」と「メリベーの話」の二つの話を行うが、このような設定自体物語の未完と循環論を象徴的に表している。「トパス卿」の〈戦わない〉本質は、「メリベーの話」の〈和解〉を通して一層重み付けされたとも言えよう。

　写本は口承・聴覚のテクストに対する書き言葉・視覚に依拠したテクストである。いずれのテクストを重視するかで読みの多様性の問題が生じた。また Hg MS と El MS で見た写本間の異同は、同一写字生、アダム・ピンクハーストであることもあり、テクスト一つを選んだとしても、選んでいないもう一つのテクストが伏せられ、テクスト自体の揺らぎの問題が導き出された（Bakhtin（1998）の "dialogical" 参照）。

　スキーマの拡張事例化は、事態を体験する「主体」の分化と統合が関わっていた。一平面の普遍的な主体で拡張事例化が行われたのではない。第一次元的なコンテンツは主として物語内の登場人物や語り手が、第二次元的なコンテンツの理解の仕方、その表現モードは、主として視点の転換装置 "I" が、そして第三次元的なコード自体の揺らぎには主として作家チョーサーの立ち位置が関わっていた。それぞれが関係し合うことでその分大胆にそれぞれの「縮減」が演出されていた。

　研究課題の検証方法は循環的である。研究課題1が見立てとなって、研究課題2と研究課題3の検証を動機付け、そして研究課題2と研究課題3の検証を通して、研究課題1が実証された。

8. 結論

研究課題2：「トパス卿」の言語において、「縮減」はどのようにプロトタイプ化されているか。

「縮減」のスキーマのプロトタイプは、第一次元的なコンテンツの層で、場所、時間、社会、人間、言語と拡張事例化し、場所に向かう程、「縮減」の狭まりが際立ち、その狭まりが、以下の第二次元的、第三次元的な拡張事例化の基盤、動機付けとなっていた。とは言え、いつも第一次元、第二次元、そして第三次元と順次かつ直線的に演出されるとは限らない。第二次元の表現モード（例えばｂラインやボブ）を通して、更には第三次元的な言語コードの揺らぎ（例えばfinal –eの機能の揺らぎ）に後押しされ、第一次元的なコンテンツの際立ちが一層大胆に演出されていた（childe）。従来三次元構造の設定及びその適用の仕方は十分に注意されてこなかった。本作品においてその多次元構造がいかに重層的・循環的に演出されていくか、そのプロセスの一端を解明した。

第二次元的な表現モードにおいて、チョーサーが意味拡張の起点としているものをプロトタイプとみなした。従来一般的に説明されてきた英語史的な発達順序に必ずしも沿ったものではない。イディオムの解体と再構築のように、むしろ流れは逆で、そのまとまりが批判の起点となって、分解し、字義化し、新たに組み合わされ、拡張事例化するものもあった（the flour of roial chivalry）。プロトタイプが拡張の起点、それをずらしたものが拡張事例という点では、英語史的な発達順序と同質である。

研究課題3：「トパス卿」の言語において、「縮減」はどのように拡張事例化されているか。

「縮減」は、第一次元のコンテンツの言い表し方、本論で言う第二次元的な表現モードに、マクロレベルからミクロレベルまで入れ子構造をなして拡張事例化していた。かくして「縮減」は、テクストの諸要素に通底するスキーマとして機能していた。「トパス卿」において、それは単に表現の手段であることを超えて、主題化（目的化）していることが浮かび上がってきた。第二次元的な表現モードを順次大きいレベルから小さなレベ

ルへと考察したが、実際の検証ではそれぞれのレベルを相互作用させながら、「縮減」を叙述・説明した。第二次元的なスキーマは、第一次元と第三次元の中間にあり、それぞれと密接に関係付けられた。従来の研究では個別的に扱われていた「縮減」を三次元に分化すると共に統合し、ともすれば見過ごすかもしれないような要素も新たに意義付けた（例えばイディオムの再構築）。チョーサーは、「縮減」の三次元構造において、第三次元的な制度、伝統、言語コード自体の揺らぎ、未完成、循環性をメタ的に認識していたため、逆説的ではあるが、第二次元、更には第一次元の拡張事例化がその分大胆に演出されたと言えよう。

　従来十分に注意されてこなかったが、スキーマの三次元構造のダイナミズムは、4つの「主体」、フィクショナルスペースの登場人物、語り手、視点の転換装置"I"、そしてリアリティスペースの作家を想定することで、読者の読み解きの起点とした。この「主体」を動かし、重ね合わせることで「縮減」拡張事例化のプロセスを叙述・説明することができた。

　以上のように、研究課題1の「縮減」をスキーマとして見立て、研究課題2と研究課題3の理論的な基盤とし、また研究課題2と研究課題3の検証を通して、研究課題1の「縮減」のスキーマ化の程度が明らかにされた。その程度は積極的に推し進められ、三次元的に高次化し、そして単なる手段を超えて主題化の段階に達していることが分かった。

8.2. 課題点

　「トパス卿の話」において、「縮減」は、スキーマとして三次元的に高次化し、それぞれは程度差はあるものの、分化と同時に統合、つまり独立的ではなく循環論的に相互作用していることを検証した。第一次元の記述的なコンテンツ、場所・時間・社会、人間、第二次元ではコンテンツの理解の仕方を表す表現モード、物語全体（Tale）、断章（Fit）、連（Stanza）、詩行（Verse line）、そして第三次元では体系（制度、伝統、言語コード）の揺らぎと循環性。少なくとも三次元的であるという意味で本書の副タイトルを多次元的（multidimensional）とした。「多次元」としたのは、更に言

8. 結 論

えば、第二次元の表現モード自体マクロレベルからミクロレベルまで入れ子構造をなし、3を大きく超えて多次元的である。「縮減」の三次元的な設定は、分析のツールであると同時にそれ自体が検証の目的ともなる。確かに三次元的な設定は、これまでの研究を見直し、新たな発見を導くことができたが、次元と次元の境界は必ずしも明確ではなく、往々にしてファジー、またそれぞれは循環論的に機能してもおり、その叙述・説明において、オーヴァーラップが余儀無くされた。同様に、研究課題、「縮減」のスキーマ化は、スキーマ、プロトタイプ、拡張事例が独立して働くというよりは、いずれであれ3つの中の1つである。3つが相互に働きあって初めてそれぞれの課題が考察可能であり、その叙述・説明もオーヴァーラップが余儀無くされた。このような事態をどのように縮約して論じることができるか、今後の課題である。

「縮減」の三次元的なスキーマの設定は、語りの構造を読み解く上でどの程度に有益かつ汎用性があるか、『カンタベリー物語』の断章1「粉屋の話」、「荘園管理人の話」、あるいは断章7の「尼僧お付きの僧の話」等を分析し、更にはチョーサーが参照したかもしれない他作家の作品、例えば、韻律ロマンスやバラッドにも適用して、比較検討する必要がある。

事態を観察し、記述する話者としての「主体」は、生身の人間である以上、認識の度合い差こそあれ、事態に対し一定の枠を設け、かくして意味付け、最終的に言語に落とし込んでいく。トロイラスは死ぬことで初めてこの世のしがらみ（枠）から逃れて、つまり形而上学的な高みから、この世の流動性を俯瞰できた。しかしチョーサーの一番の関心は、形而下的な方向、その狭めにより種々に生み出される生身の人間の認識にあったように思える。「トパス卿」はそのような多様性の一つ、狭めを極限にまで追究し、描き出された人間像と言えるかもしれない。本書で「主体」をその狭めの程度に沿って、最も狭い登場人物トパス卿、その上に視野を狭く自己戯画化されたチョーサー語り手、更にその上に、その狭さに共感もすれば同時にそれを批判的に俯瞰もできる、動く主体、視点の転換装置 "I" を設定した。作中姿こそ現さないが、この "I" を仮想することで、チョー

サーの感性の特性とも言える「否定的能力」(negative capability)（相反する見解の中間に曖昧のままに留まる力）が捉えられ、また叙述することが可能となった。これらの「主体」を虚構上のものとすれば、その枠を超えたところに現実世界に生きた作家チョーサーの「主体」がある。とりわけ英仏100年戦争（1337-1453）の中で騎士道に陰りが見えてきている時代、騎士道ロマンスの扱い方に一歩距離を置いて批判的に見る可能性のある時代、また言語的には final –e に典型的に見られるように、言語コードに新旧の流動性が見られる時代でもあった。作品を解釈するに当たって、第二義的な情報ではあるが、作家チョーサーの立ち位置も無視できない。詩人チョーサーがどれだけこのような「主体」の分化を意識し、操作していたかはよく分からない。仮想的とは言えこのように想定することで、言語の意味付けのグラデーションを細かく捉え、叙述することが可能となった。このような想定がチョーサーの他の作品、また他の中世作家の作品にどこまで応用され、それぞれの作品を見直し、新たな意義付けができるのか、この想定自体の妥当性を検証することも課題である。

　勿論、死後のトロイラスで見たように、チョーサーにおいては多様性 "many" ではなく共通性 "one" を求める形而上学的な方向があるのも否定できない。本作品で〈戦争をしない〉というのは、そのような "one" への志向性を示しているのかもしれない。狭く多様化した「主体」がその逆方向の "one" とどのような緊張関係を持つのか、十分な考察ができなかった。これも今後の課題として残った。[100]

　認知言語学が生み出したスキーマ理論を文学テクストの「トパス卿」に援用した。特にスキーマの高次化について参考になった。とは言え直接応用したわけではない。本論では「主体」の関与について一義的に見るのではなく、読者の反応も想定しながら複合的・階層的に設定した。スキーマ理論を文学テクストにどのように適用するかは、特に主観性をどのように扱い、叙述していくかに関わって、容易に正解の得られない問題である。文学テクストの言語は、多様な視点の介入を通して、往々にして意味は思わぬ方向に拡張していく。認知言語学の文学テクストへの応用、もっと正

8. 結　論

確には、文学言語の主観的な厚みを解明する一例を示したが、この検証は他作品にも応用し、この方法論を一層精緻なものに仕上げていく必要がある。

注

99　Fewster (1987: 3): In the romances themselves there is a strong sense of related literature, and a sense of intertextuality: the reader's understanding of a text is partly dependent on a prior reading of comparable texts.

100　河崎（2008: 30）が言う形而上的な "one" と形而下的な "many" を繋ぐ "dualism" は示唆的である。

Appendix A：脚韻語の語源

(F=French, G=Germanic, L=Latin, AFr=Anglo-French, ON=Old Norse)

断章1

1. （連を表す。以下の数字も同様）

a.entent	F
a.verrayment	F
b.solas	F
a.gent	F
a.tournyment	F
b.Thopas	F

2.

a.contree	F
a.see	G
b.place	L (OED: already in OE), F (ME)
a.free	G
a.contree	F
b.grace	F

3.

a.swayn	ON
a.payndemayn	AFr (OED: AF. pain demeine, demaine, med. L. panis dominicus 'lord's bread')
b.rose	G
a.grayn	F
a.certayn	F
b.nose	G

4.

a.saffroun	F
a.adoun	G

193

b.cordewane	F
a.broun	G
a.sykatoun	F
b.jane	F

5.
a.deer	G
a.river	F
b.honde	G
a.archeer	[OED: a. AFr. archer, OF. archier:— L. arcāri-um, f. arcus bow.]
a.peer	F
b.stonde	G

6.
a.bour	G
a.paramour	F
b.slepe	G
a.lechour	F
a.flour	F
b.hepe	G

7.
a.day	G
a.may	G
b.ride	G
a.gray	G
a.launcegay	F
b.side	G

8.
a.forest	F
a.best	G
b.hare	G
a.est	G

Appendix A：脚韻語の語源

a.almest   G
b.care   G

9.
a.smale   G
a.cetewale   AFr (OED: a. AFr. zedewale = OF. citoual, citual)
b.clowe-gylofre F
a.ale   G
a.stale   (OED: Of obscure history, but prob. ultimately f. the Teut. root *sta- to stand).
b.cofre   F

10.
a.nay   ON
a.papejay   F
b.heere   G
a.lay   F. lai (OED: recorded from the 12th c.) = Pr. lais, lays)
a.spray   (OED: Of obscure origin)
b.cleere   F

11.
a.love-longynge G
a.synge   G
b.wood   G
a.prikynge   G
a.wrynge   G
b.blood   G

12.
a.was   G
a.gras   G
b.corage   F
a.plas   L (OED: already in OE; ME. place, a. F. place (11th c.))
a.solas   F
b.forage   F

195

13.
a.benedicite	L
a.me	G
b.soore	G
a.pardee	F
a.be	G
b.goore	G

14.
a.ywis	G
a.is	G
b.make	G
c.towne bob	G
b.forsake	G
b.take	G
c.downe	G

15.
a.anon	G
a.stoon	G
b.t'espye	F
a.goon	G
a.woon	G
b.Fairye	F
c.wilde bob	G
a.noon	G
a.goon	G
c.childe	G

16.
a.geaunt	F
a.Olifaunt	F
b.dede	F
a.Termagaunt	F
a.haunt	F (OED: a. F. hante-r (12th c. in Littré), of uncertain origin)

Appendix A：脚韻語の語源

b.steede	G	
c.mace bob	F	
d.Fayerye	F	
d.symphonye	F	
c.place	L (OED: already in OE; ME. place, a. F. place (11th c.))	

17.
a.thee	G	
a.thee	G	
b.armoure	AFr (Cf. Central French: armure)	
c.fay	F	
c.launcegay	F	
b.sowre	OED: soure [ME. sūre, f. sūr sour a. Cf. MDu. sure, zure.]	
d.mawe bob	G	
c.may	G	
c.day	G	
d.slawe	G	

18.
a.faste	G
a.caste	ON
b.staf-slynge	G
c.Thopas	F
c.gras	G
b.berynge	G

断章2

19 [1]　（最初の数字は断章1からの通し番号、[　]の数字は断章2での連番号）

a.tale	G
a.nightyngale	G (OE/ON)
b.rowne	G
a.smale	G
a.dale	G
b.towne	G

197

20 [2]

a.he	G
a.glee	G
b.fighte	G
a.three	G
a.jolitee	F
b.brighte	G

21 [3]

a.mynstrales	F
a.tales	G
b.armynge	F (+ G –ing)
a.roiales	F
a.cardinales	F
b.love-likynge	G

22 [4]

a.wyn	G
a.mazelyn	F
b.spicerye	F
a.fyn	F
a.comyn	G
b.trye	F

23 [5]

a.leere	G
a.cleere	F
b.sherte	G
c.aketoun	F
c.haubegeoun	F
b.herte	G

24 [6]

a.hawberk	F
a.werk	G

Appendix A：脚韻語の語源

b.plate	F	
c.cote-armour	F	
c.flour	F	
b.debate	F	

25 [7]
a.reed	G	
a.heed	G	
b.bisyde	G	
a.breed	G	
a.deed	G	
b.bityde	G	

26 [8]
a.quyrboilly	F (OED: lit. 'boiled leather')	
a.yvory	F	
b.bright	G	
c.boon	G	
c.shoon	G	
b.light	G	

27 [9]
a.ciprees	F	
a.pees	F	
b.ygrounde	G	
c.gray	G	
c.way	G	
b.rounde	F	
d.londe bob	G	
e.fit	G	
e.it	G	
d.fonde	G	

断章3

28 [1]　（最初の数字は断章1からの通し番号、[ ] の数字は断章3での連番）

a.charitee	F	
a.free	G	
b.spelle	G	
c.chivalry	F (OED: ME., a. OF. chevalerie (11th c.))	
c.love-drury	G + F	
b.telle	G	

29 [2]

a.prys	F	
a.Yportys	[proper noun]	
b.Gy	[proper noun]	
c.Pleyndamour	F	
c.flour	F	
b.chivalry	F	

30 [3]

a.bistrood	G
a.glood	G
b.bronde	G
c.tour	G
c.flour	F
b.shonde	G

31 [4]

a.auntrous	F
a.hous	G
b.hoode	G
c.wonger	F
c.dextrer	AF (OED: ME. destrer, a. AF. destrer = OF. destrier)
b.goode	G

32 [5]

a.well	G
a.Percyvell	[proper noun]
b.wede	G

Appendix A：脚韻語の語源

?? Til on a day --　zero

Appendix B：断章と連の順に沿った男性韻と女性韻

Fit / Stanza	i aabaab MMMM	ii aabaab FMFM	iii aabaab MFMF	iv aabaab FFFF	v aabaab+c/aac MFMF+F/MF	vi aabaab+c/ddc MFMF+F/FF	vii aabccb FFMF
Fit 1							
st 1	1						
st 2			1				
st 3			1				
st 4			1				
st 5			1				
st 6			1				
st 7			1				
st 8			1				
st 9				1			
st 10			1				
st 11		1					
st 12			1				
st 13			1				
st 14							
st 15					1		
st 16						1	
st 17							
st 18							1
Fit 2							
st 1				1			
st 2		1					
st 3				1			
st 4		1					
st 5							1
st 6							
st 7		1					
st 8							
st 9							

Appendix B：断章と連の順に沿った男性韻と女性韻

Fit / Stanza	i	ii	iii	iv	v	vi	vii
	aabaab	aabaab	aabaab	aabaab	aabaab+c/aac	aabaab+c/ddc	aabccb
	MMMM	FMFM	MFMF	FFFF	MFMF+F/MF	MFMF+F/FF	FFMF
Fit 3							
st 1							
st 2							
st 3							
st 4							
st 4.5							
Total	1	1	13	3	1	1	2

Fit / Stanza	viii	ix	x	xi	xii
	aab+c/bbc	aabccb	aabccb	aabccb+d/ccd	aabccb+d/eed
	MF+F/FF	MFMF	MMMM	MFMF+F/MF	MFMF+F/MF
Fit 1					
st 1					
st 2					
st 3					
st 4					
st 5					
st 6					
st 7					
st 8					
st 9					
st 10					
st 11					
st 12					
st 13					
st 14	1				
st 15					
st 16					
st 17				1	
st 18					

Fit / Stanza	viii aab+c/bbc MF+F/FF	ix aabccb MFMF	x aabccb MMMM	xi aabccb+d/ccd MFMF+F/MF	xii aabccb+d/eed MFMF+F/MF
Fit 2					
st 1					
st 2					
st 3					
st 4					
st 5					
st 6		1			
st 7					
st 8			1		
st 9					1
Fit 3					
st 1		1			
st 2			1		
st 3		1			
st 4		1			
st 5					
Total	1	4	2	1	1

注：st は連（stanza）を表す。

FMFM, MFMF 等の略語については表13の注を参照。

Fit 3, st 5 は、連が半減しており、ここには含めていない。

Appendix C：Hg MS と El MS の単音節形容詞の活用

	Hg: + grammatical	Hg: − grammatical
El: + grammatical	I	II
El: − grammatical	III	IV

注：+/− grammatical はそれぞれ単音節形容詞の文法機能に沿った使用と沿っていない使用を表す。判定基準は Peters（1980: 80-1）に拠る。（詳細は中尾（2014）参照。）

Hg MS と El MS の I, II, III, IV の頻度

	I	II	III	IV
Verse	1559 (97.1%)	10 (0.62%)	8 (0.49%)	30 (1.8%)
Prose	260 (95.9%)	3 (1.1%)	3 (1.1%)	5 (1.8%)

形容詞ごとに見た I, II, III, IV の頻度

	I	II	III	IV
blak	24			
blew	3			
blynd	18 (1)			
bold	7			1
bright	43			7
brood	16			
cleer	12 (2)		1	
coold	31 (2)			
deep	7 (1)			
derk	19 (5)			
fair	98 (4)		1	1
fals	23 (2)		1	

	I	II	III	IV
fresh	47 (1)			1
fyn	18			1
glad	0	0	0	0
good	244 (111)	2 (1)	3 (2)	4 (3)
greet	340 (69)	1		1
gray	8			2
hard	14			1
heigh	112 (8)	3 (1)	3 (1)	5 (1)
hoot	24 (2)			2
long	73 (6)	3 (1)		
next	15			1
neigh	5			
old	162 (26)		1	2 (1)
proud	18			
red	41	2	1	
round	8			
sad	16			
sharp	15			
short	12 (1)			
sik	22			
sleigh	5	1		
smal	49 (4)	1		2
soor	8			
strong	53 (6)			
swift	4			1
wayk	2			
whit	45			1
wyd	21			
wys	75 (6)			1
yong	62 (3)			1
total	1819 (260)	13 (3)	11 (3)	35 (5)

注：括弧の数字はうち数で散文の頻度を表す。

参考文献

Akishino, Kenichi. 1984. "Why is Sir Thopas Interrupted?". *Doshisha Literature* No. 31, 1-18.
安東伸介. 1988. 「チョーサーの詩語における英文学の伝統」寺澤芳雄・竹林滋編『英語語彙の諸相』研究者出版、253-66.
Bakhtin, Mikhail M. 1998. (Holoquist Michael ed. Caryl Emerson and Michael Holoquist trs.) *The Dialogic Imagination: Four Essays by M. M. Bakhtin*. Austin: University of Texas Press.
Benson, Larry D. ed. 1987. *The Riverside Chaucer: Third Edition Based on The Works of Geoffrey Chaucer Edited by F. N. Robinson*. Boston: Houghton Mifflin Company.
Benson, Larry D. ed. 1993. *A Glossarial Concordance to the Riverside Chaucer*. New York: Garland Pub.
Blake, Norman. ed. 1980. *The Canterbury Tales Edited from the Hengwrt Manuscript*. York Medieval Texts, second series. London: Edward Arnold.
Blake, Norman. 1977. *The English Language in Medieval Literature*. London: Roman and Littlefield.
Brown, Peter. 2007. *Chaucer and the Making of Optical Space*. Bern: Peter Lang.
Burnely, David. 1982. "Inflection in Chaucer's Adjectives." *Neuphilogische Mitteilungen* 83, 169-77.
Burnley, David. 1983. *A Guide to Chaucer's Language*. London: Macmillan.
Burrow, John A. 1984. *Essays on Medieval Literature*. Oxford: Oxford University Press.
Evans, Joan and Mary S. Sergeantson. eds. 1960. *English Medieval Lapidaries*. EETS, OS, No. 190.
Fauconnier, Gilles. 1994. *Mental Spaces: Aspects of meaning construction in natural language*. Cambridge: Cambridge University Press.
Fauconnier Gilles and Mark Turner. 2003. *The Way We Think: Conceptual Blending and the Mind's Hidden Complexities*. New York: BASIC BOOKS (A Member of the Perseus Books Group).

Fewster, Carol. 1987. *Traditionality and Genre in Middle English Romance*. Cambridge: Cambridge University Press.

Flowers, Mary. ed. 1995. *Sir Perceval of Galles and Yvain and Gawain*. Kalamazoo, Michigan: Western Michigan University for TEAMS.

French, Walter Hoyt and Charles Brockway Hale. eds. 1960 (orig. publ. 1930). *Middle English Metrical Romances* (Two Volumes bound as one volume I). New York: Russell and Russell. [*Launfal, Percyval, Emare, The Tournament of Totenham*]

Gaylord, Alan T. 1976. "Scanning the Prosodists: An Essay in Metacriticism." *The Chaucer Review*, 11, No. 1, 22-82.

Gaylord, Alan T. 1979. "Chaucer's Dainty Doggerel": The 'Elvissh' Prosody of *Sir Thopas.*' *Studies in the Age of Chaucer,* 1, 83-104.

Gaylord, Alan T. 1982. "The Moment of "Sir Thopas:" Towards a New Look at Chaucer's Language." *The Chaucer Review,*16, No. 4, 311-29.

Halliday, Michael Alexander K. and Ruquiya Hasan. 1976. *Cohesion in English*. London: Longman.

Halliday, M. A. K. and Christian M. I. M. Matthissen. 2004. *An Introduction to Functional Grammar.* London: Arnold.

Hamada, Satomi. 2017. "Describing the Link between Orality and Literary: Chaucer's *Tale of Sir Thopas* in the Transitional Period." *Studies in Medieval English Language and Literature*, No. 32, 17-35.

Hanna III, Ralph, intro. 1989. *The Ellesmere Manuscript of Chaucer's Canterbury Tales: A Working Facsimile.* Cambridge: D.S. Brewer.

Harrington, Norman T. ed. 1964. *Ywain and Gawain*. EETS, OS, No. 254.

Haskell, Ann. S. 1975. "Sir Thopas: The Puppet's Puppet." *The Chaucer Review*, 9, No. 3, 253-61.

Holley, Linda Tarte. 1990. *Chaucer's Measuring Eye.* Houston, Texas: Rice University Press.

Horobin, Simon. 2003. *The Language of the Chaucer Tradition.* Cambridge: D. S. Brewer.

Horobin, Simon. 2007. *Chaucer's Language.* New York: Palgrave Macmillan.

Ikegami, Masa. 1989. "The Positive Evidence of Final –*e* in Chaucer's Rhyme." *Kyoyo-Ronso,* No. 80, 29-59.

池上 昌. 1994.「Sir Thopas：チョーサーの美しい作詞法」『教養論叢』（慶應義塾大学法学研究会）95, 1-19.

池上忠弘. 2011.『14世紀のイギリス文学―歴史と文学の世界―』(人文学ブックレット　26) 東京：中央大学人文学研究所.
Jakobson, Roman. 1960. "Closing Statement: Linguistics and Poetics." Thomas A. Sebeok ed. *Style in Language*. Cambridge, Massachusetts: The M.I.T. Press, 350-77.
Jimura, Akiyuki, Yoshiyuki Nakao, Masatsugu Matsuo and Norman F. Blake and Estelle Stubbs. eds. 2002. *A Comprehensive Collation of the Hengwrt and Ellesmere Manuscripts of The Canterbury Tales: General Prologue. The Hiroshima University Studies,* Graduate School of Letters, vol. 82, Special Issue, No. 3 (iv + 100 pp.).
Jones, E. A. 2000. "'Lo, Lordes Myne, Heere is a Fit!': The Structure of Chaucer's Sir Thopas." *The Review of English Studies*, New Series, 51, No. 202, 248-52.
河崎征俊. 2008.『チョーサーの詩学―中世ヨーロッパの〈伝統〉とその〈創造〉―』開文社.
Kolbing, Eugen. ed. 1978. *The Romance of Sir Beues of Hamtoun*. EETS, ES, 46, 48 and 65.
Kurath, Hans, Sheman M. Kuhn, and Robert E. Lewis. eds. 1952-2001. *Middle English Dictionary*. Ann Arbor: The University of Michigan Press.
Lakoff, George and Mark Johnson. 1980. *Metaphors We Live By*. Chicago: The University of Chicago Press.
Langacker, Ronald W. 2000. "A Dynamic Usage-based Model." Michael Barlow & Suzanne Kemmer eds. *Usage-Based Models of Language*. Stanford: CSLI Publications.
Langacker, Ronald W. 2008. *Cognitive Linguistics: A Basic Introduction*. Oxford: Oxford University Press.
Leech, Geoffrey N. 1969. *A Linguistic Guide to English Poetry*. London: Longman.
Leach, MacEdward. ed. 1955. *The Ballad Book*. New York: A.S, Barnes and Company, Inc.
Loomis, Laura H. 1940. "Chaucer and the Auchinleck MS: *Thopas* and *Guy of Warwick*." Percy W. Long ed. *Essays and Studies in Honour of Carleton Brwon*, New York: New York University Press, 111-28.
Loomis, Laura H. 1941. "Chaucer and the Breton Lays of the Auchinleck MS." *Studies in Philology*, 38, 14-23.
Loomis, Laura H. 1942. "The Auchinleck Manuscriprit and a Possible London

Bookshop of 1330-1340." *PMLA*, 57, 595-627.

MacEdward, Leach. ed. 1937. *Amis and Amiloun*. EETS, OS, No. 203.

Masui, Michio. 1964. *The Structure of Chaucer's Rime Words: An Exploration into the Poetic Language of Chaucer.* Tokyo: Kenkyusha.

McNeill, George P. ed. 1886. *Sir Tristrem*. Edinburgh and London: William Blackwood and Sons.

Mills, M. ed. 1969. *Lybeaus Desconus*. EETS, OS, No. 261.

Mills, Maldwyn. ed. 1988. *Horn Childe and Maiden Rimnild*. (ed. from the Auchinleck MS, National Library of Scotland, Adovates' MS 19.2.1. Heiderberg: Carl Winter Universitätsverlag.

Mooney, Linne. 2006. "Chaucer's Scribe." *Speculum*, Vol. 81, No.1, 97-138.

Moore, Colette. 2011. *Quoting Speech in Early English*. Cambridge: Cambridge University Press.

Murray, James Augustus H. ed. 1875. *The Romance and Prophecies of Thomas of Ercerdoune*. EETS, OS, No. 61.

中村芳久．2004．「第1章　主観性の言語学：主観性と文法構造・構文」『認知文法論Ⅱ』、東京：大修館書店、3-51．

中村　渉．2004．「第5章　他動性と構文Ⅰ：プロトタイプ、拡張、スキーマ」中村芳久編『認知文法論Ⅱ』、東京：大修館書店、169-204．

Nakao, Yoshiyuki. 1991. "The Language of Romance in *Sir Thopas*—Chaucer's Dual Sense of the Code." Michio Kawai ed. *Language and Style in English Literature: Essays in Honour of Michio Masui.* The English Research Association of Hiroshima, The Eihosha Ltd., 343-60.

中尾佳行．2004．『Chaucer の曖昧性の構造』東京：松柏社．

Nakao, Yoshiyuki. 2004. "Chaucer's *Semely* and Its Related Words from an Optical Point of View." Osamu Imahayashi & Hiroji Fukumoto eds. *English Philology and Stylistics: A Festschrift for Professor Toshiro Tanaka*. Hiroshima: Keisuisha, 24-40.

Nakao, Yoshiyuki, Akiyuki Jimura and Masatsugu Matsuo. eds. 2009. *A Collation Concordance to the Verse Texts of the Hg and El MSs of the Canterbury Tales*. [Unpublished]

Nakao, Yoshiyuki. 2012. "Truth and Space in Chaucer: A Cognitive Linguistic Approach." 近代英語協会『近代英語研究』28, 23-49.

Nakao, Yoshiyuki. 2012. *The Structure of Chaucer's Ambiguity*. Frankfurt am Main: Peter Lang.

Nakao, Yoshiyuki. 2013. "Progressive Diminution in 'Sir Thopas'." Yoshiyuki Nakao & Yoko Iyeiri eds. *Chaucer's Language: Cognitive Perspectives.* (Studies in the History of the English Language, 2013-B.) The Japanese Association for Studies in the History of the English Language. Osaka: Osaka Books Ltd., 47-77.

Nakao, Yoshiyuki. 2014. "Linguistic Differences Between the Hengwrt and Ellesmere Manuscripts of *The Canterbury Tales*: The Multifunctions of the Adjectival Final –*e* and the Scribe's Treatments." Ken Nakagawa ed. *Studies in Modern English: The Thirtieth Anniversary Publication of the Modern English Association.* Tokyo: Eihosha, 69-84.

中尾佳行. 2015.「チョーサーの『トロイラスとクリセイデ』における "assege" ―〈包囲〉（内、境界、外）の認知プロセスを探る―」東雄一郎・川崎浩太郎・狩野晃一編『チョーサーと英米文学　河崎征俊教授退職記念論集』東京：金星堂、358-79.

中尾佳行. 2016.「英語の発達から英語学習の発達へ―法助動詞の第二言語スキーマ形成を巡って―」家入葉子編『これからの英語教育―英語史研究との対話―』（Can Knowing the History of English Help in the Teaching of English?）Studies in the History of the English language, 5) 大阪：大阪洋書，2016，55-88.

Parkes, Malcolm B. 1993. *Pause and Effect: An Introduction to the History of Punctuation in the West.* Berkeley, Los Angeles: University of California Press.

Pearsall, Derek & Ian C. Cunningham. Intro. 1979. *The Auchinleck Manuscript: The National Library of Scotland Advoates' MS. 19.2.1.* London: The Scolar Press.

Pearsall, Derek. 1999. "The Weak Declension of the Adjective and Its Importance in Chaucerian Metre." Geoffrey Lester ed. *Chaucer in Perspective: Middle English Essays in Honour of Norman Blake.* Sheffield: Sheffield Academic Press, 178-93.

Purdie, Rhiannon. 2008. *Anglicising Romance: Tail-Rhyme and Genre in Medieval English Literature.* Cambridge: D. S. Brewer.

Putter, Ad. 2013. "The predictable and the unpredictable: *Sir Gawain and the Green Knight* and the metres of middle English Romance." Liliana Sikorska and Marcin Krygier eds. *Evur happie & glorious, ffor I hafe at will grete riches.* Frankfurt am Main: Peter Lang, 71-87.

Putter, Ad. 2015. "Adventures in the Bob-and-Wheel Tradition: Narratives and Manuscripts." Nicholas Perkns ed. *Medieval Romance and Mateial Culture.* Cambridge: D.S. Brewer, 147-63.

Putter, Ad. 2016. "The Linguistic repertoire of medieval England, 1100-1500." Tim William Machan ed. *Imagining Medieval English: Language Structures and Theories, 500-1500.* Cambridge: Cambridge University Press, 126-44.

Ruggiers, Paul G. ed. 1979. *The Canterbury Tales: A Facsimile and Transcription of the Hengwrt Manuscript, with Variants from the Ellesmere Manuscript.* Oklahoma: University of Oklahoma Press.

Samuels, Michael L. 1963. "Some Applications of Middle English Dialectology." *English Studies* 44, 81-94.

Seymour, M. C. 1975. *On the Properties of Things: John Trevisa's Translation of Bartholomæus Anglicus De Proprietatibus Rerum.* Volume II. Oxford: At the Clarendon Press.

志子田光雄. 1980.『英詩理解の基礎知識』東京：金星堂.

Simpson, J. A. and E. S. C. Weiner. eds. 1989. *The Oxford English Dictionary.* 2nd ed. Oxford: Clarendon Press.

Stanley, Eric G. 1972. "The Use of Bob-Lines in Sir Thopas." *Neuphilologische Mitteilungen* 73, 417-26.

Stubbs, Estelle. ed. 2000. *The Hengwrt Chaucer Digital Facsimile.* Leicester, UK: Scholarly Digital Editions.

Sweetser, Eve. 1990. *From Etymology to Pragmatics.* Cambridge: Cambridge Unviersity Press.

Tajiri, Masaji. 2002. *Studies in the Middle English Didactic Tail-rhyme Romances.* Tokyo: Eihosha.

Peters, Robert A. 1980. *Chaucer's Language.* Journal of English Linguistics. Occasional Monographs I. Washington; Western Washington.

Trounce, Alan McI. 1932-4. "The English Tail-Rhyme Romances." *Medium Aevum* I: 87-108, 168-82; II: 34-57, 189-98, III: 30-50.

Tolkien, John R. R. and Eric V. Gordon. eds. 1967. *Sir Gawain and the Green Knight,* 2nd ed., rev. N. Davis. Oxford: The Clarendon Press.

Tschann, Judith. 1985. "The Layout of "Sir Thopas" in the Ellesmere, Hengwrt, Cambridge Dd.4.24, and Cambridge Gg.4.27 Manuscripts." *The Chaucer Review,* 20, No. 1, 1-13.

外山滋比古. 1964（1981. 8th pr.）.『修辞的残像』東京：みすず書房.

山梨正明. 2000. 『認知言語学原理』東京：くろしお出版.
Zupitza, Julius. ed. 1883, 1887, 1891. *The Romance of Guy of Warwick: Auchinleck and Caius MSS.* EETS, ES, Nos. 42 (1883), 49 (1887), 50 (1891).

語句索引

A
aab 6, 107, 109, 110, 111, 112
aabaab 68, 157
aabaab/aabccb の脚韻構成 22
aabccb 68, 157
aa のカプレット 33, 82
aba 107, 109, 110, 111, 112
a breech and eek a sherte 106
al 25, 26, 65
ale and breed 40
almest 129
And so bifel upon a day 73, 129
an elf-quene 54, 56, 74, 75
Anglo-Norman 6
anon 130
anticlimax 87
armoure 146
armure 146
a sory care 52, 54
a ライン 49

B
background 87
bar 118
bere 119
bereth 117, 118, 119, 120
be 動詞 93
bifel 54, 73
bitid 54, 73
Bitid a sory care 73
bob 6, 11
bold enjambement 180

bright in bour 148
bright/rede 169
b ライン 49, 82, 84, 167, 177

C
ccb 6
child 137, 138
childe 11, 88, 89, 137, 156, 177, 187
child Thopas 22, 25, 139, 153, 185
chivalry 116, 117, 119, 120, 153, 154
clamb 130
cleer/cleere 168
comedye 20, 23
conceptual blending 14
contree 156, 157
convention 4
corage 133
Cotton Caligula A ii 179
couplet 5

D
dappull gray 41, 60, 98, 123
debate 32, 85, 102, 140, 141
dialogical 186
diminution 3, 10, 12, 177
doghty 126

E
East Midland 5
elf 76
elf-queene 54, 74, 75, 76
El MS 42, 48, 60, 61, 91, 107, 113,

215

139, 144, 166, 167, 170, 176, 178,
182, 186, 205
El MS 152r   46
elvyssh   77
end-focus   82
entent   25, 152, 170
epistemicity   121
epistemic meaning   100
epithet   139
equivalence   35
extension   7

F
fabliau   21
fair and gent   126, 152
felle   126
feminine rhyme   158
fil in love-longynge   73
final –e   11, 12, 26, 89, 146, 151, 152,
153, 155, 158, 162, 165, 177, 187,
190
Fit   28, 29, 63
flour   117, 118, 119, 120
flour of chivalry   115
flour of roial chivalry   32, 115
foresight   87
Fragment   6
free   126
fuzzy   7

G
gent   25, 126, 132, 152, 180
gentil   126
goon   157
goshauk   127
grace   155
graphic tail-rhyme   61

gras   153, 172
Gy   154, 155

H
hark/hearken   147
Hengwrt MS   42
herkneth   65
Hg MS   42, 48, 60, 61, 91, 104, 107,
111, 113, 121, 139, 144, 166, 167,
170, 176, 178, 186, 205
Hg MS 214r-214v   43
his white leere   105
holde youre mouth   67
holde youre tonge   67
hope   100, 138, 142, 143, 145
hope の北部方言   90
hym hadde almest   73
hypercorrection   169

I
identical rhyme   146, 156
if I may   138
in bataille and tournament   126
innovation/invention   4
in this world   88, 114
In towne   49, 74, 88, 113, 114

L
leere   169
lemman   134, 135, 136
leped   130
list   147
listeth   147, 152
listeth, lordes   66
Listeth, lordes   38, 65
lordes   152
love-longynge   38, 52, 54, 130, 133,

216

134, 148

M
many　190
masculine rhyme　158
mawe　145
meete with　90
mental spaces　14
messire　83
metalinguistic　10
moste　76, 101
multidimensional　188

N
negative capability　190
Neither wyf ne childe　49, 88, 137
Now　67
Now holde youre mouth　41

O
Of clooth of Lake　105
of pris　41, 139, 140
of prys　116
one　190
oon that shoon ful brighte　76

P
par amour　148
par ma fay　90
paronomasia　116
Percyvell　155
place　153, 155
plas　153, 171
poetic function　35
Poperyng　25, 106
popet　14, 25, 84, 125, 185
popet Narrator　23

prike　95, 120
priketh　132
progressive diminution　64
prototype　7
pryke　133
punctuation poem　49
punctus elevatus　42
puppet　6

R
real　116, 117, 121
reed/rede　166
reference　72
rime royal　19
roial　116
rowne　66, 67
royal　117
rym　22
rym doggerel　4

S
schema　3
semely　111, 127, 132, 180
separability　105
shal　94, 100
siege　18
sire　83, 139, 182
Sir Olifaunt　14
slydynge of corage　77
softe gras　133
solas　153
sore　144
So wilde　88
sowre　142, 143, 144, 145
Stanza　28, 29
stikke and stone　130, 150
stile　130, 150

stile and stoon 38
Story line 15
swayn 110, 126

T
tail rhyme 5
Tale 28
þat lady 79
the flour of roial chivalry 5, 187
the principle of progressive diminution
　　6, 42, 64
this litel spot 18, 23
this love 53, 74
this nyght 53, 74
Thy mawe 49, 138
Til on a day 54
to make in som comedye 20
Tomorwe 138
touneyment 153
tragedye 20
transcript 104
Type I 181
Type II 140, 148, 181
Type III 181

V
verrayment 25, 66, 152
Verse line 28, 29
virgule 42

W
wede 150
well 155
wheel 34
wilde 11, 89, 156, 177
With mace 49
wol 100, 102

world 49
worly 150
worthy 126

Y
yet 67, 79
Yet 66
Yet listeth, lorde, to my tale 40

あ
アナログ的に知覚 49
アングロ・ノーマン 6, 146, 152, 153
アンティクライマックス 46, 72

い
1人称語り手 13, 31
1連6行 82
イディオム 115
イディオム化 121
意味拡張 187
意味単位 104, 106
入れ子構造 13, 27, 186
入れ子構造のメトニミー 22
入れ子的 110
入れ子的なメトニミー 18
韻構造 146

う
ヴァーチャル 103
ヴァーチャル化 76, 94, 143

え
エピソードの循環論 51
エピソードの非完結性 56
演出 16

語句索引

お
オーラリティ　113

か
ガイ卿　57
解体と再構築　32
概念機能　10
概念融合　14
拡張事例　7, 9, 12, 125, 189
拡張事例化　14, 19, 21, 27, 92, 132, 146, 151, 157, 158, 187
語り　15
語り手　13
家庭的な次元　130
仮定法　95, 99
カプレット　5, 7
カプレットaa　186
ガワー　14
間テクスト構造　28
間テクスト的　23, 24, 59, 64, 185

き
喜劇　20
騎士化　25
騎士道　32, 165
騎士道体系　168
騎士道の価値体系　7
騎士道ロマンス　11, 190
記述的次元　7
記述的「縮減」　10, 49
記述的スキーマ　28, 37, 184
既知化　79
脚韻　11, 146, 155
脚韻構造　151
客観的　104
旧情報　72
強意辞　152

凝縮表現　102
共通項　11
共通テーマ「結婚問題」　21

く
句読点詩　49
句跨り　121, 123, 124
クライマックス　37, 39, 46, 68, 72
クリセイデ　77

け
形而下的　189
結束構造　72
結束性　79
結束性の破綻　73, 77
原義　13
言語機能論　10
言語コード　5, 20, 164, 168, 190
言語コードの揺らぎ　187
言語体系　7
現代刊本　106

こ
語彙的なネットワーク　132
高次化　7, 11, 14, 177
口承・聴覚対書き言葉・視覚　107
口承的言語のルースさ　49
口承的性格　35, 147
口承的ロマンス　36
口承伝統　107
口承と読書　36
構文論　10
口論する　32
語源的意味　119
コットンカリグラAii写本　179
コロケーション　130
根源的意味　102

コンテンツの「縮減」 15

さ
再原義化 133
再構築 32, 121
再定義 58, 67, 125
刷新的な表現 4
3強勢 167
3コラム 46
3コラム化 6, 28
三次元構造 16, 23, 50, 165, 188
三次元的な意義付け 10
三次元的に高次化 16
3人称語り手 14, 31, 136, 185
散文 33, 36

し
地 141, 142, 155, 177
視覚化 27
視覚的な読解aba 109
視覚的な理解 113
視覚的に融通性のある読み 49
視覚的レイアウト 49
視点の転換装置"I" 13, 15, 32, 39, 42, 64, 77, 121, 125, 132, 142, 147, 177, 186, 188, 189
字義化 152
詩行 28, 29
詩型の相対化 33
自己戯画化 189
指示性 72
詩的機能 35, 146
弱音節 89
写本 186
写本レイアウト 6, 28, 42, 49, 82
ジャンルの相対化 21
10音節 5

10音節カプレット 33, 35, 36
修辞的残像 58
修正・再構築 13
重層的 12, 40
12行 36, 81, 82
主格形 156
主格的 177
主観 104
主観性 190
主観的 101
主観的な厚み 191
縮減 3, 7, 10, 11, 14, 18, 22, 23, 35, 39, 40, 46, 51, 58, 72, 82, 85, 86, 87, 92, 100, 101, 113, 116, 123, 127, 129, 130, 132, 145, 146, 147, 150, 158, 164, 165, 177, 184
「縮減」の三次元的な高次化 27
「縮減」のスキーマ 23
「縮減」のスキーマ化 32
「縮減」の相乗効果 158
「縮減」の多次元構造 7
主体 13, 14, 27, 32, 36, 39, 99, 106, 125, 132, 136, 177, 189, 190
主題化 4, 22, 23, 24, 32, 187
主題的 165
「主体」の入れ子構造 28, 31
首尾一貫性 53
循環性 50, 132, 188
循環的 12, 16, 22, 36, 164, 177
循環的で未完成 22
循環論 51, 53, 56, 86, 186
循環論的 188, 189
状態 28, 37
状態動詞 92
常套表現 4
商人化 25
情婦 135

情報構造の未完成　79
情報の焦点　82
叙実的　95, 96
女性韻　89, 146, 158, 159, 160, 161, 163, 164, 177
進行的漸減化　42, 64
新情報　72
身体化　25
心的空間　14

す

図　141, 142, 155, 177
垂直に上から下へaba, aba　49
スキーマ　3, 9, 16, 146, 147, 165, 170, 177, 189
スキーマ化　7, 10, 16, 146, 164, 184, 189
スキーマの高次化　23
スキーマの三次元構造　26, 28, 31
スキーマの多次元性　185
スキーマ理論　190
ストーリーライン　15, 27
ストックフレーズ　147
ずらし　12, 15, 168

せ

狭め　184, 189
ゼロ化　72
前景　177
前景化　100, 177
漸減化　6, 49
漸次的　110
戦場で戦う（debate）　32

そ

相　92, 103
相互補完的　58

装飾文字　113
双方向性　65
遡及的　64

た

第1コラム（aa）　49
第一次元　16, 188
第一次元的　157, 164
第一次元的なコンテンツ　65
第一次元のコンテンツを記述する「縮減」　24
第三次元　16, 106, 188
第三次元的　22, 58, 143, 146, 156, 164, 168, 170, 177
第三次元的な「縮減」　24
第三次元的な「図」と「地」の反転　58
第三次元的な段階　36
対人関係機能　10
第2コラム（b）　49
第二次元　16, 28, 188
第二次元的　146, 157, 164, 177, 187
第二次元的な「縮減」　24
第二次元的な表現モード　65
第8天界　18
多義性　100, 132
多次元　184
多次元構造　79, 187
多次元的　7
戦い　99
脱イディオム化　121
断章　6, 28, 29
断章1　38, 50, 64, 65, 68
断章2　40, 50, 64, 66, 68, 70
断章3　50, 64, 67, 68, 71
断章7　21, 39
断章化　165
断章構成の半減化　64

断章構造　21
断章の終わり　68
断章の初め　65
断章の連　82
男性韻　158, 159, 160, 161, 163

ち
〈小さな町〉Poperyng　106
チャイミング効果　89, 146, 155, 177
抽象化　13
抽象義　13
聴覚的な読解 aab　109
聴覚的読みと視覚的読み　114
聴覚的理解　107, 113
直接話法　74
直説法　104

て
ディプロマティックテクスト　49
テイルライム　16, 22, 28, 33, 35, 36, 57, 81
テイルライム・ロマンス　5, 6, 14, 123, 147
テクスト機能　10
テクストの循環性　106
テクスト媒体のテンション　107
転写　104, 107, 114

と
同一韻　146, 156, 157
頭韻　65, 84, 130, 146
頭韻句　147
頭韻複合語 love-likynge　149
等価性　35
等価の原理　146
統語関係　104
統語的交代性　107

統語的中立性　113
動作　28, 37
動作動詞　92, 99
東中部地方　5, 22, 35
トロイの包囲　18

に
2音節・1強勢　33, 186
二重構造化　13
二重のメタ談話　13
人形　6, 14, 25, 185
認識的意味　100, 102, 143
認知言語学　3

は
倍音効果　90, 132, 146, 168, 177
背景　177
背景化　100
8音節カプレット　57
8音節・4強勢　33, 186
話し言葉対書き言葉　167
バラッド　36, 81, 86
パラレル性（相互補完性）　50
パロディ　3, 119
パロディ効果　6
半減化　82
半独立的　113

ひ
尾韻　5, 7, 82, 107
尾韻 b　186
悲劇　20
否定的能力　190
100年戦争　32
表現モード　7, 10, 28, 37, 71, 85, 106, 146, 164, 165, 177, 187
表現モード的「縮減」　10

表現モード的スキーマ　28, 37, 184
表現モードの入れ子構造　28
表現モードの「縮減」　15
表現モードのずらし　132, 155

ふ
ファジー　7, 189
ファブリオ　21, 135, 149
フィール　34, 70, 158, 160
フィクショナルスペース　13, 31, 32, 58, 188
フィルタリング　14
不定冠詞　53, 75, 76, 101
フレーム　184
プロトタイプ　7, 9, 12, 16, 125, 126, 136, 157, 189
プロトタイプ化　187
文学テクスト　190
分割斜線（virgule）　42, 104, 106
プンクトゥス・エレワートゥス　42
文法化　152
文法化・主観化　103
分離性　105

へ
へぼ詩　4
ヘングワット写本　42

ほ
法　92, 93, 95, 103
包囲　165
法助動詞　99, 100, 101, 103
法性化　99, 145
北部方言　100, 143, 155
ボブ　6, 7, 11, 33, 34, 37, 49, 70, 87, 89, 90, 123, 156, 158, 160, 177, 186

ボブ（bob）　85
ボブ c　113
ポペリング　25
ポペリング（b ライン）　84
本案　185

ま
マクロレベル　9, 27, 186

み
未完成　188
ミクロレベル　9, 27, 186
未知情報　76, 79, 101
3つの断章構造（fytte）　64

む
無冠詞　73
ムッシュー　83

め
メタ韻律的　35
メタ化　155
メタ言語的　16, 22, 27, 36, 143, 165, 170
メタ言語的機能　10
メタ言語的「縮減」　10
メタ言語的スキーマ　184
メタ言語的な認識　79
メタ多言語的な「縮減」　16
メタ談話　66
メタ認知　26, 146
メタファー　9, 22, 27, 117, 120
メトニミー　9, 27, 119

も
物語　28
物語の循環性　50

物語の循環論　59

ゆ
揺らぎ　12, 16, 109, 155, 166, 167, 186, 188

よ
妖精　77

ら
ライムロイアル　19, 33, 35

り
リアリティスペース　13, 31, 32, 58, 143, 188
立体的　12

リテラシー　113
竜頭蛇尾　103, 114, 148, 163
両義性（ambiguity）　102

れ
歴史的現在　96
レジスター　125, 157
連　28, 29

ろ
6音節・3強勢　11, 33, 186
6行　36, 81, 82
6行テイルライム　6
ロマンス　3, 36
ロンドン英語　165

書籍索引

A
Amis and Amiloun　66, 104, 124, 164
Auchinleck MS　6

E
Ellesmere　21
El MS　21

G
Gamelyn　140

J
Job 28.19, Psalms 118.127　25

K
King Horn　139, 140
KnT　117

M
Manciple の序　144
Mel　58

S
Sir Gwain and the Green Knight　86
Sir Launfal　77
Sir Perceval of Galles　42, 51, 57
Sir Tristrem　86
St Partick's Purgatory　81

T
The Book of the Duchess　121
The Canterbury Tales　3
The Cook's Tale　21
The House of Fame　58
The Knight's Tale　21
The Miller's Tale　21
The Monk's Tale　21
The Nun's Priest's Tale　21
The Prioress's Tale　21
The Reeve's Tale　21
The Romance of Guy of Warwick　171, 172, 173, 175
The Romance of Sir Beues of Hamtoun　22, 66
The Shipman's Tale　21
The Squire's Tale　58
The Tale of Melibee　21
The Tale of Sir Thopas　3
The Tournament of Tottenham　119
Thomas of Erceldoune　60, 64
Thornton MS　50
Troilus and Criseyde　18

Y
Ywain and Gawain　118

あ
『アミスとアミルーン』　66, 104, 123, 150, 163

う
『ウオリックのガイ卿』　22, 88, 91, 148, 154, 179

225

え
『エマーレ』 126
エルズミア写本 21
『エルセルドゥネのトマス』 64, 77

お
オーヒンレック写本 26, 57, 61, 62, 66, 73, 81, 86, 115, 123, 134, 140, 148, 150, 152, 154, 170

か
『ガウエイン卿と緑の騎士』 86
『ガレスのパーシヴァル卿』 42, 50, 56, 63, 150
『カンタベリー物語』 3, 13, 19, 20, 32, 36, 58, 91, 125, 127, 136, 165, 185, 189

き
「騎士の話」 21, 84
「近習の話」 58

こ
『公爵夫人の書』 121, 122, 180
「粉屋の話」 21, 149, 189

し
「修道僧の話」 21
「荘園管理人の話」 21, 189

せ
聖書 25
『聖パトリックの煉獄』 81
『善女伝』 19, 58
「船長の話」 21

そ
「総序」 110, 127
ソーントン写本 50

と
「トパス卿」 3, 13, 14, 18, 21, 87, 125, 136, 152, 165, 184, 186, 189
「トパス卿の話」 3
「トリストラム卿」 86, 87
『トロイラスとクリセイデ』 18, 20, 35, 59, 165, 185

に
「尼僧院長の話」 21, 22, 35
「尼僧お付きの僧の話」 21, 189

は
『薔薇物語』 154
『ハンプトンのベーヴィス』 66, 82
ヘングワット写本 42

め
『名声の館』 58, 60, 74, 121, 122
「メリベーの話」 21, 23, 36, 42, 57, 186

り
『リベアウス・デスコヌス』 179
「料理人の話」 21, 22

ろ
『ローンファル卿』 77, 179

人名索引

A
Achilles 18
Ad Putter 62
Adam Pinkhurst 106
Akishino 61
Alceste 19

B
Bakhtin 186
Benson 5, 25, 30, 42, 47, 49, 51, 56, 67, 80, 105, 106, 107, 115, 125, 130, 131, 139, 144, 146, 148, 154, 156, 178, 179
Beute 180
Blake 107
Brown 29
Burnley 166, 181
Burrow 5, 6, 42, 60, 63, 64, 79, 83, 91, 147, 151, 183

C
Criseyde 18

D
Davis 86
Diomede 18

E
Evans 30

F
Faucconnier 14
Fauconnier and Turner 14

G
Gaylord 6, 80, 81
Geoffrey Chaucer 3

H
Halliday 10
Hamada 182
Hanna III 60
Haskell 6, 25
Holley 60
Horobin 181

I
Ikegami 6

J
Jakobson 35, 59, 146
Jimura, Nakao, Matsuo, Blake and Stubbs 166
John Gower 14
Jones 79

L
Lakoff and Johnson 60
Langacker 7, 9
Leach 62, 79
Leech 182
Loomis 6

M
Masui 29, 180
McNeill 62
Mooney 178

227

N
Nakao 8, 181
Nakao, Jimura and Matsuo 105, 166

P
Parkes 178, 179
Pearsall 166
Penelope 19
Purdie 6, 59, 61, 81, 91
Putter 81, 87, 152, 153, 155

R
Ruggiers 42, 45

S
Samuels 134, 181
Stanley 6, 87
Stubbs 178
Sweetser 178

T
Tajiri 91
Troilus 18
Trounce 5
Tschann 6, 42, 49, 59, 61, 107, 179

あ
アキレス 18
アダム・ピンクハースト 106, 170
アルセステ 19
安東 139, 179

い
池上 6, 59

か
河崎 191

き
巨人オリファント卿 14, 68, 101

く
クリセイデ 18

そ
ソーントン 61

ち
チョーサー 3

て
ディオメーデ 18

と
トロイラス 18
外山 58

な
中尾 29, 178, 205
中村［渉］ 17

ふ
プルーデンス 57

へ
ペネローペ 19

め
メリベー 57

や
山梨 9

後書き

　チョーサーの言語と文学を研究していて、中世英国の詩人そして作品であり、「私、今、ここ」とは大きな隔たりがあるが、そのようなギャップを正直感ずることはあまりなかった。チョーサーの言語のゆとり、柔らかさ、事態を捉える視点の転移がグローバル化して多文化共生の現代に案外マッチしたのかもしれない。今こそチョーサーが直面していた中世かもしれない。チョーサーは、英仏100年戦争の真っ只中で国と国の境界性の不安定、リチャード2世の賛成派と反対派の政治的確執、大陸、イタリア、フランスの文化とゲルマンの文化の異質性と融合の問題に直面していた。

　チョーサーの文学の言語を読み解くに当たって、話者だけではなく、聴者の問題、つまり意味論と語用論の問題に引っかかってきた。話者の問題として言語を客観化すると、何かを明らかにしても、何かを失っているという感じがした。話者が意図したことが聴者にストレートに理解されるのではない。チョーサーは言い切っているのではなく、テクスト上間（ま）を残しており聴者がその間を埋める形で意味が生み出されていく。言語の主観の問題は、文学の言語研究ないし文体論では自明のことであるが、言語学では言語の客観的側面の重視で十分に注目されることはなかった。しかし、認知言語学の登場によって、言語の主観的側面重視への一大転換が起こった。主観的側面を体系立てて扱うのは一見水と油のようで、研究では避けてこられたが、主観を捉える理論的フレームが提案され、そのダイナミックな動きが捉えられるようになってきた。本書で活用したスキーマ理論がそれである。中世の言語の主観幅が、「私、今、ここで」の現代の最新の言語科学で解明される可能性がある。

　これまで授業で英語学、英文学、そして英語教育学を実践してきたが、英語教育学も自分の研究に大変役立った。文学の言語の感性的な側面を感じ取ったとしても、それを聴者に、できることなら体系立てて、しかも分

かり易く記述し、説明することはそんなに易いことではない。英語学や文学での日頃の学生に対する授業実践、特に言語の意味に関して、たとえ主観的と評される場合でも、一定の理論基盤に基づいて説明を試みてきた。このことは結果として理論とパフォーマンスを有機的に結び付けて考えることに繋がった。

　本書は、「縮減」をスキーマとして見立て、「トパス卿」の言語がいかにまた何故そのように意義付けられていくのか、そのプロセスを追ってみた。チョーサーの言語、その主観面のダイナミックな演出可能性の一端を捉えることができたのではないか。私のスキーマ理論の適用は妥当なのかどうか、この方法論の精緻化も含め、更に多くのテクストに応用してみることで、チョーサーの言語の、また言語自体の主観面の研究の一層の精緻化を目指したい。私にとって言語の主観面の研究はやっと地に付いたところである。

【著者紹介】

中尾　佳行（なかお　よしゆき）

1950	広島県生まれ。
1973	広島大学教育学部中学校教員養成課程外国語卒業。
1973	広島大学大学院文学研究科博士課程前期英語学英文学専攻入学。
1974-75	連合王国オックスフォード大学留学（文部省派遣留学生）。
1980	広島大学大学院文学研究科博士課程後期英語学英文学専攻単位取得退学。
1980-98	山口大学教育学部。
1990-91	シェフィールド大学在外研究。
1998.10	広島大学学校教育学部。
2000.4	広島大学教育学部。
2004	博士（比較社会文化）（九州大学）。
2016.3	広島大学大学院教育学研究科定年退職。広島大学大学院教育学研究科名誉教授。
2016-	福山大学教授

専門

英国中世詩人チョーサー（Geoffrey Chaucer）を中心とした言語・文学研究、英語史、認知言語学、教育学的文体論、英語教育内容学。

主著書

A New Concordance to 'The Canterbury Tales' Based on Blake's Text Edited from the Hengwrt Manuscript (Norman F. Blake, David Burnley, Masatsugu Matsuo, & Yoshiyuki Nakao eds.) Okayama: University Education Press, 1994. iii + 1008 pp.

'The Semantics of Chaucer's *Moot/Moste* and *Shal/Sholde*: Conditional Elements and Degrees of Their Quantifiability' Toshio Saito, Junsaku Nakamura, & Shunji Yamazaki eds. *English Corpus Linguistics in Japan*. Amsterdam/NewYork: Rodopi, 2002. 235-47.

『Chaucerの曖昧性の構造』東京：松柏社，2004. ix + 451 pp.

「『カンタベリー物語』にみる旅—構造と意味—」原野昇・水田英美・山代宏道・中尾佳行・地村彰之・四反田想共編．『中世ヨーロッパの時空間移動』広島：渓水社、2004. 97-140. 207 pp.

「英語教師に求められる専門性—教育的文体論の構築—」小迫勝・瀬田幸人・福永信哲・脇本恭子共編．『英語教育への新たな挑戦—英語教師の視点から—』東京：英宝社、2010. 77-89.

'Textual Variations in *Troilus and Criseyde* and the Rise of Ambiguity' Tomonori Matsushita, A.V.C. Schmidt, & David Wallace eds. *From Beowulf to Caxton: Studies in Medieval Languages and Literature, Texts and Manuscripts*. Bern: Peter Lang, 2011. 111-50.

The Structure of Chaucer's Ambiguity. Frankfurt am Main: Peter Lang, 2012. 309 pp.

'Progressive Diminution in 'Sir Thopas' Yoshiyuki Nakao & Yoko Iyeiri eds. *Chaucer's Language: Cognitive Perspectives*. (Studies in the History of the English Language, 2013- B.) The Japanese Association for Studies in the History of the English Language. Osaka: Osaka Books Ltd., 2013. 47-77. 151 pp.

'Linguistic Differences Between the Hengwrt and Ellesmere Manuscripts of *The Canterbury Tales*: The Multifunctions of the Adjectival Final –*e* and the Scribe's Treatments' Ken Nakagawa ed. *Studies in Modern English: The Thirtieth Anniversary Publication of the Modern English Association*. Tokyo: Eihosha, 2014. 69-84.

「『カンタベリー物語』の写本と刊本における言語と文体について」（中尾佳行・地村彰之）堀正広編．『コーパスと英語文体』東京：ひつじ書房、2016. 21-52.

「英語の発達から英語学習の発達へ—法助動詞の第二言語スキーマ形成を巡って—」家入葉子編．『これからの英語教育—英語史研究との対話—』(Can Knowing the History of English Help in the Teaching of English?) Studies in the History of the English language 5. 大阪：大阪洋書、2016. 55-88.

「コミュニケーションの「ツール」を超えて—人文学的「知」からの問いかけ—」柳瀬陽介・西原貴之編『言葉でひろがる知性と感性の世界—英語・英語教育の新地平を探る』広島：渓水社、2016. 275-305.

主論文

'A Note on the Affectivity of Criseyde's *pite*' Shubun International, *POETICA: An International Journal of Linguistic-Literary Studies* 41, 1994. 19-43.

'A Semantic Note on the Middle English Phrase *As He/She That*' Odense University Press, Denmark, *NOWELE (North-Western European Language Evolution)* 25, 1995. 25-48.

「英語教育内容学の構築（1）—その理念と方法—」（松浦伸和・中尾佳行・深澤清治・小野章・松畑煕一）『日本教育大学協会外国語部門紀要』創刊号、2002. 3-31.

'Chaucer's Language: 'Subjectivisation' and 'Expanding Semantics'' The Japan Society for Medieval English Studies *SIMELL* (*Studies in Medieval English Language and Literature*) 25, 2011. 1-41.

'Truth and Space in Chaucer: A Cognitive Linguistic Approach' 近代英語協会『近代英語研究』28、2012. 23-49.

'Choice and Psychology of Negation in Chaucer's Language: Syntactic, Lexical, Semantic Negative Choice with Evidence from the Hengwrt and Ellesmere MSs and the Two Editions of the *Canterbury Tales*' (Yoshiyuki Nakao, Akiyuki Jimura, & Noriyuki Kawano) 広島大学英文学会『英語英文学研究』(*Hiroshima Studies in English Language and Literature*) 59, 2015. 1–34.

チョーサーの言語と認知
「トパス卿の話」の言語とスキーマの多次元構造

平成30年6月10日　発行

著　者　中尾　佳行
発行所　株式会社　溪水社
　　　　広島市中区小町1-4（〒730-0041）
　　　　電話 082-246-7909　FAX 082-246-7876
　　　　E-mail: info@keisui.co.jp
　　　　URL: www.keisui.co.jp

ISBN978-4-86327-439-6 C3097